| 中国当代研学丛书 |

诗词

# 温婉的风景

## 唐宋婉约词史研究

王小荣 | 著

图书在版编目（CIP）数据

温婉的风景：唐宋婉约词史研究/王小荣著.—
北京：中央编译出版社，2020.3
ISBN 978-7-5117-3806-6

Ⅰ.①温…
Ⅱ.①王…
Ⅲ.①婉约派—唐宋词—诗词研究
Ⅳ.①I207.23

中国版本图书馆 CIP 数据核字（2019）第 291518 号

## 温婉的风景：唐宋婉约词史研究

| | |
|---|---|
| 出 版 人： | 葛海彦 |
| 责任编辑： | 郑永杰 |
| 责任印制： | 刘　慧 |
| 出版发行： | 中央编译出版社 |
| 地　　址： | 北京西城区车公庄大街乙 5 号鸿儒大厦 B 座（100044） |
| 电　　话： | （010）52612345（总编室）　　（010）52612339（编辑室）<br>（010）52612316（发行部）　　（010）52612346（馆配部） |
| 传　　真： | （010）66515838 |
| 经　　销： | 全国新华书店 |
| 印　　刷： | 三河市华东印刷有限公司 |
| 开　　本： | 710 毫米×1000 毫米　1/16 |
| 字　　数： | 221 千字 |
| 印　　张： | 16 |
| 版　　次： | 2020 年 3 月第 1 版 |
| 印　　次： | 2020 年 3 月第 1 次印刷 |
| 定　　价： | 89.00 元 |

| | |
|---|---|
| 网　　址： | www.cctphome.com　　邮　箱：cctp@ cctphome.com |
| 新浪微博： | @中央编译出版社　　　微　信：中央编译出版社（ID: cctphome） |
| 淘宝店铺： | 中央编译出版社直销店（http://shop108367160.taobao.com）（010）55626985 |

本社常年法律顾问：北京市吴栾赵阎律师事务所律师　闫军　梁勤
凡有印装质量问题，本社负责调换，电话：（010）55626985

Contents

# 目录

绪　言 ················································································· 1

## 第一章　婉约词萌生的历史文化渊源 ·············································· 16
　　第一节　倚声填词——合乐可歌的新乐章 ································· 16
　　第二节　地域文化与婉约词的萌生 ·········································· 25
　　第三节　社会变迁与婉约词人的心态 ······································· 36

## 第二章　初创期的范型（中晚唐—五代十国） ································· 41
　　第一节　婉约词体式的确立 ····················································· 41
　　第二节　婉约词的抒情基调 ····················································· 51

## 第三章　成长期的步履（宋初—北宋中后期） ································· 60
　　第一节　婉约词创作与北宋的历史文化环境 ····························· 60
　　第二节　婉约词以令词为主的创作倾向 ···································· 77
　　第三节　婉约词以慢词为主的创作倾向 ···································· 93

## 第四章　深拓期的建树（北宋中后期—北、南宋之交） …… **111**
- 第一节　苏轼对婉约词的深化与拓展 …… **111**
- 第二节　女词人李清照的独特贡献 …… **133**
- 第三节　周邦彦对婉约词的"集大成" …… **148**

## 第五章　演化期的探索（南渡之后—宋亡） …… **166**
- 第一节　词坛创作主体与南宋的历史文化环境 …… **167**
- 第二节　南宋婉约词的理念建构 …… **178**
- 第三节　辛弃疾婉约词的文化艺术品位 …… **189**
- 第四节　婉约词在南宋中后期的艺术风格
  ——以姜夔、吴文英与张炎为代表 …… **205**

## 第六章　余论：唐宋婉约词的地位与影响 …… **226**

## 主要征引及参考文献 …… **236**

# 绪　言

在相当长的一个历史时期中，词学界对唐宋词研究存有一个惯性的划分，即以"婉约""豪放"论词，予以评论褒贬。若要审视这一惯性说法，需沿波讨源加以探究。明代张綖在万历年间著《诗余图谱·凡例》中，首次提出"婉约"与"豪放"：

> 词体大略有二：一体婉约，一体豪放。婉约者欲其词调蕴籍，豪放者欲其气象恢宏。盖亦存乎其人，如秦少游之作多是婉约，苏子瞻之作多是豪放。大抵词体以婉约为正。故东坡称少游为"今之词手"，后山评东坡词"如教坊雷大使之舞，虽极天下之工，要非本色"。①

张氏之说法，有两点值得注意：（一）张氏论述主要是针对词体的艺术创作加以评论；（二）张氏所论"词体"而不是"词派"，这种论断是值得肯定的。沿至清初王士禛《花草蒙拾》中始将"体""派"合二为一，推出李清照、辛弃疾为两派的宗主。其云：

---

① （明）张綖：《诗余图谱·凡例》附识，明毛氏汲古阁刻《词苑英华》本。

> 张南湖论词派有二：一曰婉约，一曰豪放。仆谓婉约以易安为宗，豪放惟幼安称首，皆吾济南人，难乎为继矣。①

对王氏之说法，近现代词学者多有指责，认为"体"与"派"概念是不一样的，不应该混淆在一起。如施蛰存在《词的"派"与"体"之争》一文中说道："婉约、豪放是风格，而不是'派'，宋人论词，亦未尝分此二派。"② 对于词体派别的多样性，清代词学家曾提出了各自不同的看法，如汪懋麟的三派说，周济的四家说和正变说，戈载的七家说，陈廷焯的十四体八派说等。至近人詹安泰将宋词分为八派③，展示着词体风格与流派研究的多样性。其间虽不乏论者，也致使看法、观点不一，影响不大。

中华人民共和国成立以后一些词论家重"豪放"轻"婉约"，并将"豪放派"抬为宋词发展的"主流"，将"婉约派"斥为"形式主义的逆流"④，加之《大学语文》统编教材把此种具有弹性的学术问题简化为一种权威式的定论。因此，长期以来人们的审美思维定式，倾向于凡是反映国事、格调高亢、情感强烈的豪放词必然占有较高的文学历史地位，而对婉约词评价偏低、否定过多，其影响至今不衰。当然专崇一派的偏狭性已无须赘言。

对待词学传统婉约与豪放的研究，20世纪现代词学界进行了回顾与反思。归纳起来，大致有三种代表性的见解：其一，吴世昌先生从根本上否定这种"二分法"的划分依据，并旗帜鲜明地反对豪放、婉约两派说。1983年《有关苏词的若干问题》一文，列举大量事实，根据苏轼词的实际情况提出了一个结论："北宋根本没有豪放派"，并指出："苏词中'豪

---

① （清）王士禛：《花草蒙拾》，见唐圭璋编《词话丛编》，中华书局1986年版，第685页。
② 施蛰存：《词的"派"与"体"之争》，载《西北大学学报》，1980年第3期。
③ 詹安泰：《宋词散论》，广东人民出版社1980年版，第52—60页。
④ 胡云翼：《宋词选》（前言），中华书局上海编辑所1962年版，第1页。

放'者其实极少。若因此而指苏东坡是豪放派的代表,或者说,苏词的特点就是'豪放',那是以偏概全,不但不符合事实,而且是对苏词的歪曲,对作者也是不公正的。"① 之后发表的《宋词中的"豪放派"与"婉约派"》重要一文,谈及"豪放""婉约"二词的本来意义与后人附加的含义,系统地强调和深入地论证了北宋无豪放派、苏轼非豪放领袖的道理,至于在国土沦亡、宋室偏安的情况下写出来的南宋词,"当然是慷慨激昂、义愤填膺的,所以南宋词人中多有所谓'豪放派'是理所当然的。其实'豪放'二字用在这里也不合适,应该说'愤怒派''激励派''忠义派'才对。'豪放'一词多少还有点挥洒自如、满不在乎、豁达大度的含义"②。其二,吴熊和先生肯定豪放与婉约的划分既有长处,又有不足的观点。吴先生提出:"以婉约、豪放两派论词,有其长处,即便于从总体上把握词的两种主要风格与词人的大致分野。但若仅止于此,显然过于粗略","如同属婉约词人,温庭筠与韦庄、周邦彦与秦观、贺铸与晏几道,向来并称,但他们的相异之点实在不下于他们的相同之点,更不用说李清照与柳永相去之远了。同属豪放派的苏轼、辛弃疾之间,也不止是个貌同心异的问题,而是心貌各异,有难以强合之处"。同时,"苏、辛等一些大词人,往往兼备众体,他们固然词多豪放,然其婉约之作亦不减于他人,这类词在集中也不是少数。尤其是他们的一些名作完全是一种刚柔相济的词风,兼有婉约与豪放之胜"③。其三,万云骏先生沿用豪放、婉约的划分,但反对一味地重豪放、轻婉约的观点。万先生提出:"不要低估婉约派词人在文学史、诗歌史上的地位和作用。"并且"前人所称豪放派与婉约派,就是词的两个最主要的流派,而历代绝大多数的词人及其作品,都可说是属于婉约一派的"。又"北宋的苏轼,南宋的辛弃疾,固然

---

① 吴世昌:《有关苏词的若干问题》,载《文学遗产》,1983年第2期。
② 吴世昌:《宋词中的"豪放派"与"婉约派"》,载《文史知识》,1983年第9期。
③ 吴熊和:《唐宋词通论》,浙江古籍出版社1985年版,第185页。

属于豪放一派，但他们也不是不受婉约派的影响"①。"婉约派作家的词的题材也是在逐渐扩大、加深的"，其中有许多作品能够"用美丽动人的艺术形象反映具有一定典型意义的社会生活"②，是应该给予词学界充分肯定的。

20世纪80年代以后，有关词体风格与流派之探讨，再度成为词学研究的热点，主要表现为：一是词体风格与流派的划分呈现多样性。如吴熊和在《唐宋词通论》中认为："宋时尚没有系统的词派之说，但析派、辨体之说已起"；王兆鹏在《唐宋词史论》中认为，"明代张綖将词体分为婉约、豪放，早在南宋，词人王炎就已提出过类似的观点，只是未引起后世论者注意"③；王水照先生指出："豪放、婉约两派，不是严格意义上的流派，也不是对艺术风格的单纯分类，更不是对具体作家或作品的逐一鉴定，而是指宋词在内容题材、手法风格，特别是形成声律方面的两大基本倾向，对传统词风或维护或革新的两种不同趋势。"④谢桃坊在《宋词流派及风格问题商兑》一文中说："自20世纪之初新文化运动以来，词学界尝试以新文学的观点重新分析宋词流派，但因宋词与宋诗比较有其特殊性，以致尽管发表了六十余篇专题的论文，而这一问题并未获得较为满意的解决。"⑤由于现当代研究者各自分析切入的角度不同，得出的结论也互有差别，他们对词体的艺术风格与流派演变的深入探讨，是值得肯定的。二是对婉约词和婉约派词人历史地位的重新认识与评价。词学界有关婉约词的研究比较活跃，取得一些新进展：随着"词以婉约为正宗"的观念再度被肯定，对以往"艳词"予以了重新认识与评价；对传统婉约词人及其词作不仅重视词人的身世交游考及其作品的艺术风格、艺术手法

---

① 万云骏：《词话论词的艺术性》，载《学术月刊》，1962年第2期。
② 万云骏：《试论宋词的豪放派与婉约派的评价问题——兼评胡云翼的〈宋词选〉》，载《学术月刊》，1979年第4期。
③ 王兆鹏：《唐宋词史论》，人民文学出版社2000年版，第51页。
④ 王水照：《唐宋文学论集》，齐鲁书社1984年版，第302页。
⑤ 谢桃坊：《宋词辨》，上海古籍出版社1999年版，第49页。

等，而且探析词人的创作心态、所处的历史文化环境等，尤其对有争议的苏轼、辛弃疾的婉约词也都做出了高度重视和评价。诚然，现当代学者各自的观点、视角与研究方法不同，也不可能强求一致的结论，希图定于一尊。然而，若从根本上完全否定词"体派合一"的风格流派，甚至得出"北宋根本没有豪放派"① 的结论，这似有矫枉过正之处。若完全用西方的文学理论来划分我国古代的文学流派，那么，在古代一般很少有现代意义上的有共同创作宗旨、创作理论并自觉结合的"文学流派"，仅能按作家们大致的倾向性与艺术风格的异同来做相对大体上的划分，这其中所引起争议的就不仅是婉约与豪放这两种风格流派的问题。

对于这些论述，本书认为尚有值得深入思考之处：唐宋词的丰富性和多样性不是任何一两个词派，甚至三派、四派、八派乃至十六派能充分包容的。那么，所谓"二分法"，严格地讲，也并不十分科学。这里需要指出的是，以"婉约"与"豪放"两大艺术风格论词，"便于从总体上把握词体的两种主要风格与词人的大致分野"，一直为人们所接受，且相沿至今。由于词人的个性、气质与才情及其身世经历、所处社会时代、历史文化背景等的不同，卓有成就的文学艺术大师，其创作风格必然是复杂、多样性。若关注词体风格的多样性，"婉约"与"豪放"之大致划分，不会定于一尊，确有商榷之处。鉴于此，本书认为：既客观地承认唐宋词中确乎存在婉约与豪放的"两种趋势"②，便于从总体上把握唐宋词的研究，又有必要跳出词体艺术风格与流派辨析的纷争。同时，立足于占据词坛主导地位的婉约词研究，将其纳入历史文化视野的宏观体系中，为唐宋婉约词史专门立论。婉约词作为独特的词体文学现象，阐释婉约词在词体文学的演进过程中，历经的历史演变、文化背景及其题材内容、艺术风格，声律词调等方面，探究词体文学自身内在所隐含的审美特质，这正是词体文学研究的核心内容。

---

① 吴世昌：《有关苏词的若干问题》，载《文学遗产》，1983 年第 2 期。
② 胡云翼：《宋词选》，巴蜀书社 1989 年版，第 59—60 页。

词体分"婉约"与"豪放",长期以来为后人所沿用,但其内涵一直没有明确的界说。由于缺乏明确性和限定性,尽管有人做过探讨,或崇婉贬豪,或扬豪抑婉,但并未取得公认一致的看法,且引发许多无谓的论争。那么,界说婉约词也就成为本书研究的首要出发点。

### 一、婉约词的释义与界说

"婉约"一词最早见于《国语·吴语》:"夫固知君王之盖威以好胜也,故婉约其辞,以从逸王志。"① 原是指言辞的宛转卑顺。"婉约"一词被用于文学批评与文学描写中,约自魏晋之际,它形容一种婉转轻柔、含蓄蕴藉的艺术风格。如晋陆机《文赋》中"或清虚以婉约,每除烦而去滥";南朝陈徐陵《玉台新咏·序》"阅诗敦礼,岂东邻之自媒;婉约风流,异西施之被教"。沿至晚唐五代之际,诗词作品中不时出现"婉约"一词,用以形容柔美的姿态。如唐末李咸用《咏柳》云:"解引人情长婉约,巧随风势强盘纡。"②《花间集》中较多地出现了"婉约"这个词。如毛熙震:"佯不觑人空婉约,笑和娇语太猖狂"(《浣溪沙》);"纤腰婉约步金莲"(《临江仙》)。孙光宪《浣溪沙》:"半踏长裾宛约行,晚帘疏处见分明"(按:宛,通"婉")。需要指出的是,用"婉约"一词来描述词体则始于明。明代张綖在《诗余图谱·凡例》中始提出:"词体大略有二:一体婉约,一体豪放。婉约者欲其词调蕴藉,豪放者欲其气象恢宏。"他标举词体分"婉约"与"豪放",认为"婉约"词是"词调蕴藉","豪放"词则体现为"气象恢宏",且主张"词体以婉约为正"③。稍后,明人徐师曾在《文体明辨序说·诗余》亦有相同的论述:"至论其

---

① 韦昭注:《国语·吴语》,见陈洪模撰《丛书集成初编》卷二十九,中华书局1985年版。
② (清)彭定求等:《全唐诗》卷六百四十六,中华书局1985年版。
③ (明)张綖:《诗余图谱·凡例》附识,明毛氏汲古阁刻《词苑英华》本。

词，则有婉约者，有豪放者。婉约者欲其辞情蕴藉，豪放者欲其气象恢宏。盖虽各因其质，而词贵感人，要当以婉约为正。否则，虽极精工，终乖本色，非有识之所取也。"①徐氏也是针对词体，分"婉约"与"豪放"两类艺术风格，强调作词"要当以婉约为正"。

婉约词从狭义上来讲，即传统词论中清人田同之《西圃词说》中所言："若词则男子而作闺音"②，以抒写男女情爱为主要内容。在艺术技法上"词须宛转绵丽，挟春月烟花于闺幨内奏之，一语之艳，令人魂绝，一字之工，令人色飞，乃为贵耳"③。又"词称绮语，必清丽相须，无妨金粉。譬则肌理之与衣裳，钿翘之与环髻，互相映发，百媚斯生"④，体现着婉转柔美的艺术风格，语言艳丽工巧，构景清新娴雅，声律悠缓飘逸；从广义上来讲，婉约词作为一种独特的词体文学现象，随着词体文学的发展与演进，抒情内容"又岂特偎红依翠，滴粉搓酥，供酒边花下之低唱也"⑤，艺术创作渐趋于遗貌取神。创作主体在深情绵邈的言情感物之中，浑融了对人生理想与生存境况的感悟与迷惘等多重情感体验，他们把家国之恨、身世之感，或"打并入艳情"⑥，或寓于咏物，使得男女恋情和文人学士的性情、理想与襟怀融合在一起，低回宛变，缠绵凄怆，弹奏出幽咽凄恻的生命情调，诚如"虽作艳语，终有品格"⑦，虽描摹物象，

---

① （明）徐师曾：《文体明辨序说》，罗根泽校点，人民文学出版社1962年版，第164页。
② （清）田同之：《西圃词说》，见唐圭璋编《词话丛编》，中华书局1986年版，第1449页。
③ （明）王世贞：《艺苑卮言》，见唐圭璋编《词话丛编》，中华书局1986年版，第368页。
④ （清）沈雄：《古今词话》引宋征璧语，见唐圭璋编《词话丛编》，中华书局1986年版，第852页。
⑤ （清）谢章铤：《赌棋山庄词话》卷十一，见唐圭璋编《词话丛编》，中华书局1986年版，第3466页。
⑥ （清）周济：《宋四家词选目录序论》，见唐圭璋编《词话丛编》，中华书局1986年版，第1652页。
⑦ 王国维：《人间词话》，徐调孚注，人民文学出版社1982年版，第205页。

实别有寄托。可以说，婉约词相对于豪放词而言，一般不著宏大叙事的叙写，社会伦理意识成分较少，抒情写意大都是对个体生活的感发，通常不采取直抒胸臆的表达方式，而是重视借景抒情，情景交融，比兴寄托，使词情若隐若现、委婉曲折，体现出幽微要眇的审美意蕴，凸现婉约词"别是一家"的审美特质。

## 二、婉约词的审美特征

在词体文学发展与演进的过程中，唐宋婉约词占据词坛的正宗地位，具有以下几个审美特征：

第一，在题材内容上，婉约词大都是以阴柔情感如离别相思、花前月下、伤春感时、羁旅乡愁作为核心内容。晚唐五代"花间鼻祖"温庭筠是第一个描写宫怨闺情的词人，艺术创作基本上是"代言体"，即男性作家模仿女性的口吻，代言女性的情感。温词大多描写女子的容貌、服饰、形态及她们对青春易逝的伤感和孤寂无聊的生活情态，其间隐约流露出词人自身的某种情怀。之后的韦庄词不似温词之秾丽，具有一种自然清丽的风格，多为个人情感生活的真实描绘。韦词中自然生动地凸现男主人公刻骨相思、痴迷凄苦的情感，故"语淡而悲，不堪多读"[1]。南唐冯延巳词抒写个体内心的愁思凄苦，已触及世事与人生的感悟与迷茫。李煜词是其个人感情与生命体验的血泪史，"真所谓以血书者也"[2]。尤其亡国之后，李煜词借花月春风、场景物象的变迁，于相思怨别中寄托抚今追昔的故国伤痛。宋初词人如晏殊、欧阳修，承五代南唐余绪，虽形式上多为小令，但一些婉约词已透露出文人士大夫阶层的性情、学养与襟怀。直到柳永大量创制长调慢词，婉约词在内容上则较多反映市井层面的生活与情感，这

---

[1] （清）许昂霄：《词综偶评》，见唐圭璋编《词话丛编》，中华书局1986年版，第1549页。

[2] 王国维：《人间词话》，徐调孚注，人民文学出版社1982年版，第198页。

位落魄文人"尤工于羁旅行役"的艺术创作，使婉约词的形式和内容得以拓展。周邦彦历来被认为是北宋词的集大成者，实则在艺术表现形式上进一步发展和完善了婉约词。北南宋之交的李清照，曾被尊为婉约宗主。由于女词人特殊的生活经历与遭遇，她将国破、家亡之情感伤痛，熔铸为辞章，给婉约词的情感生命带来新的突破。南渡之后的词坛，豪放词占统治地位达七八十年，婉约词却一直占据南宋中后期词坛的主导地位，其余波至有清一代。其间，被誉为北、南宋豪放词的代表人物苏东坡和辛弃疾，他们也创作了大量的婉约词，在数量上远较豪放词有优势。以姜夔、吴文英、张炎为代表的南宋中后期词坛，婉约词中时常以咏梅、咏燕、咏扬花、咏荷等物象为抒情内容，不仅表现文人雅士的生活情趣，而且寄寓感时伤世之情怀，婉约词的柔美娴雅，低回凄恻是豪放词所不可比拟的。可见，言情是婉约词的核心内容，其抒情内涵并没有停滞于男女恋情的单一模式，而是对个体情感生命不断深拓与发展，以情动人，委婉细美地道尽人间的悲欢离合，喜怒哀乐。

第二，在艺术方式上，婉约词以审美情感的间接表达方式为主，即借助外在物象形态来抒情达意，故表现得含蓄委婉、意味隽永。婉约词所抒之情多是难以明言的心湖微波，或是难以言喻的深衷心曲，如晏殊的富贵闲愁，晏几道的感旧伤怀，欧阳修的文人风情，柳永的世俗情恋，周邦彦的才子风流等，虽各有其情，其异如面，所表达的却是文人学士内心深处细致深微的凄凉迷惘，所谓"盖心中幽约怨悱，不能直言，必低徊要眇以出之，而后可感动人"①。其间，或采用借景抒情，情景交融的方式，如欧阳修"泪眼问花花不语，乱红飞过秋千去"两句四层意思，有愈折愈深，愈深愈婉之赞誉；柳永之"杨柳岸，晓风残月"明为景语，而实为情语，以景托情。清人吴衡照《莲子居词话》所云："言情之词，必籍

---

① （清）沈祥龙《论词随笔》，见唐圭璋编《词话丛编》，中华书局1986年版，第4048页。

景色映托，乃具深宛流美之致。"① 蒋兆兰《词说》亦云："词宜融情入景，或即景抒情，方有韵味。"② 婉约词正是这种具有"深宛流美之致"和"韵味"的艺术珍品。或借用比兴寄托，"托志帷房，眷怀君国"③，"善为词者，假闺房儿女子之言，通之于离骚变雅之义。此尤不得志于时者，所宜寄情焉耳"④。婉约词从闺房情感的层面切入，不仅细致而生动地描绘人物形貌、举止与形态，而且深刻揭示心灵深处微妙深邈的心理活动，形成一种回环往复、缠绵悱恻、深沉含蓄的审美意蕴，并以此使人兴会，被其感染。

婉约词至柳永，长调慢词渐多，艺术方式宜适合于勾勒铺叙。柳词长于铺叙，为历代词家所公认。如宋代李之仪曰："耆卿词铺叙展衍，备足无余。"⑤ 清代陈廷焯云："耆卿词善于铺叙，羁旅行役，尤属擅长。"⑥ 不似柳词的平铺直叙，之后周邦彦善于曲折回环，清人周济云：耆卿词"铺叙委婉，言近意远，森秀幽淡之趣在骨"，"勾勒之妙，无如清真"。⑦ 李清照批评晏几道的词"苦无铺叙"，而她的《声声慢》就是运用了外在场景、物象层层铺叙的手法，一层深入一层地将感情推向高潮，写尽了作者的家国之悲，天涯沦落之苦，如泣如诉，增强了婉约词的艺术表现力。

第三，婉约词盖出于"莺吭燕舌"之间的"女音"，节奏悠缓圆润，具有"可歌性"，随着歌伎的演唱而流播。词是自隋唐以来，为配合新兴

---

① （清）吴衡照：《莲子居词话》，见唐圭璋编《词话丛编》，中华书局1986年版，第2423页。
② 蒋兆兰：《词说》，见唐圭璋编《词话丛编》，中华书局1986年版，第4639页。
③ （清）陈廷焯：《白雨斋词话》卷五，见唐圭璋编《词话丛编》，中华书局1986年版，第3877页。
④ （清）朱彝尊：《曝书亭集·陈纬云红盐词序》卷四十，《文渊阁四库全书》本。
⑤ （宋）李之仪语，引自（清）王弈清《历代词话》卷四，见唐圭璋编《词话丛编》，中华书局1986年版，第1163页。
⑥ （清）陈廷焯：《白雨斋词话》卷一，见唐圭璋编《词话丛编》，中华书局1986年版，第3783页。
⑦ （清）周济：《介存斋论词杂著》，人民文学出版社1959年版，第6页。

之燕乐而填写的长短句歌词①，它作为集音乐、歌词、演唱为一体的独特抒情诗体，并最终演变为有宋"一代之文学"，是乐工、词人、歌伎共同努力的结果。而歌伎们以其独特的身份角色、生活方式、演唱才能，不仅推动了词体文学的流播，而且在一定程度上，促使婉约词被视为"当行本色"的"正宗"。唐宋时期，曲子词的演唱正如燕南艺庵的《唱论》"凡唱所忌"条说："男不唱艳词，女不唱雄曲。"宋人王灼《碧鸡漫志》云："古人善歌得名不择男女，今人独重女音，而士大夫所作歌词，亦尚婉媚。"② 可见，婉约词是由女乐人或歌伎演唱的。所谓"浅笑含双靥，低声唱小词"（牛峤《女冠子》），"柔娥幸有腰肢稳，试踏吹声作唱声"（薛能《杨柳枝》）。女性们的演唱以婉转悠扬、流畅和美为主。"一字新声一颗珠，转喉疑是击珊瑚"（薛能《赠歌者》），"一曲艳歌留宛转，九原春草妒婵娟"（温庭筠《和王秀伤歌姬》），许讲真《语言与歌唱》一书中指出："在我们传统的演唱中非常重视声音的圆润、优美。认为最好的声音须具备甜、脆、圆、润、水五个特点。"③ 有时，歌伎们为了达到音声流转谐畅的演唱效果，可以改变声调与唱法，甚至融化其字，而使"声转于吻，玲珑如振玉，辞靡于耳，累累如贯珠"④。为了使歌伎们便于演唱，词人必须既有文学素养，善解辞章，又能洞晓音律。每填一阕，往往锤字炼句，审音度曲，既表情达意，又悦耳动听，具有感人的艺术魅力。李清照在《词论》中说："诗文分平侧，而歌词分五音，又分五声，又分六律，又分清浊轻重。"⑤ 可以说，词人只有了解平上去入四声，根

---

① 叶嘉莹：《论词的起源》，见缪钺、叶嘉莹撰《灵溪词说》，上海古籍出版社1987年版，第26页。
② （宋）王灼：《碧鸡漫志》卷一，见唐圭璋编《词话丛编》，中华书局1986年版，第79页。
③ 许讲真：《语言与歌唱》，上海文化出版社1984年版，第71—72页。
④ （南朝）刘勰：《文心雕龙注释·声律第三十二》，周振甫注，人民文学出版社1983年版，第364页。
⑤ 引自（宋）胡仔：《苕溪渔隐丛话》后集卷三十三，"李易安"条，人民文学出版社1981年版，第254页。

据词曲中宫商角徵羽五音的要求,把歌词的音步、音强、平仄、韵脚与乐曲的音密、音长、音强、音高、音色以及声情的高低起伏、歌唱的抑扬婉转——兼顾起来,才能创作出"当行本色"的"正宗"婉约词。唐宋婉约词人如温庭筠、李煜、柳永、周邦彦、李清照、姜夔、张炎等,他们不但有较高的文学素养,还兼具音乐方面的特殊才能,如柳永词就很适合"十七八女孩儿,执红牙板"歌唱的,以至于"凡有井水处,皆能歌柳词";姜夔也是"自作新词韵最娇,小红低唱我吹箫"(《过垂虹》)。总之,从婉约词的可歌性来讲,歌伎们婉转悠扬、流畅和谐、甜美圆润的演唱特色,使曲子词得以广泛流播。

第四,婉约词具有"艳丽""清雅"及"阴冷"色调的审美物象群,体现着"以柔为美"的主体风格。婉约词的审美物象群具有一定的时空限定性,大致分为"艳丽""清雅"及"阴冷"三类,如"金枕""画屏""玉炉""绣帘""香雾""绿窗""红藕""花露""彩蝶""双燕""新雁"等多为室内用具、器物以及花草飞虫,物象色调较为鲜艳、亮丽,属于"艳丽"之物象;又如"东风""柳丝""春雨""曲岸""流水""斜阳""疏星""淡月""烟渚"等属于"清雅"之物象,多取自自然场景,不刻意修饰色彩感并不炫目;再如"落花""残红""飞絮""啼莺""凉蝉""远峰""断云""孤舟"等物象的情态较为突出,注重贴近人物内心深细微妙的心理变化,染就层层幽静、清冷的色调,属于"阴冷"型。词作为一种音乐和语言艺术紧密结合的抒情文体,由于词人不同的创作个体,不同的词派也有各自的艺术风貌。婉约词的艺术创作中物象组合的色调变化与人物心境紧密关联,往往能构成声情并茂、形神兼备的审美意境,在整体上倾向于"以柔为美"的主体风格。对此,历代词论也多有揭示和阐发,如宋代胡仔就以"词情婉丽"[①],评论秦观的词风。又如明代何良俊《草堂诗余序》云:"周清真、张子野、秦少游、晏

---

[①] (宋)胡仔:《苕溪渔隐丛话》后集卷三十三,"晁无咎"条,人民文学出版社1981年版,第253—254页。

叔原诸人之作，柔情曼声，摹写殆尽，正词家所谓当行，所谓本色者也。"① 清人周济《介存斋论词杂著》中将温庭筠词比作"严妆"，将韦庄词比作"淡妆"，而将李后主词比作"粗头乱服，不掩国色"② 的毛嫱、西施。郭麐《灵芬馆词话》则将《花间》词形容为"风流华美，浑然天成，如美人临妆，却扇一顾"，将秦观、周邦彦等人的词比作"施朱傅粉，学步习容，如宫女题红，含情幽艳"，将姜夔、张炎诸人的词形容为"一洗华靡，独标清绮，如瘦石孤花，清笙幽磬"③。清人王又华《古今词论》引李东琪论词云："诗庄词媚，其体元别。"④ 可见，无论是评述婉约词人的艺术风格，还是阐发词与诗不同的审美特征，历代词论所强调和突出的诸如"婉美""婉丽""柔情曼声""幽艳""婉媚"等阴柔化特征，体现着婉约词"以柔为美"的主体风格。

### 三、本书的主要内容与结构

唐宋婉约词作为一种独特的词体文学现象，具有历史存在的必然性。本书将唐宋婉约词置于历史文化发展的宏观视野中来加以系统审视，并且依据词体文学自身发展的规律性，界说婉约词的审美特征，对婉约词的演变进程予以审美观照，既探究婉约词在各个不同历史时期文化环境与艺术创作之间的相互关系，又以唐宋婉约词的大家名家为个案研究对象，探析不同时期的婉约词在题材内容、艺术风格、创作手法及声韵情调等方面所蕴含的审美意蕴，以期在历史文化与艺术审美互动观照中深入揭示词体文

---

① （明）何良俊：《草堂诗余序》，引自施蛰存主编《词籍序跋萃编》，中国社会科学出版社1994年版，第165页。
② （清）周济：《介存斋论词杂著》卷一，人民文学出版社1959年版，第7页。
③ （清）郭麐：《灵芬馆词话》卷一，见唐圭璋编《词话丛编》，中华书局1986年版，第1503页。
④ （清）王又华：《古今词论》，见唐圭璋编《词话丛编》，中华书局1986年版，第4258页。

学独特的审美特质,这正是词学本体研究的核心问题所在。

　　全书共分六章。第一章,婉约词萌生的历史文化渊源。从词体的音乐性、地域文化与创作心态三个层面溯流讨源。倚声填词的音乐性是婉约词萌生的直接因素,西蜀与南唐文化对婉约词的"阴柔"特性产生了间接的作用和影响,社会历史的变迁又是影响婉约词创作心态的重要因素。第二章,婉约词初创期的范型,一方面以"花间冠冕"温庭筠与韦庄的创作倾向为典范为婉约词体式的确立奠定了基石,另一方面以南唐冯延巳与李煜为代表的婉约词蕴含着凄恻哀伤的抒情基调,意味隽永。第三章,婉约词成长期的步履。以汴京为中心的北宋城市经济的繁盛,士大夫文人歌舞享乐的社会风尚以及独重歌伎传唱这三个方面对婉约词的艺术风貌和审美意蕴产生了深远的影响。北宋晏殊、欧阳修及晏几道工于小令,他们并非简单地沿袭五代词风,而是显示出婉约词成长期的审美趋向,即以男女恋情为主要抒情内容的婉约词中,佳人美女形象被理性化,不仅是单一地表现忠贞持守的男女恋情,同时还渐次地融入多情士子的情感生活与身世经历,这佳人与士子的两种情思相互交融,含蓄而清雅,深挚而凄苦。柳永大量创制慢词长调,丰富了婉约词的艺术表现形式,抒写下层市井女子的情感体验,塑造富有鲜活生命力的女性形象,抚慰文人士子羁旅漂泊、凄凉寂寞的心灵创伤和情感寄托。词在宋代虽被视为"小道""末技",文人士子们却愈来愈离不开它了。第四章,婉约词在北宋中后期至南北宋之交的深化与拓展。以苏轼、周邦彦与李清照词为审美对象,探析他们的词体观念与创作实践对婉约词的题材内容、艺术形式与审美意蕴等方面的深拓。苏轼"以诗为词"的词学观念在题材内容与审美意蕴方面深化与拓展了婉约词,使传统婉约词的题材内容从单一的男女情爱,渐次渗透与融入文人学士的品性、修养与襟怀等多重情感体验,"豪放"与"婉约"阳刚与阴柔艺术风格的交互激荡与融合,这正是苏轼婉约词的艺术造诣所在。周邦彦对北宋婉约词的"集大成",主要围绕音乐、结构辞章与抒情三个方面:精通音乐,熟解声律;讲究曲折回环的结构,缜密典丽的辞章；沉郁感伤的抒情基调，寄寓词人的身世经历。值得一提的是，在男性词人群体占据主导地位的宋代婉约词坛上，女词人李清照以自身特有的细腻而敏锐的情感体验塑造女性自我艺术形象，展示身处特定社会历史环境中的女性真实而凄苦的内心情怀，不同于男性词人的性别审美意蕴，在一定程度上揭示了婉约词独具的艺术魅力。第五章，婉约词在南渡之后的探索。南渡之后，词坛创作主体所处的历史文化环境，在一定程度上促使婉约词的词体观念演化，推尊词体，使诗词地位等同，倡言雅正，讲究声律与辞章。南渡之后至宋季，婉约词的创作实践以姜夔、吴文英与张炎为代表，已经脱离了"有井水处皆能歌柳词"的民间市井层面，追求声律与辞章的谐和，曲终奏雅，营造词乐和谐的审美效果，与"豪放惟幼安称首"的辛弃疾词可谓双峰并峙，而辛弃疾词又能"摧刚为柔""牵雅、颂入郑卫"，在一定程度上提升婉约词的文化品格。第六章，唐宋婉约词的地位与影响。唐宋婉约词作为一种独特的词体文学现象，具有历史存在的必然性。有关"豪放"与"婉约"的大致划分，不会定于一尊，确有商榷之处。本书重新审视上述惯性说法，从历史文化发展的宏观视野中，对唐宋婉约词予以历史文化与艺术审美互动观照，是便于把握词体文学的审美特质，有益于对词学本体的研究与探索。

# 第一章

# 婉约词萌生的历史文化渊源

唐宋婉约词作为一种独特的词体文学现象，具有历史存在的必然性。从词体的音乐性、地域文化与创作心态三个层面溯流讨源探析婉约词萌生。倚声填词的音乐性是婉约词萌生的直接因素，西蜀与南唐文化对婉约词"阴柔"特性产生了间接的作用和影响，社会历史的变迁是影响婉约词创作心态的重要因素。从历史文化渊源中探析婉约词萌生的源流，是唐宋婉约词史研究的基础与出发点。

## 第一节 倚声填词——合乐可歌的新乐章

词的萌生并不是偶然的，它是受到音乐的陶铸而形成的一种特殊的抒情诗体，够得上称为"音乐的文学"[1]。但它所受音乐的影响极为复杂，之前虽然也有许多诗歌是和音乐有关系，却没有哪一种诗歌如同词与音乐关系之密切与复杂，形成合乐可歌的新乐章。那么，从词与音乐关系上来

---

[1] 刘尧民在《词与音乐》中指出："所谓音乐的文学，最重要的是诗歌的形式要完全适合音乐的形式，这样才能在合乐的时候，两不相妨碍。在音乐方面既能畅快地发挥其音节，而诗歌也能保持其原来的本质。其一字一句既不受音调的妨碍，倒反借音乐而益表现出诗歌的情调。"（刘尧民：《词与音乐》，云南人民出版社1982年版，第15页。）

揭示词体的特性，这是婉约词研究的基本出发点之一。

## 一、婉约词萌生的直接因素——诗与乐的结合

词在唐宋时被称为"曲子词"，它最先出现在五代欧阳炯的《花间集叙》中：

> 今卫尉少卿字弘基，以拾翠洲边，自得羽毛之异；织绡泉底，独殊机杼之功。广会众宾，时延佳论。因集近来"诗客曲子词"五百首，分为十卷。①

五代孙光宪在《北梦琐言》中亦云：

> 晋相和凝，少时好为"曲子词"，布于汴、洛。洎入相，专托人收拾焚毁不暇。②

而和凝又有"曲子相公"之号③。宋以后，词又叫作"曲子""今曲子"，它或许最能表明词体的合乐可歌。这种诗与乐相结合的传统从《诗经》，甚至更早的时期，就已经建立了。如宋人王灼《碧鸡漫志》曰：

> 古人初不定声律，因所感发为歌，而声律从之，唐、虞禅让以来是也，余波至西汉末始绝。西汉时，今之所谓古乐府者渐兴，晋、魏

---

① （西蜀）欧阳炯：《花间集叙》，引自李一泯《花间集校》，人民文学出版社1998年版，第1页。
② （五代）孙光宪撰：《北梦琐言》，林艾园校点，上海古籍出版社1981年版，第64页。
③ （清）沈雄：《古今词话》："和凝好为小词，布于汴洛，洎入朝，契丹号为'曲子'相公。"见唐圭璋编《词话丛编》，中华书局1986年版，第970页。

为盛,隋氏取汉以来乐器、歌章、古调,并入清乐,余波至李唐始绝。唐中叶虽有古乐府,而播在声律则鲜矣。士大夫作者,不过以诗一体自名耳。盖隋以来,今之所谓曲子者渐兴,至唐稍盛,今则繁声淫奏,殆不可数。古歌变为古乐府,古乐府变为今曲子,其本一也。后世风俗益不及古,故相悬耳。而世之士大夫,亦多不知歌词之变。①

上述这段描述,大体揭示出我国古代诗歌与音乐相互结合的大致三个阶段:上古至西汉末——"感发为歌,声律从之";西汉至唐中叶——采诗入乐;隋唐以来——依声填词。简言之,诗与乐相结合的传统就是:从"古歌变为古乐府,古乐府变为今曲子"。在此演进的过程中,最终体现词之合乐可歌的特性。

(一)"古歌"——诗、乐、舞三位一体的综合艺术

中国上古时代的诗歌从《诗经》,甚至更早的时期,就是诗、乐、舞三位一体的综合艺术,正如《毛诗序》曰:

诗者,志之所之也。在心为志,发言为诗。情动于中而形于言,言之不足,故嗟叹之;嗟叹之不足,故永歌之;永歌之不足,不知手之舞之、足之蹈之也。②

又如《礼记·乐记》所云:"诗言其志也,歌咏其声也,舞动其容也。三者本于心,然后乐器从之。"③再如《墨子·公孟篇》中所谓"诵

---

① (宋)王灼:《碧鸡漫志》卷一,见唐圭璋编《词话丛编》,中华书局1986年版,第74页。
② (汉)毛亨传:《毛诗正义》,见《十三经注疏》,郑玄笺,中华书局1980年影印版,第261页。
③ 《礼记·乐记》,见《十三经注疏》,中华书局1980年影印版,第1527页。

诗三百，弦诗三百，歌诗三百，舞诗三百"①等。《诗经》"风""雅""颂"三类，"也是按音乐来划分的"。②据《史记·孔子世家》中记载：

  古者诗三千余篇，及至孔子，去其重，取可施于礼义，上采契、后稷，中述殷、周之盛，至幽、厉之缺，始于衽席，故曰《关雎》之乱以为《风》始，《鹿鸣》为《小雅》始，《文王》为《大雅》始，《清庙》为《颂》始。三百五篇孔子皆弦歌之，以求合《韶》《武》《雅》《颂》之音。礼乐自此可得而述，以备王道，成六艺。③

春秋战国时代"礼崩乐坏"，孔子以"可施于礼义"的原则，删诗定编，"三百五篇孔子皆弦歌之，以求合《韶》《武》《雅》《颂》之音"。这一方面体现出诗歌的合乐可歌性，另一方面则表明我国中古时代随着社会的发展，文化的成熟，诗、乐、舞三位一体的综合艺术逐渐分化为"诗歌至上的时代"④，而诗与乐的合作却一直并未中断。

（二）"古乐府"——采诗入乐

在诗与乐相结合方面，乐府诗与"古歌"有不同之处。"乐府"始于汉武，本为官署之名，其职在采诗歌，被以管弦入乐，故"后世遂以乐府官署所采获保存之诗歌为乐府"⑤。汉立乐府，诗乐分途，不能不采诗以合乐，即"采诗入乐，依调作歌"⑥，其特征主要表现为"先诗后乐"⑦

---

① 吴毓江撰：《墨子·公孟篇》第四十八，孙启治点校，见《新编诸子集成》，中华书局1993年版。
② 吴熊和：《唐宋词通论》，浙江古籍出版社1985年版，第2页。
③ （汉）司马迁：《史记·孔子世家》卷四七。
④ 刘尧民：《词与音乐》，云南人民出版社1982年版，第191页。
⑤ 罗根泽：《乐府文学史》，东方出版社1996年版，第2—3页。
⑥ 施议对：《词与音乐关系研究》，中国社会科学出版社1985年版，第137页。
⑦ 据顾炎武《日知录》："古人以乐从诗，今人以诗从乐。古人必先有诗而后以乐和之，舞命夔教胄子，诗言志，歌永言，声依永，律和声，是以登歌在上，而堂上堂下之器应之，是以谓以乐从诗。"

（先有诗，后配乐）的创作方式，即文学家造为歌词，再由音乐家配乐而成的。所谓"造为诗赋，略论律吕，以合八音之调，作《十九章》之歌"①，乃是汉乐府合乐可歌的表现。

随着汉代国势强盛，疆域广大，乐府汇聚了全国各地的音乐精粹，形成声情各异的乐曲，从而也产生了较之古朴简单的先秦"雅乐"更为复杂多变的"清乐"②。乐府诗的歌词为了配合音乐的表达，依调作歌，按曲式制辞，或增或删，以协律吕，呈现出内容丰富、形式多样的特色，其"长短句也有，整齐句也有，五言、六言、七言、杂言诗各体各类都有"③。据宋人郭茂倩所编《乐府诗集》（一百卷）收有"郊庙歌辞、鼓吹曲辞、横吹曲辞、相和歌辞、清商曲辞、杂曲歌辞"等十二类不同乐曲内容和形式的乐府诗，也充分体现着诗与乐的相互结合，密不可分。宋人胡寅曰："词曲者，古乐府之末造也。"④ 王炎亦云："今之长短句，盖乐府曲之苗裔。"⑤ 明人汤显祖《花间集叙》中指出：

> 自《三百篇》降而骚、赋，骚、赋不便入乐；降而古乐府，古乐府不入俗；降而以绝句为乐府，绝句少宛转；则又降而为词。故宋

---

① 据《汉书·礼乐志》（卷二十二）载："……至武帝定郊祀之礼，祠太一于甘泉，就干位也；祭后土于汾阴，泽中方丘也。乃立乐府，采诗夜诵。有赵、代、秦、楚之讴。以李延年为协律都尉，多举司马相如等数十人，造为诗赋，略论律吕，以合八音之调，作《十九章》之歌。以正月上辛，用事甘泉圜丘，使童男女七十人俱歌，昏祠至明。"
② （宋）沈括《梦溪笔谈·乐律一》："自唐天宝十三载（754 年），始诏法曲与胡部合奏，自此乐奏全失古法，以先王之乐为雅乐，前世新声为清乐，合胡部者为晏乐。"文物出版社 1975 年影印元刊本，卷五。
③ 罗根泽：《乐府文学史》，东方出版社 1996 年版，第 242 页。
④ （宋）胡寅：《酒边集序》，引自施蛰存主编《词籍序跋萃编》，中国社会科学出版社 1994 年版，第 168 页。
⑤ （宋）王炎：《双溪诗余自序》，引自施蛰存主编《词籍序跋萃编》，中国社会科学出版社 1994 年版，第 302 页。

人遂以为词者诗之馀也。①

近人王国维《戏曲考原》认为："诗余之兴，齐梁小乐府先之。"②可见，他们都看到了词与乐府具有的合乐可歌性，然而，词不是乐府的派生物，而又"别是一家"。

（三）"今曲子"——"倚声填词"

词之所以不同于乐府，"别是一家"，主要是由于词与乐府各自所配合的音乐完全不同。"雅乐""清乐""燕乐"，分别代表中国历史上三个不同的音乐时代。目前词学研究界大致可以肯定的是："先秦的古乐称雅乐，《诗经》中的《雅》《颂》，即是雅乐的诗歌。汉魏六朝的音乐称清乐，乐府诗就是配合清（商）乐的歌词。"③ 它们相对于曲子词所配合的"燕乐"而言，在内容与形式都显得比较简单古朴，而"燕乐"则是一种"繁声淫奏"④，极富刺激性又十分美妙动听的"俗乐"⑤。与此同时，随着音乐的变化，"今曲子"与乐府在创作方式上亦有所不同。"采诗入乐"的乐府，往往由当时名士文人作诗，乐工则对其文辞增删润色，以适应乐曲的变化。至于"某一种曲调应当要用某种诗歌合乐，完全是由懂音乐的乐工与歌伎来选择"⑥。而且，乐工演奏时"对歌辞的拼凑与分割，也有勉强凑合之嫌"⑦。诗歌与音乐并非完美之结合。这种合乐诗歌即"古

---

① （明）汤显祖：《花间集叙》，引自施蛰存主编《词籍序跋萃编》，中国社会科学出版社1994年版，第633页。
② 王国维：《王国维戏曲论文集·戏曲考原》，中国戏剧出版社1984年版，第126页。
③ 吴熊和：《唐宋词通论》，浙江古籍出版社1985年版，第3页。
④ （宋）王灼：《碧鸡漫志》（卷一）"今则繁声淫奏，殆不可数"，见唐圭璋编《词话丛编》，中华书局1986年版，第74页。
⑤ 杨海明：《唐宋词美学》，江苏教育出版社1998年版，第5页。
⑥ 刘尧民：《词与音乐》，云南人民出版社1982年版，第32页。
⑦ 余冠英：《乐府歌词的拼凑和分割》，见《汉魏六朝诗论丛》，上海古典文学出版社1956年版，第32页。

乐府"在清乐占统治地位的乐坛上是可行的，而到了燕乐之繁盛期，乐府诗就显得"不胜诘曲"①，很难适应新兴"燕乐"曲调形式的复杂多变。

曲子词正是适应燕乐"繁声淫奏"之复杂多样，"依曲拍为句"②，先有乐，后填词，即"倚声填词"。它在一定程度上"打破了五七言绝句整齐的诗律，以文辞就声"③，形成了长短参差的句式，并在声韵等方面形成了"调有定句，句有定字，字有定声"④，以表现乐曲节奏的起伏变化。此种先有乐，后填词的创作方式，也要求诗人们熟知音乐，能"逐弦吹之音，为侧艳之词"⑤，而充分体现词之合乐可歌的特性。诚如清人刘熙载曰："乐歌，古以诗，近代以词。如《关雎》《鹿鸣》，皆声出于言；词则言出于声矣。故词，声学也。"⑥可见，作为"声学"的词，亦即王灼所云"今之所谓曲子者"，这一特殊的诗歌样式，在诗与乐相结合的过程中，最终成为合乐可歌的新乐章。

## 二、"燕乐"对婉约词的作用与影响

词是自隋唐以来，为配合"燕乐"而填写的长短句歌词，它之所以"别是一家"，除了取决于作家的生活经历、创作倾向及审美情趣之外，音乐是一个决定性的因素。词是自隋唐以来，为配合燕乐而填写的长短句

---

① （明）俞彦：《爰园词话》曰："周东迁以后，世竞新声，三百之音节始废，至汉而乐府出，乐府不能行之民间而杂歌出，六朝至唐，乐府又不胜诘曲。"见唐圭璋编《词话丛编》，中华书局1986年版，第400页。
② （唐）刘禹锡《忆江南》二首自注：合乐天春词，依《忆江南》曲拍为句。
③ 吴熊和：《唐宋词通论》，浙江古籍出版社1985年版，第27页。
④ （宋）张炎：《词源》卷下，见唐圭璋编《词话丛编》，中华书局1986年版，第257—258页。
⑤ 《旧唐书·温庭筠传》卷一九〇。
⑥ （清）刘熙载：《艺概·词曲概》，见唐圭璋编《词话丛编》，中华书局1986年版，第3687页。

歌词，从一定程度上讲，词体之特性是在燕乐的陶冶下逐渐形成的。那么，"燕乐"对婉约词的作用与影响又何在呢？

（一）歌词配合之燕乐，决定了婉约词的表现形式与抒情内容

唐宋时代，"自开元以来，歌者杂用胡夷里巷之曲"①，歌词所配合的燕乐是"以中土民间音乐为主，并融合中、外各民族音乐的一种新型的抒情音乐"②。若与雅乐、清乐相对而言，燕乐之音域较为广阔，节奏较为复杂，声调变化很大。据《唐书·礼乐志》中记载：

> 凡所谓俗乐者，二十有八调。正宫、高宫……皆从浊至清，迭更其声，下则益浊，上则益清，慢者过节，急者流荡……③

其间，"俗乐二十八调"，即燕乐二十八调之俗名。这二十八调的特点是："从浊至清，迭更其声，下则益浊，上则益清，慢者过节，急者流荡"，可见"燕乐"乐曲节奏多变，不仅决定了婉约词参差不齐的表现形式，富于变化，适合于抒情，而且产生悦耳动听的审美效果，这和先秦以及汉魏六朝时那种"和平中正"的雅乐、"从容雅缓"④的清乐的审美效果不同。又据《续通典·清乐》中描述：

> 今乃高至紧五夹清，低至上一姑洗，卑则过节，高则流荡，甚至

---

① 《旧唐书·音乐志》卷四四。
② 施议对：《词与音乐关系研究》，中国社会科学出版社1994年版，第31页。燕乐的来源是研究词的起源问题的一个关键，但是，学界对于燕乐的构成究竟是以中原音乐为主，还是以胡乐为主，存在着分歧。以夏承焘、吴熊和为代表的学者指出：燕乐的主要成分是西域音乐。以阴法鲁、唐圭璋为代表的学者认为：燕乐是以中原民间音乐为主体，融合中外音乐的新型民族音乐。又参见《隋唐五代文学研究》，北京出版社2001年版，第1304页。
③ 《新唐书·礼乐志》卷二十二。
④ 《宋书·乐志》卷一九。

佚出均外，此所以为靡靡之乐也。①

也就是说，"燕乐"之曲调高则过高，低至过低，哀乐极情，没有节制，便成了"靡靡音乐"。而与之合乐的歌词受其影响，在抒情内容上亦往往"极怒、极伤、极淫而后已"②。可见，文人们"倚声填词"实则是在长短参差、富于变化的句式中，婉转曲折地抒写人之喜怒哀乐至情。清人沈祥龙在《论词随笔》中曾说："词之言情，贵得其真。劳人思妇，孝子忠臣，各有其情。古无无情之词，亦无假托其情之词。"③，近人王国维在《人间词话》中则曰："境非独谓景物也。喜怒哀乐，亦人心中之一境界"④，"词以境界为最上"⑤。可以说，"燕乐"不仅决定了婉约词参差有序、平仄相宜的长短句表现形式，而且在抒情内容上，赋予了婉约词之灵感及升华。即使后来婉约词与"燕乐"逐渐脱离之后，这种极富乐感的词体样式也具有很高的音乐美，读起来不仅比古歌、乐府更为上口，而且比近体诗富于变化，脱胎为一种独立的抒情诗体。

（二）歌词配合之燕乐，影响了婉约词抒情的艺术风格

"词体以婉约为正"⑥，"婉约"作为一种艺术风格，也是在"燕乐"情调的影响下形成。据马端临《文献通考·乐二》记载北朝演奏燕乐时的情景：

歌声全似吟哭，听之者无不凄怆。……是以感其声者，莫不奢淫

---

① 《续通典·清乐》（影印本），浙江古籍出版社1988年版。
② （清）沈雄：《古今词话》词品（上卷）引王岱曰："诗以温柔含蓄，怨不怒，哀不伤，乐不淫为旨。词则欲其极怒、极伤、极淫而后已。"见唐圭璋编《词话丛编》，中华书局1986年版，第826页。
③ （清）沈祥龙：《论词随笔》，见唐圭璋编《词话丛编》，中华书局1986年版，第4053页。
④ 王国维：《人间词话》，徐调孚注，人民文学出版社1982年版，第193页。
⑤ 王国维：《人间词话》，徐调孚注，人民文学出版社1982年版，第191页。
⑥ （清）徐釚：《词苑丛谈》，唐圭璋校注，上海古籍出版社1981年版，第25页。

躁竞，举止轻飙，或踊或跃，乍动乍息，跤脚弹指，撼头弄目，情发于中，不能自止。①

可见，当时"燕乐"之演唱情景是何等刺激人的感情，使人如醉如狂，动情至深。隋唐以来，随着燕乐"繁声淫奏"的刺激，诗人们也兴奋了起来。曲子词也经历了"从民间草创，直至文人染指，一个相当长的演化过程"②。唐代较早尝试"倚声填词"的两位大诗人刘禹锡、白居易也曾对合乐歌词有过一番切身的感受。如刘禹锡对《竹枝》曲就深觉其声情"虽伦仃不可分，而含思宛转，有淇濮之艳"③，白居易《杨柳枝二十韵》："小妓携桃叶，新歌踏柳枝。"自注："《杨柳枝》，洛下新声也。洛之小妓有善歌之者，辞章音韵，听可动人，故赋之。"④ 这又道出柔美动听、含思婉转的演唱情景。直待《花间集》之出，婉约词以"绮罗香泽之态，绸缪宛转之度"，配合"燕乐"复杂多变"繁声淫奏"，从而确立了婉约词"以清切婉丽为宗"⑤ 的艺术风格。

## 第二节　地域文化与婉约词的萌生

从现存的敦煌曲子词来看，词最早产生于民间，广泛流行于边陲农村、山乡水泽地区。后来，发生了两大转移："一是从农村转向了城市，

---

① （元）马端临：《文献通考·乐二》（影印本），中华书局1986年版。
② 施议对：《词与音乐关系研究》，中国社会科学出版社1985年版，第157页。
③ （唐）刘禹锡：《竹枝词序》，引自（清）王弈清等《历代词话》，见唐圭璋编《词话丛编》，中华书局1986年版，第1100页。
④ （唐）白居易：《杨柳枝二十韵》自注。
⑤ （清）永瑢等：《四库全书总目·东坡词提要》："词自晚唐五代以来，以清切婉丽为宗"，中华书局1965年版。

二是从北方转向了南方。"① 自晚唐五代以来，北方中原地区有将近半个多世纪的政局动荡，而位于四川盆地的西蜀（包括前蜀和后蜀）、江淮地区的南唐凭借自然地理上的优势得到了长期的社会安定，经济、文化持续发展。同时，君臣雅好文艺，接纳了许多由中原而来避乱的文人、伶工及歌伎等。于是，以西蜀的成都与南唐的金陵为中心，成为文人歌词创作的两大南方重镇。从地域文化的层面来揭示词体的特性，这是婉约词研究的又一基本出发点。

### 一、婉约词萌生的间接因素：西蜀与南唐地域文化的形成

（一）西蜀与南唐的社会经济，为地域文化的形成奠定了丰厚的物质基础

由于北方中原战乱的持续时间长于南方，偏居一隅的西蜀与南唐凭借自然地理上的优势，获得了将近半个多世纪的安定环境。虽然也经历过南方政权割据的战乱时期，但是远不如北方中原"战乱之激烈，范围之广，且持续时间之长"②，使得西蜀与南唐的经济发展，遭受战乱的摧残较小，同时，在西蜀与南唐的诸统治者中，都先后推行发展经济的政策及措施，加之大量中原人口南迁，不仅为发展经济提供了必要的生产力，也带来了中原先进的生产技术。这些情况都促使五代十国时期的西蜀与南唐在社会经济方面（农业、手工业、城市商业等）得以持续发展，创造了丰富的物质财富。据宋人张唐英《蜀梼杌》（上卷）中记载前蜀统治者注重恢复发展农业生产的情况：

> 昔刘先主入蜀，武侯劝其闭关息民，十年而后举兵，震摇关内。朕以猥眇托于上人，爱念蒸民，久罹干戈之苦，而不暇力于农桑之

---

① 杨海明：《唐宋词史》，天津古籍出版社1998年版，第13页。
② 邹劲风：《南唐国史》，南京大学出版社2000年版，第179页。

业。今国家渐宁,民用休息,其郡守、县令,务其惠绥,无侵无扰,使我赤子乐于南亩,而有《豳风·七月》之咏焉。①

蜀主王建推行"民用休息"的政策,恢复发展生产,劝课农桑。前蜀官府"仓廪充溢"②,堆积了大量粮食。后蜀孟氏时,农业连年丰收。又《蜀梼杌》广政十三年(950年)九月又载:

是时,蜀中久安,赋役俱省,斗米三钱。城中之人,子弟不识蹈麦之苗,以笋芋俱生于林木之上,盖未尝出至郊外也。村落、闾巷之间,弦管歌声,合筵社会,昼夜相接。府库之积,无一丝一粒入中原,所以财币充实。③

后蜀社会经济呈现出一片富裕、安乐的景象。其"斗米三钱",比起唐代贞观盛世"斗米不过三四钱"还低一点④。蜀之地多宜植桑麻,为丝麻织物的手工业生产提供了大量原料。两蜀丝织物的工艺水平较高,尤以蜀锦为精美,且花色很多⑤。吕大防《锦官楼》曾赞叹曰:"织文锦绣,穷工极巧,其写物也如欲生,其渥采也如可掇"⑥。词人韦庄描摹其为

---

① (宋)张唐英:《蜀梼杌》卷一,王文才、王炎校笺,巴蜀书社1999年版,第154页。
② 《五国故事》卷上,《文渊阁四库全书》本。
③ (宋)张唐英:《蜀梼杌》卷二,王文才、王炎校笺,巴蜀书社1999年版,第243页。
④ 《资治通鉴》卷一九三,"唐太宗贞观四年"。
⑤ 参见杨伟立:《前蜀后蜀史》,四川省社会科学院出版社1986年版,第189—190页。
⑥ 吕大防:《锦官楼》,《全蜀艺文志》卷三四。

"绣衣金缕,雾薄云轻"①,穿在身上"臂钏透红纱"②。

随着农业和手工业的发展,城市商业也有了一定程度的繁荣。成都在唐末,商业就很发达,"成都城中鬻花果、蚕器于一所,号蚕市;鬻香药于一所,号药市;鬻器用者号七宝市"③。韦庄就有描写成都蚕市的《河传》:

锦里,蚕市,满街珠翠,千万红妆。玉蝉金雀,宝髻花簇鸣铛,绣衣长。日斜归去人难见,青楼远,队队行云散。不知今夜,何处深锁兰房,隔仙乡。

当时成都的繁华于词中可见一斑。后蜀孟氏时,蜀中经过长期的安定休息,"财币充实","城上尽种芙蓉,九月间盛开,望之皆如锦绣",孟昶谓左右曰:"自古以蜀为锦城,今日视之,真锦城也"④。

与此同时,南唐昇元三年(939年)正月,"李昇下诏劝农,同时招抚流民,给予优惠政策,鼓励其从事耕植"⑤,重视水利建设,其境内"水稻种植面积更广,品种更为繁多"⑥。也有意识地因地制宜发展经济,"以国之东裔熬天池以为盐;国之南偏撷地利以为茗,岁贡数百,膳五千师,其诸胶漆之财,玉帛之货,山川之利,租庸之常不足纪也"⑦。李煜时期,南唐宫中流行一种"天水碧",据《宋史》载:

---

① 韦庄:《河传》(锦浦),见曾昭岷、王兆鹏等《全唐五代词》,中华书局1999年版,第163页。
② 牛峤:《女冠子》(锦江烟水),见曾昭岷、王兆鹏等《全唐五代词》,中华书局1999年版,第505页。
③ 《资治通鉴》卷二五二,"唐僖宗干符六年"。
④ (宋)张唐英:《蜀梼杌》卷四,王文才、王炎校笺,巴蜀书社1999年版,第417页。
⑤ (宋)马令:《南唐书·先主书》卷一。
⑥ 邹劲风:《南唐国史》,南京大学出版社2000年版,第182—183页。
⑦ (南唐)刘津语,引自(清)董诰等《全唐文》卷八七一,中华书局1983年影印本。

煜伎妾常染碧，经夕未收，令露下，色艳明，煜爱之，自是宫中竞收露水染碧以衣之，谓之天水碧。①

达到这样若有似无的色泽效果，需要有高超的技艺，可见南唐织染水平已达到了相当的高度。经济的发展，直接带来了城市商业的繁荣。南唐的扬州，在唐代已是繁盛一时的大都会，海舶云集，对外贸易发达。显德六年（959年），中主李璟在与后周的交战中惨败，尽失江淮之地，东都扬州被后周占领。而西都金陵，随着其政治地位的逐步上升，城市商业繁荣起来，很快重现其六朝古都的风采②。韦庄描绘金陵的《陪金陵府相中堂夜宴》诗中曰："满眼笙歌满眼花，满楼珠翠胜吴娃。因知海上神仙窟，只似人间富贵家"，而城市商业的繁荣，必然推动文化的发展和走向。

（二）西蜀与南唐各自不同的文化群体，对地域文化的形成起着重要的作用与影响

唐末战乱以后，北方中原士人主要流向于西蜀和南唐，"士人作为文化的主要传承者"③，他们在西蜀与南唐形成各自不同的文化群体，对地域文化的形成起着重要的作用与影响。五代十国时期虽是个武人悍将争雄的时代，但西蜀与南唐的统治者比较重视文人，发展文化教育，雅好文艺，对形成地域文化的特征创造了有利条件。据史料记载，前蜀王建在称帝以后"虽目不知书，好与书生谈论"，招揽人才，"是时唐衣冠之族多避乱在蜀，蜀主礼而用之，使修举故事，故其典章文物，有唐之遗风"④。前蜀在开国之时，就设有国子监，并且按照唐朝旧制把都城和各州的学校与孔庙加以恢复⑤。后蜀孟昶大力兴办学校教育，据《资治通鉴》后周太祖广顺三年（953年）记载："自

---

① （元）脱脱:《宋史》卷二〇五，中华书局1977年版。
② 邹劲风:《南唐国史》，南京大学出版社2000年版，第186页。
③ 余英时:《士与中国文化》，上海人民出版社2003年版，第82页。
④ 《资治通鉴》卷二六六，"后梁太祖开平元年"。
⑤ 杨伟立:《前蜀后蜀史》，四川省社会科学院出版社1986年版，第229页。

唐末以来，所在学校废绝，毋昭裔出私财百万营学馆，且请刻板印《九经》，蜀主从之。由是蜀中文学复盛。"可见，重视人才、发展文化教育，实为文化兴盛的重要因素之一。

　　西蜀号称"天府之国"，军事上易守难攻，成为唐代皇族显贵的避难之所，唐末僖宗也曾避乱于此。唐帝国崩溃以后，西蜀集中了唐末的大量遗臣，"去蜀者，非出名门，即饱学之士"①，西蜀统治者于是充分利用这一人才优势，"百余人，并见信用"②。由于统治者"所用皆唐名臣士族"③，于是，在西蜀统治集团内部形成了以"唐名臣士族"为中心的士人群体，而这一士人群体也促使西蜀文化中较多地带有唐末贵族文化，特别是宫廷文化之酒色宴乐的特征。前蜀曾设置教坊使，"王建墓棺座上那二十四幅造型优美、神态逼真的石刻女乐伎群像"④，这些都体现了西蜀统治者对唐代宫廷宴乐的刻意效仿。这种宫廷文化也反映在君臣间的文学创作上，如西蜀王衍"自童年即能属文，甚有才思。尤能为艳歌，或有所著，蜀人皆传诵焉"⑤。其《宫词》："辉辉赤赤浮五云，宣华池上月华新。月华如水浸宫殿，有酒不醉真痴人。"⑥ 又如《醉妆词》："者（这）边走，那边走，只是寻花柳。那边走，者（这）边走，莫厌金杯酒。"⑦ 又何尝不是西蜀宫廷文化中酒色享乐特征的形象写照。后蜀仍然设有教坊，蜀主孟昶也能填词。他与花蕊夫人避暑于摩诃池上，所填《洞仙歌》"冰肌玉骨，自清凉无汗"之词句⑧，也是传世名句。

　　统治者对乐伎与歌词的特殊嗜好也影响着文人们醉心于醇酒美人享

---

① 赵效宣：《五代兵灾中士人之逃往与隐居》，载香港《新亚书院学术年刊》，1963年第5期。
② 《新五代史·前蜀世家》卷六三。
③ 《新五代史·前蜀世家》卷六三。
④ 杨伟立：《前蜀后蜀史》，四川省社会科学院出版社1986年版，第249页。
⑤ （清）吴任臣：《十国春秋》卷四十九，中华书局1983年版，第742页。
⑥ （清）彭定求等：《全唐诗》，上海古籍出版社1986年版。
⑦ 曾昭岷、王兆鹏等：《全唐五代词》，中华书局1999年版，第491页。
⑧ 曾昭岷、王兆鹏等：《全唐五代词》，中华书局1999年版，第733页。

乐的风尚，尤以后蜀赵崇祚于广政三年辑录《花间集》，收入晚唐、五代词人十八家，共五百首"诗客曲子"词。从地域分布上来看，前蜀小朝廷就曾供养着薛昭蕴、牛峤、牛希济、尹鹗、李珣等一批入选《花间集》的西蜀词人，而后蜀时"鹿虔扆与欧阳炯、韩琮、阎选、毛文锡等俱以工小词，供奉后主（孟昶），时人忌之者，号曰'五鬼'"①。而《花间集》中多有酒色娱乐之描写。兹录一些有代表性的词句，以见一斑。如：

惜良辰，翠娥争劝临邛酒。

（韦庄《何传》"春晚。风软，锦城花满"）

寻芳逐胜欢宴，丝竹不曾休。美人唱，揭调是甘州，醉红楼。

（毛文锡《甘州遍》"春光好，公子爱闲游"）

相见休言有泪珠，酒阑重得叙欢娱。凤屏鸳枕宿金铺。兰麝细香闻喘息，绮罗纤缕见肌肤。此时还恨薄情无。

（欧阳炯《浣溪沙》）

罗衣隐约金泥画，玳筵一曲当秋夜。声颤觑人娇，云鬟袅翠翘。酒醺红玉软，眉翠秋山远。绣幌麝烟沉，谁人知两心。

（魏承班《菩萨蛮》）

从中可见，沉醉于花间樽前，以酒色相娱，已成为西蜀君臣文人们的嗜好。并且也引导着当时社会风尚，西蜀举国上行下效，好像都沉浸在歌舞筵席的享乐生活中。

然而，唐末战乱中，与流向于西蜀的文人群体所不同的是，流向于江南之地的中原士人，"虽不乏饱学之士，但出身名宦世家者较少，多数是颠沛流离的失意文人"②。南唐李昪曾经"在淮河南岸沿途要津以重金寻

---

① （清）吴任臣：《十国春秋》卷五十六，中华书局1983年版，第815页。
② 邹劲风：《南唐国史》，南京大学出版社2000年版，第210页。

觅由中原南来的士人"①，这为大量身逢乱世、奔走无门的文人士子提供了施展才干的机会。南唐昇元二年，李昇始在白鹿洞建学馆，称"庐山国学"，积累了大批人才，推动了文化发展。《南唐书》中曾描述南唐兴办学校之盛况曰："南唐跨有江淮，鸠集坟典，特置学官，滨秦淮开国子监，复有'庐山国学'，其徒各不下数百，所统州县往往有学。"② 除官方办学外，私人讲学之风也颇盛。是时，中下层文人学子及孤寒子弟力学上进是南唐社会中的突出现象③，后主李煜时，宰相严续就"力教群从子弟，砥砺儒业，诸子及孙举进士者累累不绝"④。在中主和后主时代，南唐统治集团内部占据主要地位的就是这些"江南风流才子"。李璟与李煜本人就具有很高的文艺修养，开一代南唐文风。而在南方诸多雅好文艺的君主中，李煜尤其出类拔萃，他于诗词文赋、琴棋书画无一不通，是南唐的文坛领袖。李煜曾颇有优越感地称道："江北文人不及江南才子之多。"⑤ 在江南士子身上体现着南唐文化中独具的特征。那就是：

> 五代十国时期，江南风流才子的出现，预示着商品经济的发展，城市物质生活、文化生活繁富之后文化意识开始新的变化：他们才华横溢，多才多艺，醉心有较高文化价值的艺术天地和精神生活；追求物质享受，标新立异，对所谓"玩物丧志"，"玩人丧德"的圣贤之言，并不尊奉；政治思想上不蹈绳墨，有点儿越轨，为当权卫道士所不悦；富有某种创造力。⑥

这种独特的文化现象，在南唐文人群体中发展得最为充分。他们多才

---

① 邹劲风：《南唐国史》，南京大学出版社2000年版，第196页。
② 马令：《南唐书》卷二十三。
③ 邹劲风：《南唐国史》，南京大学出版社2000年版，第197—198页。
④ （清）吴任臣：《十国春秋·严续传》卷二三，中华书局1983年版，第324页。
⑤ 《江表志》卷二。
⑥ 郑学檬：《五代十国史研究》，上海人民出版社1991年版，第226页。

多艺，举止行为往往洒脱不羁，追求标新立异，并影响着社会风气。如宰相韩熙载"风彩照物，每纵辇春城秋苑，人皆随观。谈笑则听者忘倦，审音能舞，善八分及画笔皆冠绝，简介不屈，举朝未尝拜一人"，被誉为"神仙中人"①。至中主与后主时代，"以江南风流才子"为代表的文人群体，占据南唐文化的重要地位。其中，在婉约词的创作上，亦可谓"开北宋一代风气"②。

## 二、西蜀、南唐文化与婉约词的"阴柔"特性

自唐安史之乱后，北方中原地区受到长期战乱和自然灾害的破坏，南方地区尤其江南逐渐地成为经济与社会文化繁荣的中心。到五代十国时期，西蜀与南唐作为南方两个重要的文化中心而成为婉约词的创作基地。其间，西蜀与南唐秀丽的自然风景时常与文人"吟风弄月""儿女之情"结合在一起，形成一种"艳而弱"的词风，体现着婉约词的"阴柔"特性。

西蜀居于四川盆地，这里的自然环境具有冬暖春早的气候特点，有利于各种花木的滋生繁茂，而文人们时常汇集的成都更是繁花似锦，古有"锦城"的美誉。那么，长期生活于如此秀丽的自然环境中，文人们的审美情趣自然也会受到潜移默化的影响。《花间》词人写景时几乎无一例外地都要写花，翻开《花间集》，如"杏花红，月明杨柳风"（牛峤《更漏子》），"海棠未坼，万点深红"（毛文锡《赞成功》），"春欲尽，日迟迟，牡丹时"（欧阳炯《三字令》），"绿荷相倚满池塘，露清枕簟藕花香"（顾夐《虞美人》），"春深花簇小楼台，风飘锦绣开"（魏承班《诉衷情》），"花榭香红烟景迷，满庭芳草绿萋萋"（毛锡震《浣溪沙》）等词句，比比皆是，繁花似锦。又如张泌共有十首《浣溪沙》，其中有八首是

---

① （宋）释文莹：《湘山野录》卷下，中华书局1984年版，第55页。
② 王国维：《人间词话》，徐调孚注，人民文学出版社1982年版，第198页。

以花景来衬托人物的心境。"花满驿亭香雾细""照花淹竹小溪流""露浓香泛小庭花""闲折海棠看又捻""杏花凝恨倚东风""杏花明月始应知""花月香寒悄夜尘""隔帘零落杏花阴"等词作中描绘花景,又往往与女子的服饰、闺阁中的精美陈设相互映衬,以花景来衬托人物的心境。"花"成为婉约词艺术创作中必不可少的物象。

南唐则位于富庶的长江中下游江淮一带,这里的自然环境是青山如屏,碧水似镜,小桥流水,风光秀美,"山川风景好,自古金陵道"①。尤其是河流湖泊,星罗棋布,"多水多雨"的自然地理面貌,也不能不影响着长期生活于此的南唐词人们的创作。如冯延巳词中:"碧池波皱鸳鸯浴"(《鹊踏枝》),"小塘春水涟漪"(《临江仙》),"雨晴烟晚,绿水新池满"(《清平乐》),"小桥流水共盘桓"(《抛球乐》),"风乍起,吹皱一池春水。闲引鸳鸯香径里"(《谒金门》),"北枝梅蕊犯寒开,南浦波纹如酒绿"(《玉楼春》)等词句,随处可见江南水乡风情。李璟《摊破浣溪沙》(又名《山花子》)二首,词中均有碧水之景,"回首绿波三楚暮""西风愁起碧波间",江南多水的自然景色映照在词中,使词作笼罩在一派烟水迷离、幽细深婉的情境中,而这种情境与词人当时的心境又融合在一起,景中有情,情景交融,形成清丽疏淡的词风。"春水"与"柳烟"亦成为婉约词常见的自然物象。

同时,文人抒写"风月之意""儿女之情"时常与秀丽的自然环境交融在一起,触景生情,景中寓情,情景交融,体现着婉约词"阴柔"特性。试看《花间》词人薛昭蕴的《谒金门》:

春满院,叠损罗衣金线。睡觉水精帘未卷,檐前双语燕。斜掩金铺一扇,落地落花千片。早是相思肠欲断,忍教频梦见。

---

① (南唐)冯延巳:《醉花间·晴雪小园春未到》,见曾昭岷、王兆鹏等《全唐五代词》,中华书局1999年版,第672页。

这首抒写女子伤春怨别的应歌之词，词中以满院之春色、帘前之双燕、落花千片的自然景物衬托出闺中女子孤单寂寞的相思情怀，委婉而深挚。再看魏承班的《诉衷情》：

银汉云晴玉漏长，蛩声悄画堂。筠簟冷，碧窗凉，红蜡泪飘香。皓月泻寒光，割人肠。难堪独自步池塘，对鸳鸯。

这也是一首描写闺阁女子相思情意之作，词中着意渲染秋夜清冷寂静的环境氛围，结句再以鸳鸯反衬女子的形单影只，婉转地表达相思之凄苦。南唐词中也有上述的特点，如冯延巳的《菩萨蛮》：

娇鬟堆枕钗横凤，溶溶春水扬花梦。红烛泪阑干，翠屏烟浪寒。锦壶催画箭，玉佩天涯远。和泪试严妆，落梅飞晓霜。

此乃思妇怀人之作，词中"溶溶春水扬花"之梦境与闺中女子寂寞孤独的哀伤情怀交织，结句又以景衬情，表现得深婉动人。又如李璟的《应天长》：

一钩新月临妆镜，蝉鬓凤钗慵不整。重帘静，层楼迥，惆怅落花风不定。柳堤芳草径，梦断辘轳金井。昨夜更阑酒醒，春愁过却病。

此词描写春夜之愁怀[1]。词中对"柳堤芳草"梦境的追忆，表现出内心寂寞惆怅的凄婉情怀。自晚唐五代以来，婉约词多是以伤春悲秋、吟风弄月、儿女恋情为题材内容，"盖谓儿女情多，风云气少"[2]。并在词作中

---

[1] 俞陛云：《唐五代两宋词选释》，上海古籍出版社1985年版，第112页。
[2] （清）刘熙载：《艺概》卷四，见唐圭璋编《词话丛编》，中华书局1986年版，第3710页。

运用"或前景后情,或前情后景,或情景齐到,相间相融"①的艺术创作手法,将形式短小的令词表现得"若隐若现,欲露不露,反复缠绵,终不许一语道破"②,这也凸现了婉约词的"阴柔"特性。诚如李泽厚所指出的:"这里的审美趣味和艺术主题,已走进更为细腻的官能感受和情感色彩捕捉追求中……时代精神已不在马上,而在闺房;不在世间,而在心境。……人的心情意绪成了艺术和美学的主题"③。

## 第三节　社会变迁与婉约词人的心态

诚然,一代作家的审美情趣乃至创作心态的种种转移,必然会受到社会变迁的制约与影响。那么,生活于晚唐五代时期的婉约词人又何尝不是如此呢?近年来在论及唐代之社会变迁与创作心态时,有这样一段论述,值得借鉴:

> 从中唐所谓"元和中兴"消失之后,时代精神已无可挽回地由外在渐转为内向,由雄豪奔放渐转向沉潜幽微,由乐观昂扬渐变而为感伤乃至悲伤;一代作家的审美情趣也由政坛风云、疆场血火转向酒边花前、庭院闺房,由大漠孤烟、长河落日转向烟柳画桥、清溪曲涧,由"春风得意马蹄疾"的功名追求转向"心有灵犀一点通"的男女柔情。④

唐末五代,中原干戈四起,战乱纷争。僖宗干符初年,王仙芝、黄巢

---

① 俞陛云:《唐五代两宋词选释》,上海古籍出版社1985年版,第112页。
② (清)陈廷焯:《白雨斋词话》卷一,见唐圭璋编《词话丛编》,中华书局1986年版,第3777页。
③ 李泽厚:《美学三书》,安徽文艺出版社1999年版,第154页。
④ 刘扬忠:《唐宋词流派史》,福建人民出版社1999年版,第56页。

领导的农民大起义震动全国。起义失败以后，军阀割据混战，唐帝国风雨飘摇，一蹶不振，天下分崩离析。于是在中原地区无法存身的文人才士们纷纷避乱于相对安定的西蜀与江南地区。这些文人才士中，有不少是填词的能手，他们的南迁促使曲子词的创作在西蜀与南唐日趋成熟起来。以韦庄为代表的唐末士人将作词的风尚由中原带到了西蜀，从而引发了牛峤、牛希济、毛文锡、李珣、欧阳炯等一批填词能手，后蜀广政三年（940年）赵崇祚将他们的作品和晚唐温庭筠之词作辑录在一起，编纂为《花间集》十卷①，并由欧阳炯作序贯于卷首，付梓印行，它的结集出版，也标志着婉约词创作体式的确立。

花间词作为当时的"流行歌曲"，原本是文人学士们在歌筵酒席间写给歌女"拍按香檀"而演唱的应歌之词。并且，当时的创作环境与氛围，也制约和影响了歌词的内容与题材，这使得应歌之词的功能只重娱乐和消遣。据《花间集序》的记载，原是"有绮筵公子，绣幌佳人，递叶叶之花笺，文抽丽锦；举纤纤之玉指，拍按香檀"，在歌筵酒席间的氛围中，文人填写的歌词既要适用于女乐声伎演唱，又须"不无清绝之辞，用助娇娆之态"，因而，婉约词多是描写女性的容貌、情态及男女间的情事之类。而且，这类歌词之创作目的，"庶使西园英哲，用资羽盖之欢；南国婵娟，休唱莲舟之引"。有别于民间俗词，而实则纯属于文人们侑酒清欢的娱乐消遣之用。

然而，就在这大量抒写男女柔情的花间词作中，并非全是浅斟低唱、醉生梦死的无聊之作，还是有不少婉约词流露出一代乱世文人的真实心态。试看以下几首花间词作：

> 夜夜相思更漏残，伤心明月凭阑干。想君思我锦衾寒。咫尺画堂

---

① （宋）陈振孙：《直斋书录解题》（卷二十一）曰：《花间集》十卷，"其词自温飞卿以下十八人，凡五百首，此近世倚声填词之祖也"。上海古籍出版社1987年版，第614页。

深似海，忆来惟把旧书看。几时携手入长安。

（韦庄《浣溪沙》）

人人尽说江南好，游人只合江南老。春水碧于天，画船听雨眠。垆边人似月，皓腕凝霜雪。未老莫还乡，还乡须断肠。

（韦庄《菩萨蛮》）

休相问，怕相问，相问还添恨。春水满塘生，鸂鶒还相趁。昨夜雨霏霏，临明寒一阵。偏忆戍楼人，久绝边庭信。

（毛文锡《醉花间》）

春山烟欲收，天澹稀星小。残月脸边明，别泪临清晓。语已多，情未了，回首犹重道。记得绿罗裙，处处怜芳草。

（牛希济《生查子》）

暗柳垂金线，雨晴莺百啭。家住绿杨边，往来多少年。马嘶芳草远，高楼帘半卷。敛袖翠蛾攒，相逢尔许难。

（顾敻《醉公子》）

柳如眉，云似发。鲛绡雾笼縠香雪。梦魂惊，钟漏歇。窗外晓莺残月。几多情，无处说。落花飞絮清明节。少年郎，容易别。一去音书断绝。

（魏承班《渔歌子》）

上述花间词存在着共同的审美特征，那就是婉约词中时常在男女之恋情中融入了词人内心深处排遣不尽的孤独、寂寞、无奈与感伤的心理特征。其中，韦庄的"忆来惟把旧书看，几时携手入长安"，"未老莫还乡，还乡须断肠"，毛文锡的"偏忆戍楼人，久绝边庭信"，顾敻的"相逢尔许难"，魏承班的"一去音书断绝"等词句，折射出西蜀词人在社会动荡乱离之阴影笼罩下的真实心态。身逢乱世的唐末文人学士，"他们中的有些人也时或希望有所作为，但已失去朝气。而且，他们中多数人的处境，也并不具备干预朝政的条件。这个时期的差不多所有的重要作家,都没有进入权力中心。他们中多数人寄身幕府,在政治生活中实际上处于无足轻重的地位"①。这种情况致使词人们时常沉醉于"酒边花前、庭院闺房",流连于"烟柳画桥、清溪曲涧",抒写伤春悲秋、相思怨别的男女柔情,在其间也婉转地流露出乱世文人所具有的那种思乡之情、漂泊之感与身世之悲。

而且,这种乱世心态在南唐婉约词艺术创作中也有体现。以冯延巳、李璟、李煜为代表的南唐君臣词人,他们在创作题材上也大多和花间词相类。据宋人陈世修在为冯延巳《阳春集》作序时称:"公以金陵盛时,内外无事,朋僚亲旧,或当燕集。多运藻思为乐府新词,俾歌者倚丝竹而歌之,所以娱宾而遣兴也。"② 从这段描述可见,金陵盛事时,南唐文人士子在歌筵酒席间倚声填词的情况,也是娱宾遣兴而已。然而,花间词人多为宫廷侍从,南唐冯延巳和李氏父子则是执掌政权的君臣,他们曾亲身经历了南唐无可挽回之败亡命运,亲眼看见这座大厦的倾倒,内心自然"有一种无处言说的惆怅,一种不堪回首的绝望"③,他们的词作虽也是娱宾而遣兴,却成为末世的悲歌:

谁道闲情抛掷久,每道春来,惆怅还依旧。日日花前长病酒,不辞镜里朱颜瘦。河畔青芜堤上柳,为问新愁,何事年年有,独立小桥风满袖,平林新月人归后。

(冯延巳《鹊踏枝》)

菡萏香销翠叶残,西风愁起绿波间。还与韶光共憔悴,不堪看。细雨梦回鸡塞远,小楼吹彻玉笙寒。多少泪珠无限恨,倚阑干。

(李璟《摊破浣溪沙》)

---

① 罗宗强:《魏晋南北朝文学思想史》,中华书局1999年版,第347页。
② (宋)陈世修:《阳春集序》,引自施蛰存主编《词籍序跋萃编》,中国社会科学出版社1994年版,第15页。
③ 叶嘉莹:《唐宋词十七讲》,河北教育出版社2000年版,第88页。

帘外雨潺潺，春意阑珊，罗衾不耐五更寒。梦里不知身是客，一晌贪欢。独自莫凭阑，无限江山，别时容易见时难。流水落花春去也，天上人间。

（李煜《浪淘沙》）

上述南唐君臣词作，也表现出共同的审美特征：即南唐婉约词从"绮筵公子""绣幌佳人"，"香径春风""红楼夜月"之中，开始步入社会人生的感悟与生命体验。这期间，"日日花前长病酒，不辞镜里朱颜瘦"，"还与韶光共憔悴，不堪看"，"流水落花春去也，天上人间"等词句，在物是人非，今昔对比之中流露出词人内心无尽的惆怅与悲苦。南唐婉约词的题材内容，虽未离男女恋情中，又幽微曲折地包含了词人对于家国的思念，对于岁月流逝的慨叹，以至于人生无常的切身体认，形成多维表达的情感空间，传达出哀婉凄绝的痛苦心声。

# 第二章

# 初创期的范型（中晚唐—五代十国）

中晚唐至五代十国这一历史时期，是婉约词的初创期。期间，以"花间冠冕"温庭筠与韦庄的创作倾向为典范，为婉约词体式的确立奠定了基石。以南唐冯延巳与李煜为代表的婉约词蕴含着凄恻哀伤的抒情基调，意味隽永。婉约词初创期在词体形式和抒情基调方面确立了基本的范型。

## 第一节 婉约词体式的确立

隋唐以来，曲子词从民间草创，直至文人染指，其间经历了一个相当长的演进过程。按《旧唐书·音乐志》的说法，自唐开元以来流行的所谓"胡夷里巷之曲"[1]，最初流行于民间，如《敦煌曲子词集》所录者。由于嫌其过于俚俗[2]，中晚唐文人遂尝试曲子词的创作，如刘禹锡、白居易诸诗人"倚声填词"作《竹枝词》《忆江南》《长相思》等歌词，然其格式与声律又颇近于近体诗，从严格意义上讲，还不完全具备词体的特性。而直待《花间集》之出，才标志着婉约词体式的确立。

---

[1]《旧唐书·音乐志》卷三十。
[2] 缪钺、叶嘉莹撰：《灵溪词说》，上海古籍出版社1987年版，第6—7页。

## 一、《花间》"冠冕"——温庭筠与韦庄的创作倾向

后蜀广政三年（940年），蜀人赵崇祚辑录了晚唐五代十八家，共五百首"诗客曲子词"，编纂为《花间集》十卷。《花间集》成为唐五代文人词的第一部总集①，从而也奠定了婉约词初创期的范型。虽然《花间集》编成之时，距温庭筠之死已六十多年，所选温词达六十六首之多，居诸十八家之冠，足见温庭筠"花间鼻祖"②的地位。同时，晚唐诗坛的风气及个人的生活经历，决定了温庭筠婉约词的创作倾向。

温庭筠是晚唐著名诗人，与李商隐齐名，据《新唐书》载：庭筠"少敏悟，工为辞章，与李商隐皆有名，号'温李'"。《旧唐书·李商隐传》也云：商隐"与太原温庭筠、南郡段成式齐名，时号'三十六'。文思清丽，庭筠过之。而俱无持操，恃才诡激，为当途者所薄，名宦不进，坎壈终身"。温庭筠"初至京师，人士翕然推重。然士行尘杂，不修边幅"。他经常与"公卿家无赖子弟裴诚、令狐缟之徒，相与蒱饮，酣醉终日，由是累官不第"③。不仅如此，温庭筠最让当权者厌憎的还是他的恃才自傲，不只得罪了宰相令狐绹，甚至开罪了贵为天子的唐宣宗，其"名宦不进，坎壈终身"④的结局实在意料之中。

《北梦琐言》卷二十载："吴兴沈微，乃温庭筠诸甥也，尝言其舅善鼓琴吹曲。亦云有弦即弹，有孔即吹，何必爨桐与柯亭也。"清人陈廷焯

---

① 施议对：《词与音乐关系研究》，中国社会科学出版社1985年版，第52页。
② （清）王士禛：《花草蒙拾》："温、李齐名，然温实不及李。李不作词，而温为花间鼻祖，岂亦同能不如独胜之意耶。"见唐圭璋编《词话丛编》，中华书局1986年版，第674页。
③ 《旧唐书·文苑传下·温庭筠传》卷一九〇下。
④ （清）王弈清等：《历代词话》（卷二）《乐府纪闻》"时宣宗爱唱《菩萨蛮》。令狐绹假温庭筠手，撰二十阙以进，戒勿泄，而遽言于人。且曰：'中书堂内坐将军'以讥其无学也。由是疏之。"见唐圭璋编《词话丛编》，中华书局1986年版，第1111页。

《白雨斋词话》提及："《河传》一调，最难合拍，飞卿振其蒙，五代而后，便成绝响。"① 近人蔡嵩云《柯亭词论》亦云："《河传》调，创自飞卿，其后变体甚繁，《花间集》所载数家，圆转宛折，均逊温体。此调句法长短参差相见，温体配合最为适宜。……非深通音律者，未易臻此。"② 可以说，温庭筠纵酒放浪，多游于青楼坊曲的经历，使其熟知歌伎的生活，加之精通音乐的才能及文思清丽的诗才，最终形成"逐弦吹之音，为侧艳之词"的创作倾向，是有密切关联的。温庭筠是个写"侧艳之词"的高手。试举《菩萨蛮》三首：

> 小山重叠金明灭，鬓云欲度香腮雪。懒起画蛾眉，弄妆梳洗迟。照花前后镜，花面交相映。新贴绣罗襦，双双金鹧鸪。
>
> 蕊黄无限当山额，宿妆隐笑纱窗隔。相见牡丹时，暂来还别离。翠钗金作股，钗上蝶双舞。心事竟谁知，月明花满枝。
>
> 夜来皓月才当午，重帘悄悄无人语。深处麝烟长，卧时留薄妆。当年还自惜，往事那堪忆。花露月明残，锦衾知晓寒。

温庭筠词中所写的角色多是精美华丽的女子形象，其创作内容自然也多是闺情、宫怨或离愁别绪，风格以绮丽为主。而当时晚唐社会之种种政治矛盾与斗争情况，甚至他曾在诗中所抒发的"欲将书剑学从军"（《过陈琳墓》）的豪情壮志，都隐匿不见了，代之为"今日爱才非昔日，枉抛心力作词人"（《彩中郎坟》）的牢骚和悲愤。

同时，温庭筠虽是北方人却长期客游于南方，此种游历对婉约词中借助于江南景物来塑造柔婉词境也不无影响。据夏承焘先生《温飞卿系年》

---

① （清）陈廷焯：《白雨斋词话》卷七，见唐圭璋编《词话丛编》，中华书局1986年版，第3942页。
② 蔡嵩云：《柯亭词论》，见唐圭璋编《词话丛编》，中华书局1986年版，第4915页。

中引顾学颉语曰:"庭筠诗中,言其故乡太原者绝少,而言江南者反甚多,恐幼时已随家客游江淮,为时日必甚长……飞卿在江南日久,俨以江南为故乡矣。"温庭筠言江南之词作可谓俯拾皆是:"画楼音信断,芳草江南岸。鸾镜与花枝,此情谁得知"(《菩萨蛮》);"楚女不归,楼枕小河春水。月孤明,风又起。杏花稀"(《酒泉子》);"馆娃宫外邺城西,远映征帆近拂堤"(《杨柳枝》);"水村江浦过风雷,楚山如画烟开"(《河渎神》);"未得君书,断肠潇湘春雁飞"(《遐方怨》);"过尽千帆皆不是,斜晖脉脉水悠悠。肠断白苹洲"(《梦江南》);"楚女欲归南浦,朝雨。湿愁红"(《荷叶杯》);等等。这些"俨以江南为故乡"的词作,字里行间浸透着作者对江南风物人情的无限眷恋。可以说,是江南秀丽的山水、美好的人物,引发了这位"士行尘杂,不修边幅"浪子词人之创作灵感,遂在词中塑造了柔婉之美的词境。

《花间集》中"温韦"并称。温、韦以各自的生活经历和审美情趣为婉约词初创期的艺术创作奠定了基石。韦庄的生活经历和身世遭际也在一定程度上影响了其婉约词的创作倾向。韦庄青壮年时热心求取功名,自称"平生志业匡尧舜"(《关河道中》),因北方战乱等原因,所志不遂,浪游足迹曾遍及长江南北,直至唐昭宗干宁元年(894年)才进士及第,任校书郎,时年已近六十。韦庄六十六岁时入蜀,从王建为掌书记,辅佐前蜀立国,仕至宰相(平章事)而终,在蜀达十年之久。韦庄由中原入蜀的生活经历,使其婉约词的题材内容亦多是男欢女爱、离愁别绪及流连光景等柔美婉转之类,以清辞丽句见长。入蜀后,韦庄这位大唐帝国的进士,全然没有料想到,他"有心重筑太平基"的理想与渴望,竟然转变成永别故土、身仕蜀国小朝廷的可悲结局。因而,他的婉约词中抒发一己之男女恋情时,往往与他身遭战乱、去国离乡的悲苦纠缠在一起,内心之诸种痛切与悲愤便喷涌而出,形成韦词主观浓郁的抒情色彩,带有强烈的情感冲击力。像"觉来知是梦,不胜悲"(《女冠子》),"夜夜相思更漏残,伤心明月凭栏干"(《浣溪沙》),"夜夜绿窗风雨,断肠君信否"

（《应天长》）等，虽写的是男女恋情，但感情之凝重，语调之痛切，饱蘸着词人辛酸之泪、人生苦痛。《菩萨蛮》（五章）是韦庄的代表作，兹举三首：

> 红楼别夜堪惆怅，香灯半掩流苏帐。残月出门时，美人和泪辞。琵琶金翠羽，弦上黄莺语。劝我早还家，绿窗人似花。
> 劝君今夜须沉醉，樽前莫话明朝事。珍重主人心，酒深情亦深。须愁春漏短，莫诉金杯满。遇酒且呵呵，人生能几何。
> 洛阳城里春光好，洛阳才子他乡老。柳暗魏王堤，此时心转迷。桃花春水渌，水上鸳鸯浴。凝恨对残晖，忆君君不知。

词人直抒胸臆，"劝我早还家，绿窗人似花"，"遇酒且呵呵，人生能几何"，"凝恨对残晖，忆君君不知"等词句，具有极强的艺术感染力，从而引发读者幽微深邃之心灵感触。清人陈廷焯《白雨斋词话》就指出："端己《菩萨蛮》四章，惓惓故国之思，而意婉词直"①，这与韦庄颠沛流离、身世坎坷的经历不无关联。

韦庄在江南的漂泊生活前后绵延了约十年之久，这段游历生活也给韦庄词的创作倾向留下了深厚的印记。韦庄对江南水乡之美、佳人之丽的赞美，如"春水碧于天，画船听雨眠。垆边人似月，皓腕凝霜雪"（《菩萨蛮》）；"如今却忆江南乐，当时年少春衫薄。骑马倚斜桥，满楼红袖招。翠屏金屈曲，醉入花丛宿"（《菩萨蛮》）；"桃花春水渌，水上鸳鸯浴"（《菩萨蛮》）；"金翡翠，为我南飞传我意。罨画桥边春水，几年花下醉"（《归国遥》）；"人欲别，马频嘶。绿槐千里长堤，出门芳草路萋萋"（《望远行》）等，词作中大量江南水乡风情的描写，也是形成韦庄婉约词清新疏淡的艺术风格。

---

① （清）陈廷焯：《白雨斋词话》卷一，见唐圭璋编《词话丛编》，中华书局1986年版，第3777页。

《花间集》中选入韦庄词多达四十八首,在数量上接近于温庭筠的地位。温、韦以各自的生活经历和审美情趣为婉约词艺术风格的形成奠定了基石。

**二、"儿女情多,风云气少":婉约词的艺术风貌**

近人林庚先生在《中国文学简史》中指出:"词的产生,儿女风流乃成为一切时尚,并以表现女性美的生活基调为其主要内容。"① 综观花间词,多数是抒写男女之情事,正如清人刘熙载所言:"儿女情多,风云气少。"概括出以花间词为代表的婉约词艺术风貌。

(一)婉约词的艺术风貌,首先体现在题材内容的香艳性

据统计,"《花间集》所收的五百首词中,有四百一十一首是以女性为描写对象,约占总数的百分之八十二"②。这种状况的出现,一方面是由于歌词创作要适应当时晚唐社会之风尚,"有唐已降,率土之滨,家家之香径春风,宁寻越艳;处处之红楼夜月,自锁嫦娥"③。足见当时歌舞娱乐之风盛行。花间词之创作,是文人们在歌筵酒席间为歌女演唱而填写的合乐歌词,以达到娱宾遣兴的目的。因而,以花间词为代表的婉约词,其题材内容就多以描写女性生活及男女情事为主。另一方面,婉约词又与晚唐五代文人的情感表达需求有着密切的关系。缪钺先生在谈到词的兴起时,指出:"诗之所言,固人生情思之精者矣,然精之中复又更细美幽约者焉,诗体又不足以达,或勉强达之,而不能曲尽其妙,于是不得不别创新体,词遂肇兴。"④ 也就是说,文人学士们的这类男女情思,只有以婉约词这个载体,才能表达得曲尽其妙。

---

① 林庚:《中国文学简史》,北京大学出版社1995年版,第390页。
② 刘扬忠:《唐宋词流派史》,福建人民出版社1999年版,第162页。
③ 欧阳炯:《花间集叙》,引自施蛰存主编《词籍序跋萃编》,中国社会科学出版社1994年版,第631页。
④ 缪钺:《缪钺说词》,上海古籍出版社1999年版,第4页。

## 第二章 初创期的范型（中晚唐—五代十国）

花间词在描写女性的姿色和生活情状，尤其是擅长婉曲地表达她们的内心情感生活方面，当推"花间鼻祖"温庭筠。如《菩萨蛮》：

> 小山重叠金明灭，鬓云欲度香腮雪。懒起画蛾眉，弄妆梳洗迟。照花前后镜，花面交相映。新帖绣罗襦，双双金鹧鸪。

词写闺怨，描写了一个慵懒娇媚的女子晨起梳妆的情景。把美人的睡态、懒起、画眉、照镜、穿衣等一系列娇慵的情态，以及闺房中的陈设、绣衣上的双鹧鸪图案，都一一描摹出来。又如：孙光宪《风流子》中"微傅粉，拢梳头，隐映画帘开处"，《酒泉子》"玉纤淡拂眉山小，镜中嗔共照。翠连娟，红缥缈，早妆时"；李珣《浣溪沙》之"入夏便宜淡薄妆，越罗衣褪郁金黄，翠钿檀注助容光"；顾敻《甘州子》"山枕上，灯背脸横波"，都细致地描摹出女性娇艳的容貌之美。和凝《何满子》中"却爱蓝罗裙子，羡他长束纤腰"，韦庄《诉衷肠》中"垂玉佩，交带，袅纤腰"还表现了女子体态的纤柔。"东风斜揭绣帘轻，漫回娇眼笑盈盈"（张泌《浣溪沙》）又表现了女性特有的妩媚。"忍泪佯低面，含羞半敛眉"韦庄（《女冠子》），"残月脸边明，别泪临清晓"（牛希济《生查子》）更传神地描摹出女子的动人情态。可见，在花间词中，以温庭筠《菩萨蛮》为代表，描写女子的衣冠服饰、一颦一笑等情态以及生活环境的婉约词确有很多。

（二）婉约词的艺术风貌，还体现在深婉的抒情性

温庭筠的婉约词中所描写的几乎都是宫嫔、贵妇、歌伎等女性形象，词中通过客观描摹女性之容貌、服饰、起居、陈设的华美，来衬托女性形象的雍容华贵，正如清人周济称"飞卿词，严妆也"①。例如：描绘她们的容貌是，"鬓云欲度香腮雪"，"照花前后镜，花面交相映"（《菩萨

---

① （清）周济：《介存斋论词杂著》，见唐圭璋编《词话丛编》，中华书局1986年版，第1633页。

蛮》);"金雀钗,红粉面","粉心黄蕊花靥"(《更漏子》);"霞帔云发,钿镜仙容似雪"(《女冠子》);"脸上金霞细,眉间翠钿深"(《南歌子》)。描写她们头上的饰品,如"翠钗金作股,钗上蝶双舞","双鬓隔香红,玉钗头上风"(《菩萨蛮》);她们的衣着服饰,如"新贴绣罗襦,双双金鹧鸪"(《菩萨蛮》);"休缝翡翠裙"(《南歌子》)。描写她们的生活环境,多是居住在"玉楼""画楼""凤楼""金堂"中,室内的起居用具,如"水精帘""凤凰帷","画屏""锦衾""鸳被","颇黎枕""金带枕"等,均是精美的物象,真可谓"鏒金结绣"①。然而,值得注意的是,温庭筠婉约词中的女性虽处身于雍容华丽的生活环境中,但她们的内心却是寂寞孤独,倍感相思离别之苦。正如清人刘熙载所云:"飞卿词精妙绝人,然类不出乎绮怨。"② 此语甚是恰当。

温庭筠抒写男女情事方面,多是模拟女性的口吻,词作中不显露远游男子的身影,含蓄地抒写生活在极度孤独寂寞中之女性,无处诉说"心曲"的愁怨。如"新贴绣罗襦,双双金鹧鸪","画罗金翡翠,香烛销成泪","翠钿金厌脸,寂寞香闺掩","无言匀睡脸,枕上屏山掩","鸾镜与花枝,此情谁得知","花落子规啼,绿窗残梦迷","画楼音信断,芳草江南岸","花露月明残,锦衾知晓寒"等,《菩萨蛮》词作中多是借助环境气氛的烘托渲染,暗示女主人公的心理活动,写法细腻婉曲。

可以说,温庭筠婉约词抒情性的温婉深邃,就在于多是模拟女性的口吻,客观地描摹女性形象华美艳丽之姿态与柔婉缠绵之相思深情。在艺术创作上,时常见景生情、触景伤情,多不作直露的表白,有景语在前,情语在后,予人情景交融之感;也有以景语作结句,使情致更为含蕴,"有

---

① (清)王士禛:《花草蒙拾》,见唐圭璋编《词话丛编》,中华书局1986年版,第675页。
② (清)刘熙载:《词概》,见唐圭璋编《词话丛编》,中华书局1986年版,第3689页。

有余不尽之意"①。近人郑振铎先生也给予了高度的评价:"他所写的是离情,是别绪,是无可奈何的轻喟,是无名的愁闷。刘禹锡、白居易诸人的拟名歌,全是浑厚朴质之作。到了温庭筠,才是词人的词。全易旧观,斥去浅易,而进入深邃难测之佳境。"②

温庭筠婉约词塑造的女性形象,是以"严妆"为典范,韦庄婉约词中的女性形象又是以"淡妆"而取胜。可谓"严妆佳,淡妆亦佳,飞卿,严妆也。端己,淡妆也"③。韦词中的女性形象较为淡雅清新,如"暗想玉容何所似,一枝春雪冻梅花,满身香雾簇朝霞"(《浣溪沙》),"垆边人似月,皓腕凝霜雪"(《菩萨蛮》),"妆成不整金钿,含羞待月秋千"(《清平乐》)多是清丽俊朗的女子形象,而其动人之处,是她对男子那般真切深挚的恋情。最具特色的《思帝乡》一词云:

春日游,杏花吹满头。陌上谁家年少,足风流。妾拟将身嫁与,一生休。纵被无情弃,不能羞。

词中抒写了女性为爱情而殉身无悔的真挚深情。清人贺裳《皱水轩词筌》曰:"小词以含蓄为佳,亦有作决绝语而妙者。如韦庄'谁家年少足风流。妾拟将身嫁与,一生休。纵被无情弃,不能羞'之类是也。"④所谓决绝,就是出语爽直,极富情感的冲击力。如《菩萨蛮》之"人人尽说江南好,游人只合江南老","此度见花枝,白头誓不归"等,词人

---

① (宋)张炎:《词源》卷下,"词之难于令曲,如诗之难于绝句,不过十数句,一句一字闲不得。末句最当留意,有余不尽之意佳。当以唐花间集中韦庄、温飞卿为则"。见唐圭璋编《词话丛编》,中华书局1986年版,第265页。
② 郑振铎:《插图本中国文学史》第二册,人民文学出版社1957年版,第420页。
③ (清)周济:《介存斋论词杂著》,见唐圭璋编《词话丛编》,中华书局1986年版,第1633页。
④ (清)贺裳:《皱水轩词筌》,见唐圭璋编《词话丛编》,中华书局1986年版,第697页。

出语是何等激切痛快，而实则是他"洛阳才子他乡老"，不能再归故乡后，所发出断肠幽恨般的"誓言"。《菩萨蛮》（五章）是韦庄词的代表作，词中有红楼别夜的惆怅，有断肠的相思，有誓不归的决心，有须沉醉的颓放，有君不知的凝恨等，词作表面虽多有男性疏旷放达之辞，而其间却有词人一腔百转千回的幽情暗恨，寄寓着韦庄身世漂泊的深沉感慨，富有"骨秀"①之美。

　　需要指出的是，韦庄婉约词中抒写男女情事，改变了女性单相思的恋爱局面，从自身的主观角度出发，以男性的口吻，抒写儿女柔情。如《菩萨蛮》中"劝我早归家，绿窗人似花"，"骑马倚斜桥，满楼红袖招"，"翠屏金屈曲，醉入花丛宿"，《荷叶杯》之"水堂西面画帘垂，携手暗相期"。并且，抒写男女情事多有具体的时间与地点。如"四月十七，正是去年今日，别君时"，"昨夜夜半，枕上分明梦见，语多时"（《女冠子》），"记得那年花下，深夜，初识谢娘时"（《荷叶杯》），"别来半岁音书绝，一寸离肠千万结"（《应天长》）等，在时空转变、今昔对比中，抒写男女深挚的情感，其间，又寄寓着词人离乡背井、身世家国的感慨，形成词直意婉、寄兴深微的艺术特色，这正是韦庄婉约词深婉抒情性的体现。

　　另外，花间其他词人既有香艳婉丽、接近温庭筠词风的一面，也有清新疏朗、接近韦庄词风的一面。例如花间词人欧阳炯《贺明朝》中"碧罗衣上蹙金绣，睹对对鸳鸯，空裹泪痕透"，"忆昔花间初识面，红袖半遮，妆脸轻转"，色彩浓丽，情调香艳。并且，欧阳炯词也有清新疏朗的一面，如《南乡子》中："画舸停桡，槿花篱外竹横桥。水上游人沙上女，回顾、笑指芭蕉林里住。""岸远沙平，日斜归路晚霞明。孔雀自怜金翠尾，临水，认得行人惊不起。"皆描写南粤风物人情，白描素染，清丽自然。李珣的词虽也未能脱出男欢女爱、离别相思一类的内容题材，如

---

　　① 王国维：《人间词话》，徐调孚注，人民文学出版社1982年版，第197页。

《浣溪沙》之"镂玉梳斜云髻腻,缕金衣透雪肌香,暗思何事立残阳","旧欢如梦绝音尘,翠叠画屏山隐隐",有香艳婉丽的一面,而《南乡子》(十首)组词也描绘出多姿多彩的南国风情画卷。如:"乘彩舫,过莲塘,棹歌惊起睡鸳鸯。游女带花偎伴笑,争窈窕,竞折圆荷遮晚照。""相见处,晚晴天,刺桐花下越台前。暗里回眸深属意,遗双翠,骑象背人先过水。"呈现出清新婉丽的词风,并以描绘南国风情画卷入婉约词中,也弥显珍贵。

## 第二节 婉约词的抒情基调

与花间词人相似的是,南唐君臣词人也受到晚唐以来歌舞娱乐之风盛行的社会风尚影响,婉约词题材内容也以描写儿女恋情、离愁别恨为主,"塑造柔美纤丽的艺术形象"①。在大致相同的题材,抒情对象以及短小的令词体式中,以南唐冯延巳、后主李煜为代表的婉约词中,却笼罩了一层凄恻哀伤的情调。

### 一、"郁伊怆恍"——冯延巳词

冯延巳是五代南唐时又一位婉约词名家,与晚唐温庭筠、韦庄鼎足而立,其词"平视温、韦,下开欧、晏,为南方词家鼻祖"②。冯延巳《阳春集》"存词多达一百一十首"③。宋人陈世修在为《阳春集》作序时称:"公以金陵盛时,内外无事,朋僚亲旧,或当燕集。多运藻思为乐府新

---

① 刘扬忠:《唐宋词流派史》,福建人民出版社1999年版,第110页。
② 夏承焘:《唐宋词人年谱》,上海古籍出版社1979年版,第34页。
③ 张璋、黄畲编:《全唐五代词》,上海古籍出版社1986年版。

词,俾歌者倚丝竹而歌之,所以娱宾而遣兴也。日月寝久,录而成编。"①看来,冯延巳的婉约词"倚丝竹而歌之"与花间词一样,也是用以娱宾遣兴的应歌之词。清人冯煦在《阳春集》序言中又指出:"翁(指延巳)俯仰身世,所怀万端,缪悠其词,若显若晦,揆之六义,比兴为多。若《三台令》《归国遥》《蝶恋花》诸作,其旨隐,其词微,类劳人思妇羁臣屏子郁伊怆恍之所为。"② 若结合冯延巳的仕宦经历和南唐由盛到衰直至败亡的国运来看,冯延巳《阳春集》中,尤以其《鹊踏枝》(十四章)为代表的婉约词,时常地"流露出词人的家国忧患之情怀"③,充溢着凄婉感伤与无可奈何的情感基调。

冯延巳的婉约词也多是抒写伤春悲秋、相思怨别之儿女情怀。如《采桑子》中"年光往事如流水,休说情迷。玉箸双垂,只是金笼鹦鹉知",《菩萨蛮》"娇鬟堆枕钗横凤,溶溶春水扬花梦",《归国遥》"香闺寂寂门半掩。愁眉敛,泪珠滴破胭脂脸",《南乡子》"细雨泣秋风,金凤花残满地红",《鹊踏枝》"一点春心无限恨,罗衣印满啼妆粉"等词句,"亦含思凄婉,俨然温、韦之意也"④。王国维先生曾在《人间词话》中指出:"'画屏金鹧鸪',飞卿语也,其词品似之。'弦上黄莺语',端己语也,其词品亦似之。正中词品,若欲于其词句中求之,则'和泪试严妆',殆近之欤?"⑤其以"画屏金鹧鸪""弦上黄莺语"及"和泪试严妆",分别喻指三位婉约词人的词品。兹举这三首词如下:

柳丝长,春雨细。花外漏声迢递。惊塞雁,起城乌。画屏金鹧

---

① (宋)陈世修:《阳春集序》,引自施蛰存主编《词籍序跋萃编》,中国社会科学出版社1994年版,第15页。
② (清)冯煦:《阳春集序》,引自施蛰存主编《词籍序跋萃编》,中国社会科学出版社1994年版,第17页。
③ 叶嘉莹:《唐宋词十七讲》,河北教育出版社2000年版,第107页。
④ 吴梅:《词学通论》,华东师范大学出版社1996年版,第61页。
⑤ 王国维:《人间词话》,徐调孚注,人民文学出版社1982年版,第195页。

鸪。香雾薄,透帘幕。惆怅谢家池阁。红烛背,绣帘垂。梦长君不知。

(温庭筠《更漏子》)

红楼别夜堪惆怅。香灯半卷流苏帐。残月出门时,美人和泪辞。琵琶金翠羽,弦上黄莺语。劝我早还家,绿窗人似花。

(韦庄《菩萨蛮》)

娇鬟堆枕钗横凤,溶溶春水扬花梦。红烛泪阑干,翠屏烟浪寒。锦壶催画箭,玉佩天涯远。和泪试严妆,落梅飞晓霜。

(冯延巳《菩萨蛮》)

从上可知,温庭筠、韦庄、冯延巳的婉约词中都把男女两性间的相思恋情作为抒写的主要对象,写离别,写思念,触景生情,睹物兴感。这是他们三人的共通之处。然而,也具有深微的差别,即冯词中"和泪试严妆"的女性形象,则富于性情,真挚感人。冯词中透过女子华秾丽的服饰、衣着及生活环境等亮丽的色彩,来衬托女主人公内心悲哀的情怀。虽也不乏温词中精妙、绮怨之作,冯词却"极凄婉之致"①。如"和泪试严妆,落梅飞晓霜","玉露不成圆,宝筝悲断弦"(《菩萨蛮》),"玉箸双垂,只是金笼鹦鹉知"(《采桑子》),"开眼新愁无问处,珠帘锦帐相思否","一点春心无限恨,罗衣印满啼妆粉","泪眼倚楼频独语,双燕来时,陌上相逢否"(《鹊踏枝》),"别离若向百花时,东风弹泪有谁知"(《忆江南》)等,人物的情态往往是凄婉哀伤。冯延巳的婉约词与韦庄相似也是以男子的口吻抒写风花雪月、伤春惜时、相思怨别等儿女柔情,但比韦庄词有了进一步发展,所谓"极沉郁之致,穷顿挫之妙"②,这主要

---

① (清)陈廷焯:《白雨斋词话》卷一,见唐圭璋编《词话丛编》,中华书局1986年版,第3781页。
② (清)陈廷焯:《白雨斋词话》卷一,见唐圭璋编《词话丛编》,中华书局1986年版,第3780页。

体现在婉约词中"感情意境的深远上"①。试举韦庄《菩萨蛮》与冯延巳《鹊踏枝》：

> 洛阳城里春光好，洛阳才子他乡老。柳暗魏王堤，此时心转迷。桃花春水绿，水上鸳鸯浴。凝恨对残晖，忆君君不知。
> 
> （韦庄《菩萨蛮》）

> 谁道闲情抛掷久，每道春来，惆怅还依旧。日日花前长病酒，不辞镜里朱颜瘦。河畔青芜堤上柳，为问新愁，何事年年有，独立小桥风满袖，平林新月人归后。
> 
> （冯延巳《鹊踏枝》）

上举二人婉约词，同属"留连光景，惆怅自怜"② 之作，情至文生，情景交融，风格倾向于清丽疏淡。韦庄这首忆念洛阳之情怀，实是"对景怀人，朴厚沉郁"③。若与冯词对举，却稍显浅直。冯词抒写主人公为春天的到来，时光的流逝而感伤，其间以久难抛掷之"闲情"、依旧之"惆怅"、年年有的"新愁"等情绪融注于词中，结句"独立小桥风满袖，平林新月人归后"，寓情于景，体现出主人公内心深处无以名状的惆怅，一种无法排遣却必须独自担荷的悲哀。又如两首《鹊踏枝》：

> 梅落繁枝千万片，犹自多情，学雪随风转。昨夜笙歌容易散，酒醒添得愁无限。楼上春山寒四面，过尽征鸿，暮景烟深浅。一晌凭阑人不见，鲛绡掩泪思量遍。
> 
> 几日行云何处去，忘了归来，不道春将暮。百草千花寒食路，香

---

① 叶嘉莹：《唐宋词十七讲》，河北教育出版社2000年版，第86页。
② （清）刘熙载：《词概》，见唐圭璋编《词话丛编》，中华书局1986年版，第3689页。
③ 唐圭璋：《唐宋词简释》，上海古籍出版社1981年版，第15页。

车系在谁家树。泪眼倚楼频独语,双燕来时,陌上相逢否。缭乱春愁如柳絮,悠悠梦里无寻处。

冯词中虽多是抒写缠绵婉转的男女恋情,却在一种惆怅与哀伤中,有一种执着忠贞的情感品质蕴含其间,形成词中苍凉沉郁的格调。王国维以"和泪试严妆"喻指冯词,形象地描绘出主人公在寂寞悲苦中执着忠贞的情感品质。正如近人俞陛云指出:"'和泪试严妆'句悦己无人,而犹施膏沐,有带宽不悔之心。"① 乃颇得词心之论。

总之,冯延巳的婉约词中抒写主人公悲哀与惆怅的情感基调,尤在《鹊踏枝》十四阕,得以充分地体现。对此,历来词论家给予了很高的评价,如清人张惠言、周济称正中之《蝶恋花》"忠爱缠绵"②,清人陈廷焯称正中《蝶恋花》诸作"情词悱恻,可群可怨"③。王国维在《人间词话》中亦引《鹊踏枝》之"百草千花寒食路,香车系在谁家树"二句,以为似有"诗人忧世"之意④。饶宗颐则认为《鹊踏枝》之"日日花前长病酒,不辞镜里朱颜瘦","具见开济老臣之怀抱"⑤。这足以表明冯延巳词中抒写男女情感间执着忠贞的情怀,已融入了士大夫文人身世家国之忧患意识,遂使词中具有深厚之情感意蕴,婉转深曲,笼罩了凄婉哀伤与无可奈何的抒情基调。

---

① 俞陛云:《唐五代两宋词研究》,上海古籍出版社1985年版,第108页。
② (清)周济:《介存斋论词杂著》,见唐圭璋编《词话丛编》,中华书局1986年版,第1631页。
③ (清)陈廷焯:《白雨斋词话》卷一,见唐圭璋编《词话丛编》,中华书局1986年版,第3780页。
④ 王国维:《人间词话》,徐调孚注,人民文学出版社1982年版,第202页。
⑤ 饶宗颐:《人间词话平议》,引自叶嘉莹《唐宋词十七讲》,河北教育出版社2000年版,第91页。

## 二、"感慨遂深"——李煜词

南唐君臣词人中,尤以李煜婉约词的艺术成就,历来评价颇高。如王国维在《人间词话》中对此给予了高度地赞赏:"词至李后主而眼界始大,感慨遂深,遂变伶工之词为士大夫之词。"又进而指出"尼采谓:'一切文学,余爱以血书者。'后主之词,真所谓以血书者也。……后主则俨有释迦、基督担荷人类罪恶之意。"① 此并非过誉。

南唐后主李煜"生于深宫之中,长于妇人之手,是后主为人君所短处,亦为词人所长处"②。此语甚有道理,作为"人君"而言,李煜的社会阅历乃至政治谋略,可能不及赵匡胤之类;但李煜"不失赤子之心"的个性气质和卓著的文学才华,确实对婉约词的艺术创作产生了重要影响。试看以下两首词:

花明月暗笼轻雾,今宵好向郎边去。刬袜步香阶,手提金缕鞋。画堂南畔见,一向偎人颤。奴为出来难,教君恣意怜。

(《菩萨蛮》)

四十年来家国,三千里地山河。凤阁龙楼连霄汉,玉树琼枝作烟萝,几曾识干戈?一旦归为臣虏,沈腰潘鬓消磨。最是仓皇辞庙日,教坊犹奏别离歌,垂泪对宫娥。

(《破阵子》)

上举两首词,作词的时间有先后不同:前首是李煜亡国之前的作品,后一首作于亡国之后。前首词抒写他与小周后幽会之情事,景真情真,婉

---

① 王国维:《人间词话》,徐调孚注,人民文学出版社1982年版,第197—198页。
② 王国维:《人间词话》,徐调孚注,人民文学出版社1982年版,第197页。

转生动。其中"奴为出来难，教君恣意怜"缱绻缠绵，"亦实写当日情事也"。① 后首词也很"逼真"地描写出了他在亡国之日、出降为俘之际，依依不舍地与宫娥垂泪而别的情景。苏轼曾就此指责他曰："故当恸哭于九庙之外，谢其民而后行，顾乃挥泪宫娥、听教坊离曲"（《跋李王词》）。对苏轼的指责，在此不加评说。然而，李煜词中自然流露出的"纯真"本性，是显而易见的。对此，清人周济曾云："毛嫱、西施，天下美妇人也，严妆佳，淡妆亦佳，粗头乱服，不掩国色。飞卿，严妆也。端己，淡妆也。后主，则粗服乱头矣。"② 在婉约词的发展演进中，李煜恰是以"粗服乱头"，不假修饰，率真自然的性情来倚声填词，使婉约词的题材内容从"镂玉雕琼""裁花剪叶"以至"香径春风""红楼夜月"的狭小情感圈子，开始走向人生、社会以及生命本体的深刻体验和反思中，产生"眼界始大，感慨遂深"的抒情效果。

亡国之后，李煜的婉约词中所塑造的主人公形象，多是不饰容妆，内心孤寂凄凉，如《捣练子》中"云鬓乱，晚妆残"，《谢新恩》之"双鬟不整云憔悴，泪沾红抹胸"，《阮郎归》中"佩声悄，晚妆残，凭谁整翠鬟"，多是相思孤寂而无心修饰的女性形象。正如《诗经》中所描写的女子"自伯至东，首如飞蓬，岂无膏沐，谁适为容"③，这种外在形象正揭示出主人公内心的无限悲伤，如"夜夜相思更漏残，伤心明月凭栏干，想君思我锦衾寒"（《浣溪沙》），"剪不断，理还乱，是离愁。别是一番滋味在心头"（《乌夜啼》），"一片芳心千万绪，人间没个安排处"（《蝶恋花》），又如《浪淘沙》中"梦里不知身是客，一晌贪欢"，《虞美人》之"烛明香暗画堂深，满鬓清霜残雪思难任"，《菩萨蛮》中"人生愁恨何能免，销魂独我情何限"等，形象地表达出李煜亲罹巨变，身份地位

---

① 唐圭璋：《唐宋词简释》，上海古籍出版社1981年版，第32页。
② （清）周济：《介存斋论词杂著》，见唐圭璋编《词话丛编》，中华书局1986年版，第1631页。
③ 《诗经·卫风·伯兮》。

由一国之君而沦为阶下臣虏，其心理落差所产生的深悲剧痛。这种巨大的人生转折，使李煜的婉约词在抒写男女相思恋情时，融入了词人深厚博大的生命体验，超越了男女恋情单一的离愁别恨，具有了人类所共有的一种感慨和悲哀。兹举以下三首：

林花谢了春红，太匆匆。无奈朝来寒雨晚来风。胭脂泪，留人醉，几时重。自是人生长恨水长东。

（《乌夜啼》）

春花秋月何时了，往事知多少。小楼昨夜又东风，故国不堪回首月明中。雕栏玉砌应犹在，只是朱颜改。问君能有几多愁，恰似一江春水向东流。

（《虞美人》）

帘外雨潺潺，春意阑珊。罗衾不耐五更寒。梦里不知身是客，一晌贪欢。独自莫凭栏，无限江山。别时容易见时难。流水落花春去也，天上人间。

（《浪淘沙》）

李煜的婉约词在追忆往事、相思怨别之离愁中，多以白描手法，直抒胸臆，其中"胭脂泪，留人醉，几时重。自是人生长恨水长东"，"问君能有几多愁，恰似一江春水向东流"，"流水落花春去也，天上人间"词句，在开朗博大的字面与气象如"人间""江山""天上"的烘托下，婉约词已经从一身一己的身世之悲、家国之恨，进而提升为对于整个人生命运的一种悲悯，写出了"人世无常之足以动魄惊心"[1]，这是花间词人所不可企及的，即便是冯延巳也未能达到这种深厚博大的感情意境，具有强烈的艺术感染力。诚如，李泽厚在《美学论集》中所谈到的："作者从自

---

[1] 叶嘉莹：《迦陵论词丛稿》，河北教育出版社2000年版，第106页。

身遭受迫害、屈辱的不幸出发，对整个人生的无常，世事的多变，年华的易逝，命运的残酷……感到不可捉摸和无可奈何……这种相当错综复杂的感触和情绪远远超出了狭小的个人身世之感而使许多读者能从其作品形象中联想和触及一些常有的广泛性质，在感情上引起深刻同感。"可以说，李煜以其"不失赤子之心"、纯真善感之禀赋天性，在婉约词中多以白描手法，直抒胸臆，抒写多重情感体验，富含"神秀"① 之美，易使人引起深刻的情感共鸣。

总之，较《花间集》稍晚出现的南唐君臣词人，受唐末以来社会风尚的影响，与多数花间词人一样，他们喜好声色，眈于享乐。况且，中主李璟、后主李煜及重臣元老冯延巳，都具有较高的文学艺术修养。他们承袭花间词作多抒写"美女与爱情"的题材内容，以此娱宾而遣兴。据今人统计："南唐词人冯延巳今存一百一十首词中，以女性为抒情主人公者达一百首之多；李璟仅存的四首词全写女性；李煜破家亡国后专抒自身的哀情，但他传世的三十四首词中也还有一半是写女性的。"② 然而，与花间词有所不同的是，南唐婉约词开始步入抒写多维情感空间，笼罩着一层"亡国之音哀以思"的时代感伤，含思深沉，意味隽永。至此，婉约词在发展和演进的过程中，迈向一个朝霞似锦的征程。

---

① 王国维：《人间词话》，徐调孚注，人民文学出版社 1982 年版，第 197 页。
② 刘扬忠：《唐宋词流派史》，福建人民出版社 1999 年版，第 162 页。

# 第三章

# 成长期的步履（宋初—北宋中后期）

宋初至北宋中后期这一历史发展阶段，是婉约词的成长期。期间，以汴京为中心的北宋城市经济的繁盛，士大夫文人歌舞享乐的社会风尚以及独重女音传唱这三个方面对婉约词的创作格局和艺术风貌产生了深远的影响。以北宋晏殊、欧阳修与晏几道为代表的婉约词以令词形式为主要创作倾向丰富了审美意蕴，以柳永和张先为代表的婉约词以慢词形式为主要创作倾向丰富了艺术表现形式。词在宋代虽被视为"小道""末技"，文人士子们却愈来愈离不开它了。

## 第一节　婉约词创作与北宋的历史文化环境

宋人陆游《花间集跋》云："《花间集》皆唐末五代时人作。方斯时，天下岌岌，生民救死不暇，士大夫乃流宕如此，可叹也哉！或者，出于无聊故耶？"[1] 可以说，花间词集中反映了晚唐五代时的文人在战乱与动荡的社会环境中所产生的逃避现实、沉醉于花间樽前的创作心理[2]。北宋统

---

[1]（宋）陆游：《花间集跋》，引自施蛰存主编《词籍序跋萃编》，中国社会科学出版社1994年版，第632页。
[2] 谢桃坊：《中国词学史》，巴蜀书社2002年版，第20页。

一以后，呈现出一个社会安定、经济繁荣、文化高涨的历史文化环境。此时，花间词的艺术风格与词体的娱乐功能之所以在北宋时期得以延续和发展，除了词体文学传统的内部因素之外，还与北宋社会的历史文化环境有关。

**一、城市经济高度发展与词坛呈现的新气象**

北宋统一之后，随着农业与手工业生产的发展，以汴京为中心城市的商业经济日益兴盛起来。据有关史书记载，北宋东京（开封）的商铺至少有一百六十多行、六千四百多家①。孟元老的《东京梦华录》为我们提供了较之张择端《清明上河图》更为详尽的文字记载：

>……太平日久，人物繁阜，垂髫之童，但习鼓舞；班白之老，不识干戈。时节相次，各有观赏。灯宵月夕，雪际花时，乞巧登高，教池游苑。举目则青楼画阁，绣户珠帘，雕车竞驻于天街，宝马争驰于御路，金翠耀目，罗绮飘香。新声巧笑于柳陌花衢，按管调弦于茶坊酒肆。八荒争凑，万国咸通。集四海之珍奇，皆归市易；会寰区之异味，悉在庖厨。花光满路，何限春游；箫鼓喧空，几家夜宴。伎巧则惊人耳目，侈奢则长人精神……②

从所描写的汴京（开封）城的面貌，可以想见北宋在结束了前代干戈纷争的分裂时局之后，其城市经济所呈现出的繁盛景象。在东京城里有两个行业又特别兴盛，一是酒楼，二是妓馆。并据"酒楼"条所载：

---

① （宋）李焘：《续资治通鉴长编》（黄以周等辑补），"熙宁八年四月癸未"卷二六二，"元丰八年九月乙未"卷三五九。
② （宋）孟元老：《东京梦华录》（自序），中国商业出版社1982年版，第1页。

> 凡京师酒店，门首皆缚彩楼欢门。唯任店入其门，一直主廊约百余步，南北天井两廊皆小合子，向晚灯烛荧煌，上下相照，浓妆妓女数百，聚于主廊檐面上，以待酒客呼唤，望之宛若神仙。
>
> 大抵诸酒肆瓦市，不以风雨寒暑、白昼通夜，骈阗如此。州东宋门外仁和店、姜店，州西宜城楼、药张四店、班楼，金梁桥下刘楼，曹门蛮王家、奶酪张家，州北八仙楼，戴楼门张八家园宅正店，郑门河王家，李七家正店，灵景宫东墙长庆楼，在京正店七十二户，此外不能遍数。其余皆谓之"脚店"。①

从上述记载可见，东京城内规模宏大的"正店"就有七十二家，其余的"脚店"则不能胜数。而且，不论风雨寒暑、白昼通宵，皆随时备有妓女待客呼唤。至于妓馆的描述，则散见于此书各条记载。如"寺东门街巷"条载：在东京城最繁华的大相国寺，寺南即有"录事项妓馆"，寺北小甜水巷内"妓馆亦多"②；"潘楼东街巷"条载：潘楼酒店以东牛行街一带"亦有妓馆，一直抵新城"③。那么，北宋城市经济的繁盛对词坛的创作又有何影响呢？林庚先生在论及词的兴起时，将它与城市经济的繁荣和市民阶层的形成联系在一起来论述，他指出：

> 在商业资本与封建土地关系的矛盾纠缠中，后者只能一味保守，前者却一力要求发展，尽管由于这一纠缠而并不能突破封建的局限，然而一点一滴，总还是在发展中，这表现在中唐以来社会各方面都在衰落苦闷中，而独有商业却是并不衰落的。《琵琶行》所谓"商人重利轻别离，前月浮梁买茶去"，这自由商人还是干得正起劲哩。同时由于六朝、隋、唐这一阶段商业及手工业的突飞猛进，城市中也逐渐

---

① （宋）孟元老：《东京梦华录》，中国商业出版社1982年版，第16页。
② （宋）孟元老：《东京梦华录》，中国商业出版社1982年版，第21页。
③ （宋）孟元老：《东京梦华录》，中国商业出版社1982年版，第15—16页。

形成了市民阶级。这虽是到了宋代才表现得更为明显，而唐代却已是萌芽了。这样市民文学，由于它是发展的、新生的、富有创造性的，便将代替正统的文学而成为文坛新的主潮。而由正统文学过渡到市民文学，便表现为大历以来市民文学与词的起来。①

以上所述，主要是关于唐代中晚期的社会历史情况，而这一时期正是新兴的以燕乐为基础的曲子词开始流行，而文人学士也纷纷尝试创作歌词的时期。欧阳炯《花间集序》中所描述的"有唐以降，率土之滨，家家之香径春风，宁寻越艳；处处之红楼夜月，自锁嫦娥"的文化环境，体现出城市经济的繁荣和市民阶层的需求促使了曲子词创作的兴盛。五代时天下动乱，而在偏居一隅的西蜀和南唐，以成都、扬州、金陵等几个地区的城市经济得以局部发展和繁荣，它所滋育出来的花间词和南唐词作，在题材上的趋同性，多是以表现男女情爱为中心内容，通过歌伎演唱而流播，正是适应和满足了当时城市广大市民的文化娱乐消费需要。于是，曲子词在晚唐五代至北宋时期形成了"词为艳科"的传统，也就不足为奇了。何况，宋代统一以后，农业生产力大大提高、商业与手工业空前发展，北宋以东京为中心城市，经济得以高度繁盛，也必然会影响到词坛的创作情况。在一定程度上，不妨可以说词是唐宋时代城市经济发展的文学产物。

那么，北宋词坛创作所呈现出的新气象，具体而言：其一，婉约词艺术创作的"富贵气象"。这不仅是通过词作表面大量金玉锦绣的字面和珠光宝气的女子形貌来展示其富贵外观。而且透过其雍容华贵的娴雅气度来显示其内在的富贵气质。晚唐五代时，号称"花间鼻祖"的温庭筠，其婉约词在布景设色上，就喜用金玉字面，充溢着富贵色泽与气息。以其十五首《菩萨蛮》为例，所采用的富贵华丽字面就有：绣罗襦，金鹧鸪，

---

① 林庚：《中国文学简史》，北京大学出版社1995年版，第290页。

水精帘，玻璃枕，鸳鸯锦，金翡翠，金凤凰，玉钗，玉钩，玉楼，绣帘，锦衾，鸾镜……真是不胜枚举，正如《花间集序》所谓"镂玉雕琼""竞富尊前"。以温庭筠为代表的花间词多是展示其富贵外观，然而，北宋晏殊为代表的婉约词则是显示其内在的富贵气质。如太平宰相晏殊曾说："余每咏富贵，不言金玉锦绣而惟说其气象。若'楼台侧畔杨花过，帘幕中间燕子飞'，'梨花院落溶溶月，柳絮池塘淡淡风'之类是也……穷儿家有这景致也无？"又说：像李庆孙《富贵曲》中"轴装曲谱金书字，树记花名玉篆牌"两句，虽以金、玉作修饰，但却只是一种"未尝谙富贵"的"乞儿相"而已①。又如晁补之赞扬晏几道"舞低杨柳楼心月，歌尽桃花扇底风"词句，"风调娴雅"，"知此人不住三家村也"②。李清照《词论》中评秦观词"如贫家美女，虽极妍丽丰逸而终乏富贵态"③。凡此种种评论，又何尝不是北宋词坛追求一种"以富为美"④，体现内在和神韵方面"真富贵"的审美气质。词坛所呈现的这种"富贵气象"，自然也离不开北宋时期达一个世纪之久的经济高度发展与繁盛。

其二，在词体形式上，由令词发展到慢词。晚唐五代时由篇幅短小的令词一统词坛的局面，到了北宋时期，慢词长调却有了充分的发展。慢词长调的发展，也与北宋"盛世"的社会生活面貌有着密切的关系。对此，宋翔凤《乐府余论》中提及："慢词盖起宋仁宗朝。中原息兵，汴京繁庶，歌台舞席，竞赌新声。耆卿失意无俚，流连坊曲，遂尽收俚俗语言，编入词中，以便伎人传习。一时动听，散播四方。其后东坡、少游、山谷

---

① （宋）吴处厚：《青箱杂记》卷五，见上海古籍出版社编《宋元笔记小说大观》，上海古籍出版社2001年版，第1635页。
② （宋）吴曾：《能改斋漫录》卷十六，见唐圭璋编《词话丛编》，中华书局1986年版，第125页。
③ 引自胡仔：《苕溪渔隐丛话》后集卷三十三，人民文学出版社1981年版，第254页。
④ 杨海明：《唐宋词美学》，江苏教育出版社1998年版，第39页。

辈，相继有作，慢词遂盛。"① 这里指出了慢词始于柳永，与"中原息兵，汴京繁庶"的社会环境亦有关，就柳永词本身而言，也实为确论。如柳词中有"新声"竞繁的情况：

  风暖繁弦脆管，万家竞奏新声。    （《木兰花慢》）
  是处楼台，朱门院落，弦管新声沸腾。  （《长寿乐》）
  省教成，几阕清歌，尽新声，好尊前重理。（《玉山枕》）
  珊瑚筵上，亲持犀管，旋叠香笺，要索新词。（《玉蝴蝶》）

又如柳永咏写仁宗朝"太平时"，汴京"触处繁华"之景象：

  嶰管变青律，帝里阳和新布。晴景回轻煦。庆嘉节，当三五。列华灯，千门万户。遍九陌，罗绮香风微度。十里然绛树，鳌山耸，喧天箫鼓。渐天如水，素月当午。香径里，绝缨掷果无数。更阑烛影花阴下，少年人，往往奇遇。太平时，朝野多欢民康阜。随分良聚，堪对此景，争忍独醒归去。

               （《迎新春》）

  恋帝里，金谷园林，平康巷陌。触处繁华，连日疏狂，未尝轻负，寸心双眼。况佳人，尽天外行云，掌上飞燕。向珧筵，一一皆妙选。长是因酒沉迷，被花萦绊。更可惜，淑景亭台，暑天枕簟。霜月夜凉，雪霰朝飞，一岁风光，尽堪随分，俊游清宴……

               （《凤归云》）

应该说，大一统的北宋时代其经济实力已非前代衰世可比，广大的城市阶层在文化精神生活上，渴求着新的艺术格局和审美气度。北宋时期应

---

① （清）宋翔凤：《乐府余论》，见唐圭璋编《词话丛编》，中华书局1986年版，第2499页。

运而生的慢词长调,就是按着这些"新声"乐曲之竞奏而填写的歌词,是建筑在这个"繁庶"的城市生活基础之上的文化消费产品。

## 二、士大夫文人歌舞享乐风尚与婉约词的创作格局

北宋士大夫文人追求歌舞享乐、浅斟低唱的社会风尚,不仅体现出宋代城市经济的高度发达,而且与最高统治者的积极倡导密切相关。宋太祖赵匡胤发动"陈桥驿兵变"夺取全国政权之后,以"杯酒释兵权"的策略解除了宋代高级将领的兵权,根除了藩镇动乱之源。试看《宋史·石守信传》的记载:

> 帝(赵匡胤)因晚期与(石)守信等饮酒,酒酣,帝曰:"我非尔曹不及此,然吾为天子,殊不若为节度使之乐,吾终夕未尝安枕而卧。"守信等顿首曰:"今天命已定,谁复敢有异心?陛下何为出此言耶?"帝曰:"人孰不欲富贵?一旦有以黄袍加汝之身,虽欲不为,其可得乎?"守信等谢曰:"臣愚不及此,惟陛下哀矜之。"帝曰:"人生驹过隙尔,不如多积金,市田宅以遗子孙,歌儿舞女以终天年。君臣之间无所猜嫌,不亦善乎?"守信谢曰:"陛下念及此,所谓生死而肉骨也。"明日,皆称病,乞解兵权,帝从之,皆以散官就第,赏赉甚厚。

在这一席谈话中,这位开国君主实际上在向他的臣民们倡导不要关心政治权力而只需"多置歌儿舞女,日饮酒相欢"①,安享人生之乐罢了。它不但对石守信等高级武将,而且对整个文人士大夫阶层,都起了导向作用。宋朝开国君主出于稳固政治统治需要而倡导"多积金""市田宅"和

---

① (元)脱脱:《宋史·石守信传》卷二百五十,中华书局1977年版。

畜养"歌儿舞女"安享人生的观念,制定崇文抑武、"优容士大夫"的基本国策,这在客观上极大地促进了以娱宾遣兴为功能的词体创作在宋代词坛日趋繁盛。同时也培植出了一个阵容庞大的文人士大夫阶层,他们处于社会审美主体的地位,其在宋代的生活堪称如鱼得水。他们有着较为广阔的政治出路,科举录取的名额空前增大,一被录取即踏上仕途,而且"俸给宜优","于奉钱、职钱外,复增供食料等钱"①,这又为士大夫文人追求歌舞享乐的社会风尚提供了物质生活保障,此时正值"天下无事,须臣僚择胜宴饮,当时侍从文馆士大夫为燕集,以至市楼酒肆,皆供帐为游息之地"②。关于士大夫文人的歌舞享乐生活,在宋人笔记中就有许多记载。兹录几条,以见一斑:

寇准"好舞《柘枝》,会客必舞《柘枝》,每舞必尽日,时谓之'柘枝颠'"。他在知邓州时,"每饮宾客,常阖扉辍骖以留之。尤好夜宴,剧饮未尝点油,虽溷轩马厩,亦烧烛达旦。每罢宴去,后人至官舍,见厕溷间,烛泪凝地,往往成堆"。③

张耆"既贵显,尝启章圣,欲私第置酒,以邀禁从诸公。既昼集尽欢,曰:'更毕今日之乐。'于是罗帷翠幕,稠叠围绕,高烧红烛,列坐蛾眉,及其殷情。每数杯,则宾主各少歇。如是者凡三数。诸公但讶夜漏如是之永,暨撤席出户,则已再昼夜矣"。④

宋祁"晚年知成都,带《唐书》于本任刊修。每宴罢,开寝门,垂帘燃二椽烛,媵婢夹侍,和墨伸纸,远近皆知为尚书修《唐书》,望之如神仙焉。多内宠,后庭曳绮罗者甚众。尝宴于锦江,偶微寒,命取半臂,诸婢各执一枚,凡十余枚俱至。子京视之茫然,恐有厚薄

---

① (元)脱脱:《宋史》卷一七一,中华书局1977年版。
② (宋)沈括:《梦溪笔谈》(影印元刊本)卷七,北京文物出版社1975年版。
③ 丁福保:《宋人轶事汇编》卷五,中华书局1981年版。
④ 丁福保:《宋人轶事汇编》卷六,中华书局1981年版。

之嫌，竟不敢服，忍冷而归"。①

像这类记载北宋士大夫文人歌舞享乐生活的文字，我们还可以举出很多。如宰相词人晏殊家有众多歌儿舞女，"每有佳客必留……亦必以歌乐相佐"②；风流尚书宋祁，凡宴客则"外设重幕，内列宝炬，歌舞相继，坐客忘疲，但觉漏长……名曰不晓天"③。此外，欧阳修家中也常有"朱唇白玉肤"的妙龄歌伎"八九姝"④。张先到了八十五岁，还蓄声伎，"多爱姬"。苏轼曾有诗戏之曰："诗人老去莺莺在，公子归来燕燕忙。"⑤而苏轼也曾有不少家伎，吕本中说"东坡有歌舞伎数人"⑥，此风延及偏安东南的南宋政权，尚且有增无减。又如南宋中叶贵族词人张镃蓄家伎"无虑数百十人"，曾办"牡丹会"，令家伎十人为一队，穿一色衣、簪一种花出帘唱歌劝酒，"衣与花凡十易"，令宾客"皆恍然如仙游也"⑦。

北宋社会歌舞享乐的生活环境，歌宴酒席前以妍歌妙舞助兴表演的现场氛围，也影响了多数士大夫文人的创作倾向，于是，在宋代词坛上就出现了所谓"雅俗并存"的局面。这里，不妨先举一个典型的例子加以说明。张舜民《画墁录》（卷一）载有这样一则对话，颇为典型：

> 柳三变（永）既以词忤仁庙（仁宗），吏部不放改官。三变不能

---

① 丁福保：《宋人轶事汇编》卷七，中华书局1981年版。
② （宋）叶梦得：《避暑录话》，见上海古籍出版社编《宋元笔记小说大观》，上海古籍出版社2001年版，第2575页。
③ （宋）陆游：《老学庵笔记》，见上海古籍出版社编《宋元笔记小说大观》，上海古籍出版社2001年版，第3445页。
④ （宋）葛立方：《韵语阳秋》卷十五，见（清）何文焕辑《历代诗话》，中华书局1982年版，第606页。
⑤ （宋）赵令畤：《侯鲭录》卷七，见上海古籍出版社编《宋元笔记小说大观》，上海古籍出版社2001年版，第2088页。
⑥ （宋）吕本中：《轩渠录》，见宛委山堂本《说郛》（影印本）卷三四，上海古籍出版社1988年版，第1577页。
⑦ （宋）周密：《齐东野语》卷二十，中华书局1983年版，第189页。

堪,诣政府。晏公(殊)曰:"贤俊作曲子么?"三变曰:"只如相公,亦作曲子。"公曰:"殊虽作曲子,不曾道'彩线慵拈伴伊坐'。"柳遂退。①

从上述对话中,我们可以觉察到,以宰相晏殊为代表的士大夫文人雅士与以柳永为代表的普通下层文人之间在创作的审美情趣上,就有着雅俗之分、清浊之别。这一现象从本质上揭示出北宋时期正统的文人士大夫与新兴市民阶层,两个不同生活侧面的审美情趣反映在词坛创作倾向上的根本对立。如宰相晏殊责难柳永的"彩线慵拈伴伊坐"词句,它出自《定风波》:

自春来,惨绿愁红,芳心是事可可。日上花梢,莺穿柳带,犹压香衾卧。暖酥消,腻云亸。终日厌厌倦梳裹。无那。恨薄情一去,音书无个。早知恁么,悔当初、不把雕鞍锁。向鸡窗、只与蛮笺象管,拘束教吟课。镇相随,莫抛躲。针线闲拈伴伊坐。和我,免使年少光阴虚过。

柳永这首词乃写女子独守空房、思郎不归的"闺怨"主题。但词中所描写的女性又决然不是符合正统士大夫文人审美规范的深闺女子形象,他以直白浅俗的语言,畅快淋漓的词调,表露女子大胆率真的情感欲求,充满了市民化的审美趣味,与儒家诗教的"发乎情,止乎礼义"的观念,"好色而不淫""温柔敦厚""含蓄蕴藉"的审美情调,可谓是大异其趣。难怪遭到了以晏殊为代表的士大夫文人雅士的贬斥。同样是抒写思妇春情闺怨的题材,晏殊婉约词中的表现手法和抒情风格就有很大的不同。如其名篇《玉楼春》云:

---

① (宋)张舜民《画墁录》卷一,见上海古籍出版社编《宋元笔记小说大观》,上海古籍出版社2001年版,第1533页。

绿杨芳草长亭路,年少抛人容易去。楼头残梦五更钟,花底离愁三月雨。无情不似多情苦,一寸还成千万缕。天涯地角有穷时,只有相思无尽处。

晏殊这首词只略说多情愁苦,却毫无埋怨之语,体现了"含蓄蕴藉""怨而不怒"的审美情趣。《蓼园词选》谓其"总见多情之苦耳,妙在意思忠厚,无怨怼口角"①。其与柳词相比,晏词则符合温润秀洁的士大夫文人雅词规范。对此,宋人王灼《碧鸡漫志》(卷二)中具体的评论也很有代表性:

晏元献公(殊)、欧阳文忠公(修)风流蕴藉,一时莫及,而温润秀洁,亦无其比。

叔原(晏几道)如金陵王谢子弟,秀气胜韵,得之天然,将不可学。

柳耆卿……浅近卑俗,自成一体,不知书者尤好之。予尝以比都下富儿,虽脱村野,而声态可憎。

前文已经论述过,北宋时期社会环境和平安定、城市经济高度发展以及最高统治者崇文抑武、优容厚待士大夫文人的基本政策等,客观上极大地促使官僚士大夫及文人学士沉醉于歌舞享乐之生活风尚。在此种风尚的影响下,以娱乐为功能的曲子词在文艺创作领域中广泛流行。以晏殊为代表的北宋士大夫文人几乎都从事过曲子词的创作,与此同时,以柳永为代表的下层文人在词坛上异常活跃,"凡有井水处,皆能歌柳词",深受广大市民阶层的喜爱。然而,由于柳永的婉约词真实地抒写了普通下层文人、市井细民与青楼歌伎的悲欢离合,反映出他们的情感欲望和理想追

---

① (清)黄苏:《蓼园词评》,见唐圭璋编《词话丛编》,中华书局1986年版,第3042页。

求，与文人士大夫阶层"归宗典则雅正的审美趋向"① 之间存在着根本对立，柳永一生遭到统治者的贬抑②，穷困潦倒，甚至身后还是由妓女集资安葬。作俗曲艳词而失去仕宦前途者，并非柳永一人。有些已添列于朝堂行列中的士大夫文人，也被统治集团无情地排除：

> 沈睿达辽……登科后游京师，偶为人书裙带词，颇不典。流转鬻于相蓝内侍买得之，达于九禁，近幸嫔御服之，遂尘乙览。裕陵（神宗）初嗣位，励精求治，一见不悦。会监察御史向子韶察访两浙，临遣之际，上谕之曰："近日士大夫全无顾藉。有沈辽者，为娼优书淫冶之辞于裙带，遂达朕听。如此等人，岂可不治？"子韶抵浙中，适睿达为吴县令。子韶希旨，以他罪劾奏。时荆公当国，为申解之。上复伸前说，竟不能释疑。遂坐深文，削籍为民。③

就连宰相晏殊，也都难免遭人非议：

> 王荆公（安石）初为参知政事，闲日因阅读晏元献公（殊）小词而笑曰："为宰相而作小词，可乎？"平甫曰："彼亦偶然自喜为尔，顾其事业岂止如是耶！"时吕惠卿为馆职，亦在坐，遽曰："为政必先放郑声，况自为之乎！"④

---

① 许总：《宋明理学与中国文学》，百花洲文艺出版社1999年版，第40页。
② （宋）吴曾：《能改斋漫录》（卷十六）载：仁宗留意儒雅，务本理道，深斥浮艳虚薄之文。初，进士柳三变好为淫冶讴歌之曲，传播四方。尝有《鹤冲天》词云："忍把浮名，换了浅斟低唱？"及临轩发榜，特落之曰："且去浅斟低唱，何要浮名！"见唐圭璋编《词话丛编》，中华书局1986年版，第135页。
③ （清）潘永因：《宋稗类钞》卷三。
④ （宋）魏泰：《东轩笔录》卷五，见上海古籍出版社编《宋元笔记小说大观》，上海古籍出版社2001年版，第2681页。

其子晏几道自作长短句，希望得到上司的赏识，也被作为晏殊门生的府帅韩维讥为"才有余而德不足"①，可见，北宋时期文人从事婉约词的艺术创作，在当时是被视为一种失德之行，有损士大夫文人雅正风范。然而，值得肯定的是，曲子词虽是流行于民间市井中的通俗文艺。但进入文人创作领域之后，文人自身学养和品性的渗透和延伸，婉约词的艺术创作"或侧重于文辞，或注重造意"②，得以不断地发展和演化。同时，婉约词也是歌舞冶游的文化产品，北宋士大夫文人在歌舞娱乐场合中以之"娱宾遣兴、聊佐清欢"，必受到歌伎们妍歌妙舞的感染，也会沾染一些市井青楼的影响，难逃"从俗"的责难。何况太平宰相晏殊，其作词尚雅避俗，抒写男女恋情"温润秀洁"，亦未能幸免非议。那么，其他文人的香艳小词又如何不能见容于文人士大夫"雅正"的审美观念，就可想而知了。宋人胡寅《酒边集序》中所描述的："文章豪放之士，鲜不寄意于此者，随亦自扫其迹，曰虐浪游戏而已也。"③ 可见，宋代文人学士既欢喜填词，又担心遭此非难，于是婉约词成了一个遮遮掩掩、欲说还休的文化娱乐产品。

### 三、宋代歌伎对婉约词风貌的影响

宋代歌伎，若从其所从事的职业性质来定义的话，就是指一批从事曲子词演唱的女艺人。其大致可分为"官伎、家伎和私伎三种"，"官伎包括宫廷歌伎、教坊歌伎、中央及地方官署的歌伎（营伎），私伎指市井歌

---

① （宋）邵伯温：《邵氏闻见录》，见上海古籍出版社编《宋元笔记小说大观》，上海古籍出版社2001年版，第1693页。
② 王晓骊：《论宋代文人词学观的矛盾性及其价值》，载《齐鲁学刊》，1999年第3期。
③ （宋）胡寅：《酒边集序》，引自施蛰存主编《词籍序跋萃编》，中国社会科学出版社1994年版，第168页。

伎以卖艺为主也兼卖淫"①，宋代的重要商业都市中凡歌楼、酒馆、平康诸坊和瓦市等都是私伎们积聚和活动的地方。然而，蓄养家伎则是有较高官位和较多财富的官僚贵族与上层士大夫文人才能做到的，至于宫廷、教坊和中央官署的女乐也不是一般人能轻易接触的。因而宋代大多数词人，特别是"那些官位不高的中下层士大夫文人和仕宦无门的失意文人们（如柳永等词人）大量和经常接触交往的，却是市井私伎和地方（州、军、府、县等）官署的官伎"②。这些市井私伎和下层官伎，她们寄居于城市日常生活中，浸染着市民意识，在艺术创作和表演上充满了市民情趣和市民做派。上述宋代词坛上存在着"雅俗并存"之局面，与宋代文人和不同歌伎的交往也有着密切的关系。

（一）曲子词的创作和演唱，使词人与歌伎之间产生相互联系，从而实现对婉约词艺术风貌的深远影响

歌伎是以表演声乐为主的特殊职业女性。由于燕乐的兴盛和大量的"声诗"、曲子词需要合乐歌唱，促使以演唱为专长的歌伎大量增加。入宋以后，城市经济的高度发展和最高统治者所倡导的士大夫文人歌舞享乐的社会风尚，又进一步地促使歌伎的数量远较唐代为多，曲子词的创作也空前繁盛。宋朝廷赐予士大夫文人以优厚的俸禄和待遇，这些既有钱又有闲的文人雅士就自然而然地转向了蓄养家伎以歌舞享乐的生活中。"韩持国喜声乐，遇极暑则卧一榻，使婢执板缓歌不绝声，展转徐听。或颔首抚掌，与之相应，往往不复挥扇。"③ 这种宋代士大夫私宅府第的缓歌清唱，具有委婉细腻、沁人心脾的悠长韵味。相对于唐代宫廷舞乐中气势浩大的劲歌健舞，它展现了关陇健儿的阳刚之美的话，那么，在宋代由官府教坊或者士大夫私家蓄养歌儿舞女，并且供酒筵席前娱宾遣兴之用的清歌柔

---

① 谢桃坊：《宋词辨·宋代歌伎考略》，上海古籍出版社1999年版，第324—325页。
② 刘扬忠：《唐宋词流派史》，福建人民出版社1999年版，第150页。
③ （宋）叶梦得：《避暑录话》，见上海古籍出版社编《宋元笔记小说大观》，上海古籍出版社2001年版，第2578页。

舞,则更多地体现出窈窕女子的阴柔之美。这在一定程度上就限制了婉约词的题材取向和风格情调。如晏殊、张先等人的婉约词,如"谢家庭槛晓无尘,芳宴祝良辰。风流妙舞,樱桃清唱,依约驻行云"(晏殊《少年游》);"池塘水绿风微暖,记得玉真初见面。重头歌韵响铮琮,入破舞腰红乱旋"(晏殊《木兰花》)即是描写当时士大夫于私宅府第、庭院楼台中以歌伎奏乐歌舞唱词的情形。词人张先还有专门描写歌儿舞女即兴表演时的婉约词:

双花连袂近香貌,歌随镂板齐。分明珠索漱烟溪,凝云定不飞。唇破点,齿编犀,春莺莫乱啼。阳关更在碧峰西,相看翠黛低。

(《醉桃源·渭州作》)

垂螺近额,走上红茵初趁拍。只恐轻飞,拟倩游丝惹住伊。文鸳绣履,去似杨花尘不起。舞彻《伊州》,头上宫花颤未休。

(《减字木兰花》)

前首词描写唇红齿白的佳丽女子那般甜美的歌声。歌声清脆悦耳如同珠漱溪流错落有致,优美动听能使高天白云凝而不飞,轻快细软犹如春莺啼啭,情意绵绵又如阳关送别。后一首描写轻盈飘逸的女子表演舞蹈的场面。这位女子身轻如燕,在红色地毯上踏着节拍翩翩起舞。曲终舞止,女子头上的宫花还在不停地颤动。词人这一精微细腻的笔触,可见其谙熟歌舞之妙。另如"轻牙低掌随声听,合调破空云自凝。姝娘翠黛有人描,琼女分鬟待谁并"(张先《木兰花》);"醉笑相逢能几度,为报江头春且住。主人今日是行人,红袖舞,清歌女,凭仗东风教点取"(张先《天仙子·别渝州》);"蜀弦高,羌管脆,慢飐舞娥香袂。君莫笑,醉乡人,熙熙长似春"(晏殊《更漏子》);"若有知音见采,不辞遍唱《阳春》。一曲当筵落泪,重掩罗巾"(晏殊《山亭柳·赠歌者》)。可以想见,在红袖清歌、楚腰舞柳的歌舞唱词中,演唱者与词作者之间产生了相互感染与激发的情绪氛围,进而也感同身受,"将心比心",沉醉于心灵相和的旖旎风情之中。于是,婉约词作之题材内容大多以女性为审美对象,塑造大量丰富多彩的女性形象和男女恋情,体现出阴柔婉媚的主体艺术风格。

当然,由于词人和歌伎的身份、处境与审美趣味等的差异,对婉约词的风格情调也产生了不同的影响。如士大夫文人晏殊、张先及欧阳修等为代表的婉约词,抒写男女恋情,多是产生"温润秀洁""含蓄蕴藉"等的风格情调,一般不致流于俗艳。而以下层落魄文人柳永为代表的婉约词,则比较率真而大胆地吐露与下层歌伎(尤其是市井私伎)的男女恋情,不避尘俗。如"镇相随,莫抛躲,针线闲拈伴伊坐"(《定风波》)一类的俚俗名句。作为坎坷失意的普通下层文人,尤其是词人柳永与青楼歌伎之间情意缠绵的真挚情爱,如"执手相看泪眼,竟无语凝噎"(《雨霖铃》),"系我一生心,负你千行泪"(《忆帝京》)等,远远超出了士大夫文人对歌伎之容貌与才艺的欣赏乃至同情,在对她们的不幸遭遇给予同情的基础上,对她们心灵的深切理解和情感呼应。究其原因,就在于柳永本人也是一个被侮辱与被损害的小人物,一个被强大的统治力量摧折挫辱、在与命运抗争中败北的柔弱者。相似的不幸遭遇,使得同病相怜、惺惺相惜的词人与歌伎间产生了真挚的爱情。之后,宋代婉约词中那情意缠绵、幽婉伤感的抒情风格,那对真挚爱情的向往和追求,其词作之题材取向和风格情调的主要来源,与其溯源于晚唐五代花间词,"毋宁就近说,是在柳永哀感顽艳、骫骳从俗的长调慢词中就可以找到创作的灵感"[①]。如秦观的"消魂当此际,香囊暗解、罗带轻分","天还知道,和天也瘦";周邦彦"许多烦恼,只为当时,一饷留情","拼今生对花对酒,为伊落泪";以及姜夔的"淮南皓月冷千山,冥冥归去无人管",吴文英的"隔江人在雨声中,晚风菰叶生秋怨";等等,词人们这些痴情妙语,无不是写给那些与他们情投意合的佳人知己。

---

① 霍然:《宋代美学思潮》,长春出版社1997年版,第104页。

(二) 宋人独重女声演唱的时尚,对婉约词艺术风貌产生直接的影响

宋人在创作和欣赏歌词时"独重女音"。对于这种审美时尚,南宋初年王灼在《碧鸡漫志》卷一中曾明确地记载:

> 古人善歌得名,不择男女。……今人独重女音,不复问能否。而士大夫所作歌词,亦尚婉媚,古意尽矣。郑和间,李方叔在阳翟,有携善讴老翁过之者。方叔戏作《品令》云:"唱歌须是玉人,檀口皓齿冰肌。意传心事,语娇声颤,字如贯珠。老翁虽是解歌,无奈雪鬓霜须。大家且道,是伊模样,怎如念奴。"方叔固是沈于习俗,而语娇声颤,那得字如贯珠。不思甚矣。①

王灼在《碧鸡漫志》(卷一)里还曾列举了数十位自先秦至唐代男女歌手的名字,其中唐代男歌手有李龟年、韦青等十五位,女歌手有念奴、张好好、樊素等十九位,表明声乐演唱和欣赏皆是男音和女音并重的,而对宋代(今人)"唱歌须是玉人,檀口皓齿冰肌。意传心事,语娇声颤,字如贯珠","独重女音"的风尚,主要是因为曲子词的创作和欣赏环境多是在庭院楼台、酒边花前等以男性娱乐活动为主的场合,观赏者也多数是男性。这样,曲子词由女性歌伎来演唱,不仅有清脆娇软的歌喉,具有听觉上的"悦耳"功能,更有姣好的容貌、轻柔的舞姿并有音乐的伴奏,又具有视觉上"悦目"功能。从而,在如此艺术氛围中,满足了以文人雅士为代表的男性审美主体之娱宾遣兴的审美需求。而受到了上至统治者、下到市民大众的广泛欢迎和喜爱。与此同时,婉约词由女性演唱,音声婉转柔美,这样才会达到声情并茂的艺术效果。对此,南宋王炎《双溪诗余自序》就说:"盖长短句宜歌不宜诵,非朱唇皓齿,无以发其要眇

---

① 岳珍:《碧鸡漫志校证》,巴蜀书社 2000 年版,第 26—27 页。

之声。"① 也就是说，只有女性的软美歌喉才能传达出歌词所特有的低回要眇的韵味。又元燕南芝庵《唱词·凡唱所忌》说："男不唱艳词，女不唱雄曲。"② 明确划分婉约词只适宜女性演唱，那轻柔的歌舞，曼妙的身姿，圆润流畅的声音，也使作为审美主体的男性观众的心灵暂时得到了轻松和抚慰。如："垂鬟小舞么歌趁，莺语绿杨娇困。多少旧愁新恨，一醉浑消尽"（管鉴《桃源忆故人》）③；"风埃世路，冷暖人情，一瞬几分更变。唯有芳姿为人，歌意尤深，笑容偏倩。把新词拍段，偎人低唱，凤鞋轻点"（杨泽民《选官子》）④ 就很典型地表达了文人骚客们在倾听歌女演唱时，那饱经宦海风波、世态炎凉的心灵创伤得以放松和慰藉。

## 第二节 婉约词以令词为主的创作倾向

### 一、五代词风的继承和演变——晏殊与欧阳修词

在北宋词坛上，晏殊、欧阳修是婉约词从晚唐五代过渡到北宋的关键人物。二人确是并驾齐驱、各擅胜场的。正如清人冯煦在《蒿庵论词》中说："宋初大臣之为词者……独文忠与元献，学之既至，为之亦勤。翔双鹄于交衢，驭二龙于天路。且文忠家庐陵，而元献家临川，词家遂有江西一派。其词与元献同出南唐，而深致则过之。"⑤ 可见，欧阳修和晏殊二人词风受南唐冯延巳的影响较大。然而，他们并非是简单地沿袭，而且

---

① （宋）王炎：《双溪诗余自序》，引自施蛰存主编《词籍序跋萃编》，中国社会科学出版社1994年版，第302页。
② （元）陶宗仪：《南村辍耕录》卷二七，辽宁教育出版社1998年版，第321页。
③ 唐圭璋：《全宋词》，中华书局1965年版，第1570页。
④ 唐圭璋：《全宋词》，中华书局1965年版，第3006页。
⑤ （清）冯煦：《蒿庵论词》，顾学颉校点，人民文学出版社1959年版，第59页。

形成了婉约词各自独具的艺术特色,从中折射出北宋社会时代精神和士大夫文人的审美意趣,使得婉约词和词人的情感生活与身世经历愈来愈密切。

晚唐五代至北宋时期的婉约词,主要是娱宾而遣兴的合乐歌词。清人冯煦曾指出:"晏同叔去五代未远,馨烈所扇,得之最先,故左宫右征,和婉而明丽,为北宋倚声家初祖。"① 这一评价是恰如其分的。晏殊深受南唐冯延巳的影响,据宋人刘攽《中山诗话》说:"晏元献尤喜江南冯延巳歌词,其所自作,亦不减延巳。"② 而且,晏殊的婉约词在题材内容方面所表现的花间樽前、娱宾遣兴、留连光景,在艺术形式方面诸如用调、遣词、表现技巧等,都"保持着晚唐五代文人词的一些特点"③。晏殊婉约词基本上属于一种"酒席文学"④,仍是属于娱宾遣兴的文化产品。据南宋初叶梦得《避暑录话》(卷上)的记载:晏殊平生"喜宾客,未尝一日不燕饮",他常在自己的府第举办文酒之会,"亦必以歌乐相佐",从游者多为其同僚、文友和门生。而每逢酒筵稍阑,歌伎"呈艺已遍"之后,晏殊则亲自按调填词"呈艺","前辈风流,未之有比"。《宋景文笔记》亦载:"相国(晏殊)不自贵重其文,门下客及官属解声韵者,悉与酬唱。"⑤ 宋人杨湜更为详细地记载了丞相晏殊当时的酬唱活动,"庆历癸未(按即庆历三年)十二月十九日立春,甲申元日,丞相晏元献公会两禁于私第。丞相席上自作《木兰花》以侑觞曰:'东风昨夜回梁苑,日脚依稀添一线。旋开杨柳绿蛾眉,暗折海棠红粉面。无情欲去云间雁,有意飞来梁上燕。无情有意且休论,莫向酒杯容易散。'于时坐客皆和,亦不敢改

---

① (清)冯煦:《蒿庵论词》,顾学颉校点,人民文学出版社1959年版,第59页。
② (宋)刘攽:《中山诗话》,见何文焕《历代诗话》,中华书局1982年版,第283页。
③ 谢桃坊:《北宋倚声家之初祖晏殊》,载《学术月刊》,1985年12期。
④ 杨海明:《唐宋词史》,天津古籍出版社1998年版,第224页。
⑤ 丁福保:《宋人轶事汇编》卷七,中华书局1981年版。

首句'东风昨夜'四字。"① 从以上宋人的各种纪事中可见,宋初词坛上以太平宰相晏殊为中心聚集了一批士大夫文人群,其创作倾向基本上承袭五代词风的余绪,在花间樽前,"清歌妙舞,急管繁弦"(《长生乐》)中,沉醉于"重头歌韵响铮琮,入破舞腰红乱旋"(《木兰花》),"萧娘劝我金卮,殷勤更唱新词"(《清平乐》)清歌妙舞、醇酒美人的享乐生活中。

晏殊的婉约词虽"大都不出男欢女爱,离情别绪"② 的题材内容,然而独具艺术特色。与生逢"衰世"中的冯延巳不同,晏殊婉约词呈现着一种雍容闲雅的"富贵气象",蕴含着士大夫文人的学养与襟怀,体现出含蓄清雅,和婉温润的词风。诚如近人吴世昌赞赏晏殊说:"唯大晏身历富贵,斯能道富贵景象。"③

从审美意蕴看,晏殊婉约词中虽描写女性形象却不再刻意对女性容貌、体态进行修饰描摹,而多是"遗貌取神",使她们成为男性文人体现个人感情生活与经历,引发内心情感波动的因素,呈现出士大夫文人优容不迫、娴雅温厚的"富贵气象",别有一番"风流蕴藉""温润秀洁"的境界。试看《浣溪沙》:

一曲新词酒一杯,去年天气旧亭台,夕阳西下几时回?无可奈何花落去,似曾相识燕归来,小园香径独徘徊。

这首词何尝不是词人晏殊的生活写照:他徘徊于亭台花园的"香径"中,追忆去年今日在此所经历的欢歌美酒的情景。上片"一曲新词酒一杯",是描写歌筵酒席前,歌女每唱一首新词(这新词极有可能是晏殊填

---

① (宋)杨湜:《古今词话》,见唐圭璋编《词话丛编》,中华书局1986年版,第21页。
② 胡云翼:《宋词研究》,中华书局1926年版,第89—91页。
③ 吴世昌:《罗音室词跋》,见《罗音室诗词存稿》(增订本),商务印书馆香港分馆1984年版。

写的),他就喝干一杯酒,如此一首接一首,一杯复一杯;如今又是去年一样的春日,又站在去年欢会的旧亭台前,此时此地却孤身一人,欢会不再。当他凝目夕阳西下时,内心怅然若失。下片转写如今即目所见的景象,春花零落如同夕阳不回,暮春时节飞回的燕子也只"似曾相识",那"一曲新词酒一杯"的歌筵欢会场景再也不可追寻了。词人独自徘徊在小园"香径"中暗自回味。而这"香径"又何尝不是他与其所钟情思恋的女子曾徘徊于此的小径呢。整首词在温婉的惆怅中流露出光阴流逝、好景无常的感慨,体现着士大夫文人圆融通照的娴雅风度。又如《清平乐》:

金风细细,叶叶梧桐坠。绿酒初尝人易醉,一枕小窗浓睡。紫薇朱槿花残,斜阳却照阑干。双燕欲归时节,银屏昨夜微寒。

全词以景写情,于明丽的秋景中,暗含悲秋之意。词中没有诗人们一贯共有的衰飒伤感的悲秋情绪,有的只是抒情主人公置身于安雅闲适的庭院景物中,优容不迫地品味着暑去秋来这一节物气候的自然变化,在内心所触发的细腻幽微的情感波动。先看其庭院中的明丽景物:金风、梧叶、紫薇、朱槿;再味其和缓的节奏:细细的金风、飒飒的梧叶、轻轻飘落的残花以及缓缓西下的斜阳,均是对于自然界变化的敏锐感悟,流露出词人在富贵闲适中的细致而优雅的气度。而仅在结句"双燕欲归时节,银屏昨夜微寒"中,隐约透露出一点凄寒怅惘之情①,极为含蓄蕴藉。诚如宋人王灼称赏晏殊长短句"风流蕴藉,一时莫及,而温润秀洁,亦无其比"②。与此类似的另如《浣溪沙》之"小阁重帘有燕过,晚花红片落庭莎,曲阑干影入凉波",《蝶恋花》之"帘幕风轻双语燕。午醉醒来,柳絮飞撩乱。心事一春犹未见,余花落尽青苔院",《玉楼春》之"朱帘半

---

① 缪钺、叶嘉莹撰:《灵溪词说》,上海古籍出版社1987年版,第98页。
② (宋)王灼:《碧鸡漫志》,见唐圭璋编《词话丛编》,中华书局1986年版,第83页。

下香销印,二月东风催柳信。琵琶旁畔且寻思,鹦鹉前头休借问"。这些词句,也皆所谓"不言金玉而自有富贵气象者"①。同时,晏殊婉约词中所选择的字面,既没有浓艳的辞藻,又没有雕琢的痕迹,而大多是淡雅舒丽的语句,情中带景,以景结情,给人以丰美的联想。兹举晏殊名篇《蝶恋花》:

> 槛菊愁烟兰泣露,罗幕轻寒,燕子双飞去。明月不谙离恨苦,斜光到晓穿朱户。昨夜西风凋碧树,独上高楼,望尽天涯路。欲寄彩笺兼尺素,山长水阔知何处。

这首词是在抒写离别相思之恋情,缠绵悱恻,却又表现得委婉含蓄,耐人寻味。词作融情入景,借助对清秋自然景物的描绘,曲折地传达出抒情主人公与情人别离后,那一番内心郁结的愁苦和哀怨,在情景交融中创造出深宛含蓄的抒情意境。这与冯延巳词所不同的是,在晏殊词中,既没有形成凄厉之音,也没有发为决绝之词②,其在相思离别的儿女风情中,蕴含着一种旷达的士大夫文人情怀。也正是这份伤感中的旷达,"虽作艳语,然终有品格"③。无怪王国维《人间词话》中要将"昨夜西风凋碧树,独上高楼,望尽天涯路"数句,以为有合于"古今成大事业、大学问者"之"第一境界"。晏殊这几句词的本体意义,描述了一种孤独地企盼、执着地思念的意象,富于审美的特征④,从词体的审美层面来看,晏殊词抒写伤春悲秋、念远怀人之深情,颇为风流蕴藉、清雅含蓄,"发乎情,止乎礼义",也"最得风人深致"⑤。其词作在温婉善感的情思中,呈现出雍容娴雅的"富贵气象",其间蕴含着士大夫文人旷达的学养和襟

---

① 叶嘉莹:《迦陵论词丛稿》,河北教育出版社2000年版,第39—40页。
② 叶嘉莹:《迦陵论词丛稿》,河北教育出版社2000年版,第41页。
③ 王国维:《人间词话》,徐调孚注,人民文学出版社1982年版,第197页。
④ 吴功正:《晏殊富贵气象和清婉心态》,载《南京社会科学》,2003年第6期。
⑤ 王国维:《人间词话》,徐调孚注,人民文学出版社1982年版,第197页。

怀。于是易使人产生幽微深远的审美联想，可谓"虽作艳语，然终有品格"。总之，晏殊婉约词中多好作"妇人语"，即以儿女风情为基本内容，构成"婉柔而富有诗意"的抒情特点，显示出婉约词演变的审美倾向：北宋婉约词虽沿袭花间、南唐词的题材内容，却不再以女性为单纯的审美对象，乃至刻意对女性容貌、体态进行修饰描摹，而是逐渐地转向以男性为主体的审美对象，在情景交融中逐渐地蕴含着士大夫文人的学养、性情、怀抱与品格。

欧阳修作为北宋诗文的"一代儒宗"，吟咏之余，溢为辞章。曾慥《乐府雅词》云："欧公一代儒宗，风流自命，辞章幼眇，世所矜式。"欧阳修传世词集有《六一词》（《欧阳文忠公近体乐府》）与《醉翁琴趣外编》，存词达二百余首。罗大经在《鹤林玉露》指出："欧公虽游戏作小词，亦无愧唐人《花间集》。"吴熊和先生做过这样的统计：晏殊《珠玉词》一百三十六首，用调三十七，其中十六调，是唐五代旧调。而欧阳修现存词二百四十一首，用调六十八，其间多为宋人始见①。这体现出欧阳修有较高的音乐修养，熟知乐律。如宋人王灼《碧鸡漫志》称："永叔知霓裳舞衣为法曲，而瀛府、献仙音为法曲中遗声。"② 而且，与欧阳修作词较多吸收民间音乐有关。如他采用民歌中"定格联章"的形式，创制令词，《渔家傲》两组词，每组各十二首，分咏一年十二个月的景色节物，《定风波》一组词，悼惜春归花落的自然景物，特别是《采桑子》组词。熙宁四年（1071年）欧阳修晚年致仕，退居颍州，写了《采桑子》组词十一首以记颍州西湖之游。前缀《西湖念语》云：

> 昔者王子猷之爱竹，造门不问于主人。陶渊明之卧舆，遇酒便留于道上。况西湖之胜概，擅东颍之佳名。虽美景良辰，固多于高会；

---

① 吴熊和：《唐宋词通论》，浙江古籍出版社1985年版，第80页。
② （宋）王灼：《碧鸡漫志》，见唐圭璋编《词话丛编》，中华书局1986年版，第97页。

而清风明月,幸属于闲人。并游或结于良朋,乘兴有时而独往。鸣蛙暂听,安问属官而属私;曲水临流,自可一觞而一咏。至欢然而会意,亦旁若于无人。乃知偶来常胜于特来,前言可信;所有虽非于己有,其得已多。因翻旧阕之辞,写以新声之调。敢陈薄伎,聊佐清欢。

《采桑子》组词作于欧阳修的晚年,故这组词的自序可以看成是他毕生词作的一个基本总结:"敢陈薄伎,聊佐清欢",与晚唐五代以来词体之娱乐消遣功能"庶使西园英哲,用资羽盖之欢","俾歌者倚丝竹而歌之,所以娱宾而遣兴",似乎是一脉相承的。欧阳修的婉约词也基本上是继承晚唐五代题材,描写儿女相思、离情别绪、花下樽前、伤春悲秋及流连光景等题材内容,然而,欧阳修独具潇洒放逸的创作个性,使婉约词的艺术创作中以真情感人,既热烈执着又深沉悲慨,形成深婉沉挚的艺术风格。试看欧阳修的《玉楼春》:

> 尊前拟把归期说,未语春容先惨咽。人生自是有情痴,此恨不关风与月。离歌且莫翻新阕,一曲能教肠寸结。直须看尽洛城花,始共春风容易别。

王国维《人间词话》中称"永叔'人生自是有情痴,此恨不关风与月','直须看尽洛城花,始共春风容易别',于豪放之中有沉着之致,所以尤高"。这首词中所塑造的女子形象"未语春容先残咽","一曲能教肠寸结",多情善感,情意深挚,与男子那种"直须看尽洛城花,始共春风容易别"惜花赏玩的豪兴,相互映衬,抒写词人与歌伎惜别之情,"隐含有对苦难无常之极为沉重的悲慨"[①]。这首词从男女相思怨别的情事中能

---

① 叶嘉莹:《唐宋词名家论稿》,河北教育出版社1997年版,第65页。

够直面人生,"人生自是有情痴,此恨不关风与月",表明人生的悲苦就在于情感与生活的矛盾冲突之中。由于欧阳修不能彻底解脱于情,遂在婉约词中留下了愈加深婉的悲慨。又如:

候馆梅残,溪桥柳细。草熏风暖摇征辔。离愁渐远渐无穷,迢迢不断如春水。寸寸柔肠,盈盈粉泪。楼高莫近危栏倚。平芜尽处是春山,行人更在春山外。

(《踏莎行》)

庭院深深深几许。杨柳堆烟,帘幕无重数。玉勒雕鞍游冶处,楼高不见章台路。雨横风狂三月暮。门掩黄昏,无计留春住。泪眼问花花不语,乱红飞过秋千去。

(《蝶恋花》)

这两首词情景交融,浑然妙合,揭示出抒情主人公伤春怨别、念远怀人,细腻而深婉的情感,为词论家所赞赏。如明人李攀龙评欧词曰:"春水写愁,春山驰望,极切极婉"①,俞陛云称赞欧词"言情婉挚"②,唐圭璋评赏欧词"写来极柔极厚"③ 等,都体现出欧词深挚婉曲的抒情风格。清人毛先舒尤为称赏其"泪眼"两句曰:"永叔词'泪眼问花花不语,乱红飞过秋千去',此可谓层深而浑成。何也?因花而有泪,此一层意也;因泪而问花,此一层意也;花竟不语,此一层意也;不但不语,且又乱落,飞过秋千,此一层意也。人愈伤心,花愈恼人,语愈浅而意愈入,又绝无刻画费力之迹,谓非层深而浑成耶?"④ 欧词用语自然浅近而又意味深长,层层展现抒情主人公的内心情怀,构成一个柔婉而浑厚的艺术境

---

① 引自《草堂诗余》卷二。
② 俞陛云:《唐五代两宋词选释》,上海古籍出版社1985年版,第164页。
③ 唐圭璋:《唐宋词简释》,上海古籍出版社1981年版,第64页。
④ (清)王又华:《古今词论》引毛先舒语,见唐圭璋编《词话丛编》,中华书局1986年版,第608页。

界。另外,《浪淘沙》中"楼外夕阳闲,独自凭栏。一重水隔一重山,水阔山高人不见,有泪无言";《渔家傲》:"花却有情人薄幸。心耿耿,因花又染相思病";《玉楼春》:"故欹单枕梦中寻,梦又不成灯又烬""明朝车马各东西,惆怅画桥风与月";《蝶恋花》之"风月无情人暗换,旧游如梦空肠断"等,欧词中大量抒写离别相思之情意,展示出男女风月的深挚情怀,正如王国维《人间词话》所言:"词之雅郑,在神不在貌。永叔虽作艳语,然终有品格。"① 揭示出婉约词演变的审美趋向。

欧阳修晚年退居颍州,"翻旧辞作新声",婉约词又以描写山水,歌咏风物,流连光景为主。尤以《采桑子》组词为代表,抒写颍州西湖秀美的自然风景。兹举四首如下:

> 轻舟短棹西湖好,绿水逶迤。芳草长堤,隐隐笙歌处处随。无风水面琉璃滑,不觉船移。微动涟漪,惊起沙禽掠岸飞。
> 
> 春深雨过西湖好,百卉争妍。蝶乱蜂喧,晴日催花暖欲燃。兰桡画舸悠悠去,疑是神仙。返照波间,水阔风高飏管弦。
> 
> 群芳过后西湖好,狼藉残红。飞絮蒙蒙,垂柳栏干尽日风。笙歌散尽游人去,始觉春空。垂下帘栊,双燕归来细雨中。
> 
> 何人解赏西湖好,佳景无时。飞盖相追,贪向花间醉玉卮。谁知闲凭阑干处,芳草斜晖。水远烟微,一点沧州白鹭飞。

欧阳修《采桑子》组词首句多以"西湖好"为开端,其所描写的西湖景物,无论是在任何季节、任何天气,没有一时一处不美好的。抒情主人公在对西湖美景之朝暮阴晴的尽兴赏玩中,表现了"一种悠远超脱的意境,也流露出士大夫文人对流光易逝、今昔无常的人生悲慨"②。类如《采桑子》中"十年前是尊前客,月白风清。忧患凋零,老去光阴速可

---

① 王国维:《人间词话》,徐调孚注,人民文学出版社1982年版,第205页。
② 叶嘉莹:《唐宋词十七讲》,河北教育出版社2000年版,第172—173页。

惊",《圣无忧》"世路风波险,十年一别须臾。人生聚散长如此,相见且欢娱",《临江仙》之"如今薄宦老天涯。十年歧路,空负曲江花",《浣溪沙》中"浮世欢歌真易失,宦途离合信难期。尊前莫惜醉如泥","白发戴花君莫笑,《六幺》催拍盏频传。人生何似在樽前"。《浪淘沙》之"今年花胜去年红。可惜明年花更好,之与谁同"。在审美意蕴上,欧阳修的这类婉约词将自然景物的变化与对人生的体验和感悟交融在一起,抒情主人公对自然景物所带有的遣玩意兴,不是肤浅的追逐欢乐,而是透过悲慨来写欢乐,是通过对于悲慨与忧伤的一种排遣,进而由衷地赏玩自然景物的阴晴冷暖,以之来超越人生的痛苦与挫折,奏出曲曲深挚动人的清歌。

总之,北宋词坛"雅俗并存"的格局,欧阳修是继晏殊之后,五代词风在北宋得以继承和演变的又一个关键性的词人。欧阳修的婉约词也多是抒写花下樽前、儿女风月、念远怀人、流连光景等晚唐五代以来传统题材内容,却以情景交融,"婉曲层深"的艺术手法,体现着抒情主人公对自然景物与人生情态的锐感多情,蕴含着士大夫文人对人生的深沉感慨,独具深婉沉挚的艺术风格。词在宋代虽视为"小道""末技",文人却愈来愈离不开它,这正是由于宋代士大夫文人以晏殊、欧阳修为代表的婉约词,不仅继承五代以来柔美婉丽的艺术风格,而且显示出北宋婉约词演变的审美趋向,即婉约词中那些被理想化的女子形象,往往表达的是男性文人的审美情怀,蕴含着创作主体即士大夫文人的性情、学养与怀抱等,逐渐地满足了创作主体之情感体验与交流的需求,成为文人不可或缺的抒情工具而被广泛流播。

## 二、"工于言情"的小令——晏几道词

晏几道是北宋中后期词坛上的词人,他的婉约词创作远绍南唐而近承其父,正如晏几道《小山词自序》中说:

叔原往者浮沉酒中,病世之歌词,不足以析酲解愠,试续南部诸贤绪余,作五七字语,期以自娱。不独叙其所怀,兼写一时杯酒间闻见,及同游者意中事。①

　　所谓"南部诸贤",就是冯延巳、李璟、李煜诸南唐词人。晏几道的婉约词同其父晏殊一样,"仍多用南唐小令"②,宋人黄庭坚在《小山词序》中称曰:"清壮顿挫,能动摇人心,士大夫传之,以为有临淄(晏殊)之风耳。"③ 在继承家学的基础上,晏几道把北宋中后期的婉约词艺术创作又推向了一个新高度。宋人陈振孙曰:"叔原词在诸名胜中,独可追逼花间,高处或过之"④;清人陈廷焯《白雨斋词话》曾说:"北宋小晏工于言情,出元献(晏殊)、文忠(欧阳修)之右。"⑤ 近人夏敬观《评小山词跋尾》亦谓:"晏氏父子,嗣响南唐二主,才力相敌……叔原以贵人暮子,落拓一生,华屋山邱,身亲经历,哀丝豪竹,寓其微痛纤悲,宜其造诣又过于父。"⑥ 此评语恰当中肯。

　　晏几道的婉约词多是小令,"慢词不到十首"⑦,在以柳永为代表的慢词长调盛行的北宋中后期,小晏独"工于言情"的小令,也成就了他不同于流俗,而"秀气胜韵,得之天然"的婉约词。黄庭坚与晏几道两人相交甚厚,曾作《小山词序》,有一段对小晏个性的生动摹写:

---

① (宋)晏几道:《小山词自序》,引自施蛰存主编《词籍序跋萃编》,中国社会科学出版社1994年版,第52页。
② 吴熊和:《唐宋词通论》,浙江古籍出版社1985年版,第190页。
③ (宋)黄庭坚:《小山词序》,引自施蛰存主编《词籍序跋萃编》,中国社会科学出版社1994年版,第51页。
④ (宋)陈振孙:《直斋书录解题·小山集》,上海古籍出版社1987年版,第618页。
⑤ (清)陈廷焯《白雨斋词话》卷一,见唐圭璋编《词话丛编》,中华书局1986年版,第3782页。
⑥ 夏敬观:《评小山词跋尾》,转引自龙榆生编选《唐宋名家词选》,上海古籍出版1998年版。
⑦ 缪钺、叶嘉莹撰:《灵溪词说》,上海古籍出版社1987年版,第165页。

> 余尝论叔原,固人英也,其痴亦自绝人。爱叔原者,皆慍而问其目。曰:"仕宦连蹇,而不能一傍贵人之门,是一痴也;论文自有体,不肯一作新进士语,此又一痴也;费资千百万,家人寒饥而面有孺子之色,此又一痴也;人百负之而不恨,己信人,终不疑其欺己,此又一痴也。"①

从这"四痴"的描绘中,可以想见晏几道"傲兀、豪爽与真诚的性情与禀赋"②。这种个性使得他尽管出身于富贵官宦之家,却终于"陆沉于下位"。晏几道的婉约词中时常追忆沈十二廉叔、陈十君龙家的莲、鸿、萍、云诸歌女,表达对她们真淳柔厚的爱恋。小晏词笔下这些歌女不仅擅长歌舞表演,而且她们的人品与风韵与世俗流辈也大不相类。如《临江仙》:

> 梦后楼台高锁,酒醒帘幕低垂。去年春恨却来时。落花人独立,微雨燕双飞。记得小苹初见,两重心字罗衣。琵琶弦上说相思。当时明月在,曾照彩云归。

这首词以男性的口吻伤春怨别,追忆歌女小苹,情真意挚,精工婉妙。清人陈廷焯《白雨斋词话》说:"小山词如'去年春恨却来时。落花人独立,微雨燕双飞',又'当时明月在,曾照彩云归',既闲婉,又沉着,当时更无敌手。"词人追忆初识歌女小苹,两人一见倾心,她身着"两重心字罗衣",以琵琶传情。分别时的夜晚,明月当空,月光下的小苹似彩云般飘然离去,现如今物是人非。词人梦后酒醒时,面对的却是"落花人独立,微雨燕双飞"这般触目伤怀的情景。花落、微雨,可见是

---

① (宋)黄庭坚:《小山词序》,引自施蛰存主编《词籍序跋萃编》,中国社会科学出版社1994年版,第51页。
② 程千帆、吴新雷:《两宋文学史》,上海古籍出版社1991年版,第109页。

暮春天气，阴雨如晦；人独立，见其孤寂；而又以双飞之燕反衬独立之人，暗示他所追念的对象与内容。此词在抚今追昔的凄婉回忆中，以景写情，沉挚动人。又如《鹧鸪天》两阕：

> 梅蕊新妆桂叶眉，小莲风韵出瑶池。云随绿水歌声转，雪绕红绡舞袖垂。伤别易，恨欢迟。惜无红锦为裁诗。行人莫便消魂去，汉渚星桥尚有期。
>
> 手捻香笺忆小莲，欲将遗恨倩谁传。归来独卧逍遥夜，梦里相逢酩酊天。花易落，月难圆。只应花月似欢缘。秦筝算有心情在，试写离声入旧弦。

这两首词赞美小莲那般精美的歌舞才艺，"云随绿水歌声转，雪绕红绡舞袖垂"。现如今"归来独卧逍遥夜，梦里相逢酩酊天"，只能通过梦境来抚慰离别相思之深挚情意。又如《蝶恋花》中"梦入江南烟水路。行尽江南，不与离人遇。睡里销魂无说处，觉来惆怅销魂误"，《临江仙》之"相寻梦里路，飞雨落花中"。《浣溪沙》中还追念小云："小云双枕恨春闲。"《虞美人》中小晏难忘歌女小鸿："问谁同是忆花人，赚得小鸿眉黛，也低颦。"另外还追念歌女小杏、小琼，"小杏春声学浪仙，疏梅清唱替哀弦，似花如雪绕琼筵"（《浣溪沙》）；"小琼闲抱琵琶，雪香微透轻纱"，"正好一枝娇艳，当筵独占韶华"（《清平乐》）；等等，都属才艺俱佳、品貌出众的歌女。她们在与小晏相遇、相识与相恋的情感经历中，有斗草阶前的含羞初见，"靓妆眉沁绿，羞脸粉生红"（《临江仙》），湔裙曲水的不期而遇，"一笑留春春也住"（《清平乐》），更多的却是那琵琶弦上诉说相思，"却倚缓弦歌别绪，断肠移破秦筝柱"（《蝶恋花》），秦筝曲调传别离幽恨，在某种意义上可以说是晏几道的"一部爱情史的写照"①。

晏几道的婉约词多从追忆的角度抒写男女相思恋情,而且历经时光流逝,盛衰变迁,这份柔情却时常使词人魂牵梦萦,"梦魂惯得无拘检,又踏杨花过谢桥"(《鹧鸪天》),"月细风尖垂柳渡,梦魂长在分襟处"(《蝶恋花》),表达了词人深挚哀婉的相思情怀。如《鹧鸪天》:

> 彩袖殷勤捧玉钟,当年拼却醉颜红。舞低杨柳楼新月,歌尽桃花扇低风。从别后,忆相逢,几回魂梦与君同。今宵剩把银釭照,犹恐相逢是梦中。

小晏这首脍炙人口的名作,是从追忆的角度,抒写词人与歌女在经历了长久的相思离别之后,一次不期而遇的短暂重逢。词中"舞低杨柳楼新月,歌尽桃花扇低风",极写当年歌舞欢娱的盛况。没有此种生活体验的人,是不可能写出这种感受来的,晁补之说得好,"知此人不住三家村也"。这位多情公子与歌女的恋情是深挚的,"今宵剩把银釭照,犹恐相逢是梦中",委婉曲折地表达出恋人之间重逢的惊喜。足见他们曾多少次离别后的梦中相聚,而今宵的重逢,竟然又将真疑梦,暗示着情人间别离多,欢聚少。故而,小晏实是以相逢来抒写离愁别恨、以乐景衬哀情的笔法,抒写词人与歌女之间的情感生活与经历。

晏几道的婉约词在追忆其情感生活与经历时,又"将身世之感打并入艳情"②,以多情公子坎坷落拓的身世为底蕴,将凄婉伤感的男女恋情和身世坎坷之悲慨,两种情感相互交融在一起,寄托小晏"落拓一生,华屋山邱"身世之悲慨。试看这首《蝶恋花》:

---

① 金净:《宋词综论》,巴蜀书社 2001 年版,第 122 页。
② (清)周济:《宋四家词选目录序论》,见唐圭璋编《词话丛编》,中华书局 1986 年版,第 1652 页。

笑艳秋莲生绿浦，红莲青腰，旧识凌波女。照影弄妆娇欲语，西风岂是繁华主？可恨良辰天不与，才过斜阳，又是黄昏雨。朝落暮开空自许，竟无人解知心苦。

此词咏莲花而不留滞于物，既写形又写神，赋予莲花以女性柔美的情怀。莲花是娇美的，然而"西风岂是繁华主"？当西风愁起时，莲花只能空怀一颗无人知赏的"苦心"，独自开在秋塘里。结句一语双关：以莲心苦喻人心苦，寄兴遥深，委婉曲折地表达了词人内心怀才不遇、生不逢时的怨恨心情。又如《阮郎归》：

天边金掌露成霜，云随雁字长。绿杯红袖趁重阳，人情似故乡。兰佩紫，菊簪黄，殷勤理旧狂。欲将沉醉换悲凉，清歌莫断肠。

这时的小晏漂泊异乡，适逢重阳佳节到来，自抒怀抱。词中"绿杯红袖趁重阳，人情似故乡"，可见，往昔"绿杯红袖"间之缱绻温柔，又牵动着他的思乡之情。而如今虽"殷勤理旧狂"，却徒增无限凄凉之感，"欲将沉醉换悲凉，清歌莫断肠"，自抒哀伤情怀。另如：

醉别西楼醒不记，春梦秋云，聚散真容易。斜月半窗还少睡，画屏闲展吴山翠。衣上酒痕诗里字，点点行行，总是凄凉意。红烛自怜无好计，夜寒空替人垂泪。

(《蝶恋花》)

柳下笙歌庭院，花间姊妹秋千。记得青楼当日事，写向红窗夜月前，凭伊寄小莲。绛腊等闲陪泪，吴蚕到了缠绵。绿鬓能供多少恨，未肯无情比断弦，今年老去年。

(《破阵子》)

雕鞍好为莺花住，占取东城南陌路。尽教春思乱如云，莫管世情轻如絮。古来多被虚名误,宁负虚名身莫负。劝君频入醉乡来,此是无愁无恨处。

(《玉楼春》)

据《邵氏闻见后录》卷十九记载:"晏叔原,临淄公晚子,监颖昌府许田镇,手写自作长短句,上府帅韩少师。少师报书'得新词盈卷,盖才有余而德不足者。愿郎君捐有余之才,补不足之德,不胜门下老吏之望'云。"① 从上述记事可见,晏几道"手写自作长短句",上献府帅韩维,期以博得其父门生的了解与赏识。晏几道《小山词自序》中说:

……始时沈十二廉叔、陈十君龙家,有莲、鸿、蘋、云,品清讴娱客。每得一解,即以草授诸儿。吾三人持酒听之,为一笑乐而。已而君龙疾废卧家,廉叔下世。昔之狂篇醉句,遂与两家歌儿酒使,俱流转于人间……追惟往昔过从饮酒之人,或坟木已长,或病不偶。考其篇中所记,悲欢离合之事,如幻如电,如昨梦前尘,但能掩卷怃然,感光阴之易迁,叹境缘之无实也。

晏几道坦言其词是为了"品清讴娱客",即其当年于酒筵歌席间所写的"狂篇醉句"之类歌词,交给家伎演唱,以供自己与友人"为一笑乐"。然而,婉约词在对情感生活与经历的深切追忆中,"感光阴之易迁,叹境缘之无实",于今昔无常、盛衰变迁及悲欢离合的人生境遇中,深婉曲折地抒写内心凄凉伤感的情怀,寄托着晏几道"落拓一生,华屋山邱"身世之悲慨。可惜从府帅的一番规劝中,想见他是不了解小晏婉约词中寄托身世之感的一番苦心。

综上所述,不难得出以下的结论:北宋初至中后期以晏殊、欧阳修与

---

① (宋)邵博:《邵氏闻见后录》卷十九,刘德权、李剑雄点校,中华书局1983年版,第151页。

晏几道为代表,他们的婉约词艺术创作不仅继承了晚唐五代以来婉约词的传统题材内容,多是"男子作闺音",而且逐渐在"闺音"中融入了男性主体的情感生活与身世经历。北宋初至中后期以晏殊、欧阳修与晏几道为代表的婉约词中那些理想化的佳人形象不再是单纯地表现男女恋情的忠贞持守,同时,展示"多情士子"的柔情厚意,蕴含着文人学士的性情与襟怀,抒发对人生世态的感慨。这两种情思的相互交融,含蓄而清雅,深挚而凄苦,体现着婉约词演变的审美趋向。

## 第三节 婉约词以慢词为主的创作倾向

### 一、婉约词"新天地"的开启者——柳永词

从词体演进的视角来看,晚唐五代以来以花间、南唐词为代表的婉约词,其艺术表现形式主要是小令,词坛上小令独盛的局面,起始于中唐,绵延于五代、宋初,到柳永之时,已经延续了二百年之久。令词中的格调、用语、曲调等,已经形成一个相对定型的阶段,"其佳者固有含蓄蕴藉之意境,其下者则篇篇锦屏山枕,处处玉炉红烛,只成为全无个性的相袭陈言"①。如南唐冯延巳与北宋词人晏殊、欧阳修,三人的作品往往相混,可谓"乱楮叶"②。这种现象的出现,一方面固然是晏、欧词都学冯延巳所致,但另一方面又何尝不表明:单一的小令体制"已到了山穷水复疑无路的地步"③。此时小令"而变成长调,倒是必然的趋势"④。长调

---

① 叶嘉莹:《论柳永词》,载《四川大学学报》,1984年第2期。
② 吴世昌:《诗词论丛》,北京出版社2000年版,第10—11页。
③ 刘扬忠:《唐宋词流派史》,福建人民出版社1999年版,第221页。
④ 郑振铎:《中国文学研究》上册,上海书店1981年版,第7页。

慢词的大量出现，推动了词体的演进，为婉约词创作开启了一个崭新的天地。而这一"新天地"的开启者首推柳永。

词人柳永率先大量吸取民间"新声"，并且"变旧声作新声"，"大得声称于世"①，以至"有井水处即能歌柳词"②。据薛瑞生《乐章集校注》所载，柳永词今存二百一十六首，"一部《乐章集》，慢词几占三分之二，这在两宋词人中，尤其在柳永之前，实为仅见"③。在柳永大量创制长调慢词的推动下，北宋词坛以小令为主的单一格局被彻底打破，词体形式上由短变长，由简趋繁，内容题材也随之而变化，表现手法也大为丰富，"真正开启了宋词的新天地"④。正如清人宋翔凤《乐府余论》中说：

> 词自南唐以后，但有小令。其慢词盖起宋仁宗朝。中原息兵，汴京繁庶，歌台舞席，竞赌新声。耆卿失意无俚，流连坊曲，遂尽收俚俗语言，编入词中，以便伎人传习。一时动听，散播四方。其后东坡、少游、山谷辈，相继有作，慢词遂盛。⑤

这段追述，大致符合词史演变的实况。在柳永开创长调慢词的影响下，北宋苏轼、秦观、黄庭坚、贺铸、周邦彦等名家，虽然也都有小令，但能够代表他们创作成就与艺术风格的词篇却是慢词。近人龙榆生先生具体指出："由于他（柳永）有深厚的文学素养，对付这些格律很严的长调，不论抒情写景，都能够运用自如；这就使一般学士文人对这些民间流

---

① （宋）李清照：《词论》，引自胡仔《苕溪渔隐丛话》后集卷三十三，人民文学出版社1981年版，第254页。
② （宋）叶梦得：《避暑录话》卷下，见上海古籍出版社编《宋元小说笔记大观》，上海古籍出版社2001年版，第2578页。
③ 薛瑞生：《乐章集校注》，中华书局1997年版，第22页。
④ 杨海明：《唐宋词史》，天津古籍出版社1998年版，第270页。
⑤ （清）宋翔凤：《乐府余论》，见唐圭璋编《词话丛编》，中华书局1986年版，第2499页。

行的曲调，不再存轻视心理，而乐于接受这种新形式，从它的基础上予以提高。如果不是柳永大开风气于前，说不定苏轼、辛弃疾这一派豪放作家，还只是在小令里面打圈子，找不出一片可以纵横驰骋的场地来呢。"①可以说，柳永从词体的形式与题材内容、表现手法等方面为婉约词创作开启了一片崭新的天地。

（一）柳永精通音律，能够自由地驾驭词调，灵活地变动曲调和文辞，创制长调慢词，为婉约词的创作开启了新的艺术表现形式

晚唐五代以来文人雅士"倚声填词"，多是令曲小词，所用词调，没有百字以上的。而且，令词的句式短小、长短参差，用韵多变化。也就是说，小令是句子短而变化多的一种语言形式，如以《菩萨蛮》词调而言，全词只有八句，但却换了三次韵，每两句就换一个韵。这种参差跳跃的变化，也是形成以小令为主的婉约词"富于言外之意蕴的一个重要因素"②。恰如清人陈廷焯所称道的"发之又必若隐若现，欲露不露，反复缠绵，终不许一语道破"。柳永大量铺衍令曲小词为长词慢调，一是句式变化不再有一定的规则，二是乐曲韵位变稀疏了，也没有规则，于是，乐曲的组织结构就显得杂乱无章。如《浪淘沙》词调原为两段之双叠，上下两片格式完全相同，全词五十四字。柳永铺衍为三段之三叠，扩展为一百三十五字，把小令原来的体制、格式彻底打乱了。如《浪淘沙慢》：

梦觉透窗风一线，寒灯吹息。难堪酒醒，又闻空阶夜雨频滴。嗟因循、久作天涯客。负佳人、几许盟言，便忍把、从前欢会，陡顿翻成忧戚。愁极。再三追思，洞房深处，几度饮散歌阑，香暖鸳鸯被，岂暂时疏散，费伊心力。殢云尤雨，有万般千种，相怜相惜。恰到如今，天长漏永，无端自家疏隔。知何时、却拥秦云态，愿低帏昵枕，清清细说与，江乡夜夜，数寒更思忆。

---

① 龙榆生：《龙榆生词学论文集》，上海古籍出版社1997年版，第218页。
② 叶嘉莹：《迦陵论词丛稿》，河北教育出版社2000年版，第213页。

这首长调慢词第一段有四字押韵（"息""滴""客""戚"），第二段有三字押韵（"极""力""惜"），第三段有二字押韵（"隔""忆"），用韵则多少不等，没有一定距离。二段换头句"愁极"最短，结韵"忆"与上一个韵"隔"距离五六个句子之遥①，形成小令和慢词在词体的形式上存在着差别："小令用韵参差跳跃，显得混乱、破碎，然而，其乐曲的组织结构仍甚严密。"②柳永大量创制长调慢词，使小令原有的乐曲结构被打破，词体的容量扩大了，节拍变缓慢了，形式上变得宽舒和缓。正如清人毛先舒所曰："填词长调，不下于诗之歌行。盖歌行如骏马蓦坡，可以一往称快。长调如娇女步春，独行芳径，徙倚而前，一步一态，一态一变"③，可以充分地展现女性美的多姿多彩。对于柳永创调之功，施议对先生《词与音乐关系研究》中指出：柳永婉约词所用的"一百五十三个曲调中，只有《玉楼春》《清平乐》《西江月》《河传》等十余调沿用唐五代旧调，而《戚氏》《柳腰细》《过涧歇》《倾杯》《如鱼儿》《曲玉管》等一百四十个调左右"，则是采用"市井新声"或将唐教坊曲的"旧曲翻新"④。王兆鹏先生在《宋词流变史论纲》中说："词体缘词调而立，没有词调也就没有词体。而柳永的创体之功是基于他的创调。在宋词880多个词调中，有一百多调是柳永首创或首次使用，到了柳永的手上，词的体制始备。令、引、近、慢，单调、双调、三叠、四叠，都蔚然风起"⑤。也主要是指柳永大量创制慢词长调，对婉约词的艺术表现形式的开拓创造。

（二）柳永举凡城市"承平气象"，个人的"多游狭邪""羁旅行役"，以及登山临水、吊古咏物等，莫不入词，也在一定程度上拓展了婉约词的

---

① 施议对：《词与音乐关系研究》，中国社会科学出版社1985年版，第251页。
② 施议对：《词与音乐关系研究》，中国社会科学出版社1985年版，第250页。
③ （清）王又华：《古今词论》（毛先舒词论），见唐圭璋编《词话丛编》，中华书局1986年版，第609页。
④ 施议对：《词与音乐关系研究》，中国社会科学出版社1985年版，第78—80页。
⑤ 王兆鹏：《宋词流变史论纲》，载《湖北大学学报》，1997年第5期。

### 题材内容和艺术手法

柳永婉约词的创作与晏、欧不同。晏殊、欧阳修属政界、文坛的显要人物，倚声填词多为"娱宾遣兴""聊佐清欢"。而与其相比，"柳耆卿为举子时，多游狭邪，善为歌辞。教坊乐工每得新腔，必求永为辞，始行于世"①，却是个流连坊曲，为歌儿舞伎作歌填词的浪子词人。一首《鹤冲天》词，就明显地体现了"浪子词人柳永与正统审美意识之间的冲突和对立"②。词曰：

> 黄金榜上，偶失龙头望。明代暂遗贤，如何向。未遂风云便，争不恣狂荡。何须论得丧。才子词人，自是白衣卿相。烟花巷陌，依约丹青屏障。幸有意中人，堪寻访。且恁偎红翠，风流事、平生畅。青春都一饷。忍把浮名，换了浅斟低唱。

宋仁宗因柳永词中"忍把浮名，换了浅斟低唱"诸句，及临轩发榜，特落之曰："且去浅斟低唱，何要浮名？"③ 尤以"何须论得丧，才子词人，自是白衣卿相"诸句，词中那种揶揄圣主、戏谑卿相、玩世不恭的浪子情调表现出柳永虽失意于官场，却得意于词场的豪情。柳永博采民间新声，大量创制长调慢词，运用通俗语言与层层铺叙手法，多描写都市风光、青楼歌伎生活与她们追求爱情自由的题材内容，尤工于抒写羁旅行役之情。其在某种程度上亦反映了市民文化情趣，在当时被市井歌坛普遍传唱，受到乐工、歌女以及广大市民的知赏，不愧为"风流才子占词场，真是白衣卿相"（《西江月》）。

柳永的婉约词多是抒写都市生活中市井女子的情感生活，描绘她们的

---

① （宋）叶梦得：《避暑录话》，见上海古籍出版社编《宋元笔记小说大观》，上海古籍出版社 2001 年版，第 2576 页。
② 张海鸥：《宋代文化与文学研究》，中国社会科学出版社 2002 年版，第 151 页．
③ （宋）吴曾：《能改斋漫录》卷十六，见唐圭璋编《词话丛编》，中华书局 1986 年版，第 135 页。

容貌姿态、言谈举止、性情品格及愿望,再现了秦楼楚馆中歌儿舞女(主要是下层市井歌伎)真实生活与情感经历,致使柳永词更多地带有都市市民文化的烙印。如《定风波》:

> 自春来、残绿愁红,芳心是事可可。日上花梢,莺穿柳带,犹压香衾卧。暖酥消,腻云亸。终日恹恹倦梳裹。无那。恨薄情一去,音书无个。早知恁么。悔当初、不把雕鞍锁。向鸡窗、只与蛮笺象管,拘束教吟课。镇相随,莫抛躲。针线闲拈伴伊坐。和我。免使年少,光阴虚过。

此词以女子的口吻,通俗而生动的语言,形象生动地表达了她对爱情生活的期求和愿望。其中"暖酥消,腻云亸。终日恹恹倦梳裹"和"针线闲拈伴伊坐"诸句对市井女性心态的描述,与正统士大夫文人词所做的"妇人语",截然不同,故受到了宰相词人晏殊的不满①。再如《锦堂春》:

> 坠髻慵梳,愁蛾懒画,心绪是事阑珊。觉新来憔悴,金缕衣宽。认得这疏狂意下,向人诮譬如闲。把芳容整顿,怎地轻孤,争忍心安!依前过了旧约,甚当初赚我,偷剪云鬟。几时得归来,香阁深关。待伊要、尤云殢雨,缠绣衾、不与同欢。尽更深、款款问伊:"今后敢更无端?"

此词中这位市井女子不愿因男子的"疏狂"与薄情而使自己沉溺于

---

① (宋)张舜民《画墁录》(卷一)记载:柳三变既以词忤仁宗,吏部不放改官,三变不能堪,诣政府,晏公曰:"贤俊作曲子么?"三变曰:"只如相公亦作曲子。"公曰:"殊虽作曲子,不曾道'针线闲拈伴伊坐'。"柳遂退。见上海古籍出版社编《宋元笔记小说大观》,上海古籍出版社2001年版,第1535页。

伤感憔悴之中，她"把芳容整顿""香阁深关"，动心思要教训薄情郎，"今后敢更无端"。比起前首《定风波》词中的那个女子，她更加大胆、泼辣、精明，不甘心薄情郎摆布自己的命运。可以说，柳永改变了北宋词坛上士大夫文人雅词，主要以上层社会女性为抒情对象的局面，而把其情感投注在市井女子（下层歌伎）身上。柳词善于模仿她们的语言，运用内心独白式的线型结构，刻画她们的心理，同时，词人也表达出对她们真挚的爱慕与眷恋之情。又如一首《玉女摇仙佩》：

  飞琼伴侣，偶别珠宫，未返神仙行缀。取次梳妆，寻常言语，有得几多姝丽。拟把名花比，恐旁人笑我，谈何容易。细思算，奇葩艳卉，惟是深红浅白而已。争如这多情，占得人间，千娇百媚。须信画堂绣阁，皓月清风，忍把光阴轻弃？自古及今，佳人才子，少得当年双美。且恁相偎倚，未消得，怜我多才多艺。愿奶奶，兰心蕙性，枕前言下，表余深意。为盟誓，今生断不孤鸳被。

此词表达了男子对女性的尊重与同情，及其对"才子佳人，少年双美"式理想爱情生活的向往与追求，以至于男子"枕前言下"，盟誓祈愿："今生断不孤鸳被"，要与女子白头相谐一生。这般言语则被文人雅士指责为"风雅扫地"①。这类"话语"与"镇相随，莫抛躲。针线闲拈伴伊坐。和我。免使年少，光阴虚过"，女性那种热烈而率真的话语相似，可以想见，柳永恋情词中男女两性之间能够相赏、相惜又相恋，期望终生相伴，共结连理。又如《集贤宾》：

---

① 《田圃词话》引王世贞语：文人之才，何所不寓，大抵比物流连，寄托居多。……必欲如柳屯田之"兰心蕙性"，"枕前言下"等言语，不几风雅扫地乎？（清）田同之：《田圃词话》，见唐圭璋编《词话丛编》，中华书局1986年版，第1452页。

小楼深巷狂游遍，罗绮成丛。就中堪人属意，最是虫虫。有画难描雅态，无花可比芳容。几回饮散良宵永，鸳衾暖、凤枕香浓。算得人间天上，惟有两心同。近来云雨忽西东。诮恼损情悰。纵然偷期暗会，长是匆匆。争似和鸣偕老，免教敛翠啼红。眼前时、暂疏欢宴，盟言在、更莫忡忡。待作真个宅院，方信有初终。

词人坦言对歌伎虫虫的真情实意，"就中堪人属意，最是虫虫"。这种强烈的感情导致对"偷期暗会，长是匆匆"的短暂相聚很不满意，于是决心"待作真个宅院"，与她过一种鸾凤和谐、白头偕老的夫妻生活。表现了"一种世俗化的平民的爱情理想及其模式"①。

北宋时期，随着社会都市经济的繁荣发展，市民阶层的壮大，供人取乐的妓女数量也再增加，包括大量在歌楼舞榭、勾栏瓦肆或茶坊酒楼中出卖色艺为业的歌伎，她们是市民阶层中的一部分，不仅地位低下，而且人身自由受到限制，被时人视为"贱民"②。柳永一生正与这些歌伎结下了不解之缘。由于柳永精通音乐，经常出入于秦楼楚馆，与歌儿舞女合作填词，比较熟悉和了解她们真实的情感生活，抒写她们内心真实的"心声"，进而视她们为红颜知己。柳永虽出身于士大夫官宦之家，却仕途坎坷失意，经常得到歌伎们的爱慕、关怀与资助。据《方舆胜览》载，柳永"卒于襄阳。死之日，家无余材，群妓合金葬之于南门外。每春日上冢，谓之'吊柳七'"。有关这一点，《古今小说》里的《众名姬春风吊柳七》也可作为旁证。据词学专家唐圭璋、陆侃如的考证，柳永大概活了六十多岁，而最终记得他、安葬他并悼念他的，还是只有"烟花巷陌"中那些处于社会生活最底层的女子们。尤其是柳永在遭逢漂泊行役，饱尝"游宦成羁旅"（《安公子》）的凄凉滋味时，词作中能把"绮罗香泽之态

---

① 张惠民：《宋代士大夫歌妓词的文化意蕴》，载《海南师院学报》，1993 年第 3 期。
② 李剑亮：《唐宋词与唐宋歌伎制度》，杭州大学出版社 1995 年版，第 30—40 页。

和羁旅落拓之感融合在一起"①，潜意识中渴望在女性的柔情与爱意里抚慰心灵的创伤和情感寄托，使男女两性之间的相思情意，显得深挚淳厚。试看柳永的名作《雨霖铃》：

> 寒蝉凄切，对长亭晚，骤雨初歇。都门帐饮无绪，留恋处、兰舟催发。执手相看泪眼，竟无语凝噎。念去去，千里烟波，暮霭沉沉楚天阔。多情自古伤离别，更那堪冷落清秋节！今宵酒醒何处？杨柳岸、晓风残月。此去经年，应是良辰好景虚设。便纵有千种风情，更与何人说？

这首词抒写相思离别之情，词人善于捕捉冷落凋零的秋景来点染离情别意。开端"寒蝉凄切"三句，勾画出一幅清秋雨后的黄昏送别图。此时作者和他的"意中人"正在饮酒话别，然而毫无饮酒心绪，离愁别恨笼罩着这一对恋人，正当留恋难舍之际，岸边兰舟却催促行人登船启行，满怀千言万语，竟一时不知从何说起，终至"执手相看泪眼，竟无语凝噎"，它形象生动地描绘了男女恋人之间相惜相恋、依依不舍的真挚情感。"念去去"三句，则是转入描绘此去一别千里之遥，何时才能再得相见，这里"千里烟波""楚天阔"等宏大景物描写，反衬出作者一叶孤舟天涯漂泊的孤寂与凄凉。而"今宵酒醒何处？杨柳岸、晓风残月"诸句，俞陛云先生指出："况凉秋远役，遥想酒醒梦回，扁舟摇漾，当在垂杨岸侧、晓风残月之中。客情之凄戚，风景之清幽，怀人之绵邈，皆在'杨柳岸'七字之中，宜二八女郎红牙按拍，都唱屯田也。"② 可以说这是"情景交融"手法的卓绝运用，全篇由此形成铺叙尽致与含蓄委婉的有机结合，而这两句遂成为历代传诵的名句。结尾"此去经年"四句，抒写与"意中人"别离之后，一切良辰美景都属"虚设"；一切美好的感情，

---

① 吴世昌：《诗词论丛》，北京出版社2000年版，第11页。
② 俞陛云：《唐五代两宋词选释》，上海古籍出版社1985年版，第148页。

都无从倾诉！展示了词人羁旅漂泊之中，那份凄楚孤独之感，饱含着对男女两性间深挚柔情的惆怅追念。全篇由写景开始，转入叙事、抒情，进而情景交融，再转入直抒情怀，如此层层推进地将词人所见、所悲、所思、所爱之情怀淋漓尽致地铺叙出来。如《八声甘州》也是千古传诵的名作：

> 对潇潇暮雨洒江天，一番洗清秋。渐霜风凄紧，关河冷落，残照当楼。是处红衰翠减，冉冉物华休。惟有长江水，无语东流。不忍登高临远，望故乡渺邈，归思难收。叹年来踪迹，何事苦淹留？想佳人、妆楼颙望，误几回、天际识归舟。怎知我、倚阑干处，正恁凝愁！

此词起首"对潇潇暮雨洒江天，一番洗清秋"二句，与"渐霜风凄紧，关河冷落，残照当楼"三句，分别由"对""渐"二领字，共同构成一幅高旷辽远而又萧瑟苍茫的深秋画面，其意境与杜甫"风急天高猿啸哀，渚清沙白鸟飞回。无边落木萧萧下，不尽长江滚滚来"（《登高》）颇有类似之处。以风物之萧索凋零，喻年华光阴之客里虚掷，此情景最易引起那些"去国怀乡"的骚人墨客的情感共鸣。苏轼曾评赏曰："'渐霜风凄紧，关河冷落，残照当楼'，此语于诗句，不减唐人高处。"① 下片分三层铺叙，"先言己之欲归不得，何事淹留；次言闺人念远，误认归舟；结句言知君忆我，我亦忆君"②，而上片那一派深秋之萧瑟凄凉的风物，皆在凭栏凝眸怅望之中。柳词抒情细腻深婉，在深秋漂泊与羁旅穷愁中，展示出男女两性恋情受阻的愁苦之情。词人曾扪心自问："叹年来踪迹，何事苦淹留？"也深责自己曾为"蝇头利禄""蜗角功名"（《凤归云》）而虚度光阴。柳永在《戚氏》词中还唱道："念名利、憔悴长萦绊。追往

---

① （宋）赵令畤：《侯鲭录·东坡评柳词》，见上海古籍出版社编《宋元笔记小说大观》，上海古籍出版社2001年版，第2026页。
② 俞陛云：《唐五代两宋词选释》，上海古籍出版社1985年版，第149页。

事、空惨愁颜。"宦海茫茫，境遇坎坷，这几乎代表了封建落拓文人的共同心态，也最能拨动沦落天涯、凄凉独处的文人心弦。试看《戚氏》：

晚秋天，一霎微雨洒庭轩。槛菊萧疏，井梧零乱惹残烟。凄然。望乡关。飞云暗淡夕阳间。当时宋玉悲感，向此临水与登山。远道迢递，行人凄楚，倦听陇水潺湲。正蝉吟败叶，蛩响衰草，相应喧喧。孤馆度日如年。风露渐变，悄悄至更阑。长天净，绛河清浅，皓月婵娟。思绵绵。夜永对景，那堪屈指，暗想从前。未名未禄，绮陌红楼，往往迁延。帝里风光好，当年少日，暮宴朝欢。况有狂朋怪侣，遇当歌、对酒竞留连。别来迅景如梭，旧游似梦，烟水程何限。念名利、憔悴长萦绊。追往事、空惨愁颜。漏箭移、稍觉轻寒。渐呜咽、画角数声残。对闲窗畔，停灯向晓，抱影无眠。

这首词也先是描写一幅凄凉黯淡、残败零落的晚秋景象，然后，将抒情主人公置于这令人难堪的环境氛围中，通过视觉、听觉感官，运用抚今追昔的对比手法，层层铺叙，淋漓尽致地展现了一个孤臣遗子远居他乡时的孤苦凄凉的心境。王灼《碧鸡漫志》卷二曾引"前辈"两句诗评价柳永的《戚氏》，诗云："《离骚》寂寞千年后，《戚氏》凄凉一曲终。"①这位"前辈"究系何人，无从考证，平心而论，《戚氏》和《离骚》是不能等量齐观的，但这个评价却恰当地指出了《戚氏》一曲的命意所归。柳永《戚氏》所表现的客馆秋怀、天涯孤旅的凄凉情怀，实际上是当时"太平气象""朝野多欢"的社会生活表面下，那些沦落天涯、客居他乡的宦臣游子所共有的心理感受。宋人陈振孙在《直斋书录解题》中对柳词有过如此中肯的评价："其词格固不高，而音律谐婉，词意妥帖，承平

---

① （宋）王灼：《碧鸡漫志》卷二，见唐圭璋编《词话丛编》，中华书局1986年版，第84页。

气象，形容尽致，尤工于羁旅行役"①，这也正是柳永婉约词的艺术魅力所在。

　　总之，柳永一生浪迹南北天涯，尝尽了羁旅穷愁的艰辛况味，词作凝结着真情实感，故能感人性情，动人心魄，诚如清人陈廷焯所言："耆卿词以情胜，音调凄婉，动摇人心，自是一代作手。讥之者虽多，终无损于先生也。"② 柳永婉约词中那些所谓"羁旅穷愁之词"与"闺门淫媟之语"③，却有着鲜活的生命力，凝结着真情实感，故能感人性情，动人心魄。晚唐五代至来，婉约词中所塑造的女性形象多属贵族官僚阶层的贵妇佳人或官伎、家伎等身份地位较高的歌伎，并且在其品貌、言语、行动及情态的表达方式上较多地融入了士大夫文人的性情、学养及怀抱等，这类理想化的女性形象，实际上亦即"面具化"的女子。与此不同的是，柳永的婉约词抒写下层市井青楼女子的情感生活和经历，这类女性形象是具有鲜活生命力的女性群体，她们聪慧温柔、色艺俱佳，"心性温柔，品流详雅，不称在风尘"（《少年游》），能够在某种程度上与男性文人在情感上有所共鸣，甚至成了"红颜知己"。而自称为"天涯行客"的柳永，无论身处何地，也总是对天各一方的"意中人"情牵梦引。舟行江湖上，"那堪听、远村羌管，引离人肠断"（《彩云归》）；策马途中，"望斜日西照，渐沉山半。两两栖禽归去急，对人相并声相唤，似笑我、独自向长途离，魂乱"（《满江红》）；夜晚投宿之时，"败叶敲窗，西风满院，睡不成还起。更漏咽、滴破忧心，万感并生，都在离人愁耳"（《十二时》）。可见，正是词中这些个有血有肉、兰心蕙质的社会下层女子，使柳永情愿"系我一生心，负你千行泪"（《忆帝京》），产生了强烈的情感共鸣。尤其柳永羁旅漂泊，这些"红颜知己"成为情感寄托，能抚慰词人心灵的

---

① （宋）陈振孙：《直斋书录解题·乐章集》，上海古籍出版社 1987 年版，第 617 页。
② （清）陈廷焯：《云韶集》，见唐圭璋编《词话丛编》，中华书局 1986 年版。
③ （宋）魏庆之：《魏庆之词话》，见唐圭璋编《词话丛编》，中华书局 1986 年版，第 208 页。

创伤，使得婉约词中才人志士失意的悲伤和相思离别的感情完全融合在一起，追怀男女两性之间深挚情意，易拨动漂泊天涯、凄凉独处的文人心弦。在一定意义上，柳永开启了北宋婉约词情感艺术的崭新天地。

## 二、"慢词亦多用小令作法"——张先词

在北宋词坛上，张先是与柳永"共同跨进慢词领域的"①，宋人晁补之《评本朝乐章》曾说："张子野与柳耆卿齐名，而时以子野不及耆卿，然子野韵高，是耆卿所乏处。"② 指出了张先婉约词"韵高"的艺术特色。那么，"子野韵高"的绝妙处何在呢？近人夏敬观《映庵词评》中有一段说明："子野词凝重古拙，有唐五代之遗音，慢词亦多用小令作法。在北宋诸家中，别具一种风味。"龙榆生引夏敬观此语道出了张先慢词之关键，"长调中纯用小令作法，别具一种风味"③。也就是说，张先以"小令作法"作慢词，使其婉约词能够产生"凝重古拙"深婉蕴藉的韵味。

随着北宋城市经济的繁荣，适应当时"朝野多欢"歌台舞榭的娱乐需求，慢词得以长足的发展。在这种社会环境中，张先较早地接触到了市井流行的乐调，填写了如《山亭宴慢》《谢池春慢》《剪牡丹》《卜算子慢》《倾杯》等，共十九首长调慢词。以《谢池春慢·玉仙观道中逢谢媚卿》为代表：

> 缭墙重院，时闻有、啼莺到。绣被掩余寒，画帘明新晓。朱槛连空阔，飞絮知多少。径莎平，池水渺。日长风静，花影闲相照。尘香

---

① 程千帆、吴新雷：《两宋文学史》，上海古籍出版社1991年版，第118页。
② （宋）吴曾：《能改斋漫录》卷十六"黄鲁直词谓之着腔诗"条，见唐圭璋编《词话丛编》，中华书局1986年版，第125页。
③ 龙榆生编选：《唐宋名家词选》，上海古籍出版社1980年版，第55页。

拂马,逢谢女,城南道。秀艳过施粉,多媚生轻笑。斗色鲜衣薄,碾玉双蝉小。欢难偶,春过了。琵琶流怨,都入相思调。

　　这首词抒写相思离别之情,沿用的是小令传统题材内容而别具风韵。据宋代杨湜《古今词话》记载:"张子野往玉仙观,中路逢谢媚卿,初未相识,但两相闻名。子野才韵既高,谢亦秀色出世,一见慕悦,目色相授。张领其意,缓辔久之而去,因作谢池春慢以叙一时之遇。"① 可说是一段活灵活现的本事。此首慢词虽有景物的描绘和人物形象的细致勾画,却不铺排,即不似柳永词层层铺叙,不用"领"字,而且此词中之地点、时间转换不多、变化不大,"无大起落"②,只以幽静明丽的景色映衬人物的秀艳多媚,营造情景相融的意境,达到"味极隽永"③ 的胜场。结句"琵琶流怨,都入相思调"点出两相爱慕而好事难成的愁绪,一唱三叹,结尾含蓄深婉,悠长不尽,却不似柳词抒情的直露无余。可见,张先以"小令作法"填写长调慢词,避免了慢词中平铺直叙、一览无余的不足。

　　同时,张先善于琢字炼句,以尖新奇巧的警句传达特定的相思离情,烘托出优美的意境,正如刘体仁所言:"词有警句,则全首俱动"④。北宋婉约词在创作技法上很注意警句的锤炼,如晏殊有"无可奈何花落去"之佳句,宋祁有"红杏枝头春意闹"之盛名,柳永有"露花倒影""晓风残月"之美誉,后此有"大江东去"苏东坡,"山抹微云"秦少游,"梅子黄时雨"贺铸,皆以"一语之工,倾倒一世"⑤。张先婉约词中警句之

---

① (宋)杨湜:《古今词话》,见唐圭璋编《词话丛编》,中华书局 1986 年版,第 24 页。
② (清)周济:《宋四家词选目录序论》,见唐圭璋编《词话丛编》,中华书局 1986 年版,第 1643 页。
③ (清)周济:《宋四家词选目录序论》,见唐圭璋编《词话丛编》,中华书局 1986 年版,第 1643 页。
④ (清)刘体仁:《七颂堂词绎》,见唐圭璋编《词话丛编》,中华书局 1986 年版,第 620 页。
⑤ (清)陈廷焯:《白雨斋词话》卷六,见唐圭璋编《词话丛编》,中华书局 1986 年版,第 3928 页。

多，在北宋词坛是首屈一指。试引以下几则词话：

> 张子野郎中《一丛花》词……一时盛传，欧阳永叔尤爱之，恨未识其人。子野家南地，以故至都，谒永叔，阍者以通，永叔倒屣迎之曰："此乃桃杏嫁东风郎中。"
>
> （范公偁《过庭录》）
>
> 《遁斋闲览》云："张子野郎中，以乐章擅名一时。宋子京尚书奇其才，先往见之，遣将命者，谓曰：'尚书欲见云破月来花弄影郎中乎？'子野屏后呼曰：'得非红杏枝头春意闹尚书邪？'遂出，置酒尽欢。盖二人所举，皆其警策也。"
>
> 《古今诗话》云："有客谓子野曰：'人皆谓公张三中，即心中事、眼中泪、意中人也。'公曰：'何不目之为张三影。'客不晓，公曰：'云破月来花弄影；娇柔懒起，帘压卷花影；柳径无人，堕风絮无影：此余平生所得意也。'"
>
> （均见《苕溪渔隐丛话》前集卷三十七）①

以上所述"桃杏嫁东风郎中""云破月来花弄影郎中""张三中"，"张三影"的称谓，其中张先自称"张三影"，以巧用"影"字为其"平生所得意"之处。清人李调元《雨村词话》说："'张三影'已盛称人口矣，尚有一词云：'无数杨花过无影'，合之应名'四影'。"② 然细究起来张先词中何尝只有"三影""四影"，其用"影"字"竟达二十九处之多"。③ 这"影"字的妙处，正在于略貌取神，得其神韵。以张先最著名的《天仙子·水调数声持酒听》来看：

---

① （宋）胡仔：《苕溪渔隐丛话》前集卷三十七，人民文学出版社1981年版，第252—253页。
② （清）李调元：《雨村词话》卷一，见唐圭璋编《词话丛编》，中华书局1986年版，第1391页。
③ 刘扬忠：《唐宋词流派史》，福建人民出版社1999年版，第317页。

水调数声持酒听。午醉醒来愁未醒。送春春去几时回,临晚镜。伤流景。往事后期空记省。沙上并禽池上暝。云破月来花弄影。重重帘幕密遮灯,风不定。人初静。明日落红应满径。

这首词抒写伤春怀人之情,全词六十八字,比传统小令略长。上片抒写主人公在持酒听歌中不觉沉醉,醒后临镜自顾,追怀往事,内心惆怅迷惘;下片则转写晚景,以春夜景致烘托伤春之悲情。"沙上并禽"相依而眠,反衬出只身寂寞独处,而"云破月来花弄影"的警句更有欲说还休的怀人感伤。天上云破月出,地上花影明暗,不直写花的色艳形美,只是绘其朦胧的身影,略貌取神,传神入微,以影写花,尽得花之风流体态。此句之妙,还不仅在"影"字,动词亦得精髓。王国维称赞说:"'云破月来花弄影',着一'弄'字,而境界全出矣。"① 这一"弄"字借景物以传达情思,花影撩人,如泣如诉,其间之怨慕哀婉只有伤心人才能意会。此词是张先"三影"词中最好的一首。另外二首分别是《归朝欢》和《剪牡丹·舟中闻双琵琶》:

声转辘轳闻露井。晓引银瓶牵素绠。西园人语夜来风,丛英飘坠红成径。宝貎烟未冷。莲台香蜡残痕凝。等身金,谁能得意,买此好光景。粉落轻妆红玉莹。月枕横钗云坠领。有情无物不双栖,文禽只合常交颈。昼长欢岂定。争如翻作春宵永。日曈昽,娇柔懒起,帘押残花影。

野绿连空,天青垂水,素色溶漾都净。柔柳摇摇,坠轻絮无影。汀洲日落人归,修巾薄袂,撷香拾翠相竞。如解凌波,泊烟渚春暝。彩绦朱索新整。宿绣屏、画船风定。金凤响双槽,弹出今古幽思谁省。玉盘大小乱珠迸。酒上妆面,花艳媚相并。重听。尽汉

---

① 王国维:《人间词话》,徐调孚注,人民文学出版社1982年版,第193页。

妃一曲，江空月静。

　　以上可见，张先婉约词能够融化景物以入情思，借景抒情，以朦胧之景物烘托出一种微妙的、难以捉摸的朦胧之情，含蓄蕴藉，悠长不尽。张先以小令之法作慢词，注重炼字炼句，往往点缀一二警句，"娇柔懒起，帘押残花影"，"柔柳摇摇，坠轻絮无影"之妙处，即以朦胧之景物烘托出一种难以捉摸的微妙之情，可使全篇翩然飞动，具有言尽意远、幽柔轻倩的风情神韵。

　　那么，张先"慢词多用小令作法"对北宋婉约词的艺术创作产生何种影响及其现实意义。北宋婉约词在以小令为主发展到以慢词为主的创作历程中，诸词家对其艺术创作手法会有不同的尝试。其中柳永婉约词的铺叙手法，层层展开，虚实结合，情景交融，无疑是具有影响力与生命力的。然而，张先以小令作法填写慢词也不失为一种有益的创作尝试。以小令作法填写慢词，使得婉约词一方面存在着规模不大，气局较隘，无大起落的限制，而另一方面也使婉约词保留了"传统小令深沉婉曲的韵味，别致隽永"①。尤其是当柳永婉约词的平铺直叙、一览无余的创作手法，舍弃了传统士大夫文人含蓄雅致的风情神韵时，诚如李之仪所说："铺叙展衍，备足无余。"② 张先婉约词保留传统小令韵胜的特点，补充了柳词技法上的不足，有着一定的现实意义。宋代词学家时常批评柳永婉约词的浅俗，不仅在于抒情内容的直露无余，而且在于柳永词中的市民情趣，不符合士大夫文人的审美要求和人生态度。张先"多用小令做法"填写慢词，使婉约词保留了含蕴风韵，符合宋代士大夫文人的审美理想。宋人叶梦得《石林燕语》中记载：张先郎中字子野，能为诗及乐府，至老不衰。居钱塘，苏子瞻作倅时，先年已八十余，视听尚精强，家犹蓄声伎，子瞻

---

① 缪钺：《论张先词》，载《文学遗产》，1986年第3期。
② 李之仪：《跋吴思道小词》，见金启华、张惠民等编《唐宋词集序跋汇编》，江苏古籍出版社1990年版，第36页。

尝赠以诗云："诗人老去莺莺在，公子归来燕燕忙。"盖全用张氏故事戏之。先和云："愁似鳏鱼知夜永，懒同蝴蝶为春忙"，极为子瞻所赏。① 苏轼有《祭张子野文》说："惟余子野，归及强锐，优游故乡，若复一世。遇人坦率，真古恺悌。庞然老成，又敏且艺……坐此而穷，盐米不继，啸歌自得，有酒辄诣。"② 可以想见张先，一方面年逾八十尚蓄声伎，另一方面盐米不继，啸歌自得，这种人生态度融注于婉约词中，符合于士大夫文人"韵高""韵胜"的审美追求。这在以慢词为主的婉约词创作倾向上也是不容忽视的。

---

① （宋）叶梦得：《石林燕语》，见上海古籍出版社编《宋元笔记小说大观》，上海古籍出版社 2001 年版，第 2465 页。
② （宋）苏轼：《祭张子野文》，见顾之川校点《苏轼文集》，岳麓书社 2000 年版，第 1300 页。

# 第四章

# 深拓期的建树（北宋中后期—北、南宋之交）

在北宋中后期至北、南宋之交这一历史发展阶段，以苏轼、李清照和周邦彦为代表的杰出词人，他们的词体观念与创作实践中"豪放"与"婉约"两类艺术风格的交互激荡与融合，对婉约词的抒情内容、审美意蕴以及艺术表现形式等方面予以深化与拓展，有益于深入揭示词体文学的审美特质。

## 第一节　苏轼对婉约词的深化与拓展

苏轼是经历北宋中期到后期的文学艺术大师，他在诗、词、文、赋、绘画、书法等多个领域都有重要建树[1]，就苏轼现存文集来看，在他长达四十多年的创作生涯中，为我们"留下了二千七百多首诗、三百多首词以及卷帙繁复的散文作品"[2]，苏轼的词比起他的诗文数量来说，是很有限的，但在词史上所取得的文学成就却很大，且影响深远。清人陈廷焯认

---

[1] 程千帆、吴新雷：《两宋文学史》，上海古籍出版社1991年版，第129—130页。
[2] 王水照：《唐宋文学论集》，齐鲁书社1984年版，第265页。

为:"人知东坡古诗古文,卓绝百代,不知东坡之词,尤出诗文之右。"①他对苏轼诗词文的比较还是公允的。自宋以来,对苏轼词的赞誉,较多集中在苏轼"以诗为词"开拓豪放词之功绩上,如南宋胡寅提出:"及眉山苏氏,一洗绮罗香泽之态,摆脱绸缪宛转之度,使人登高望远,举手高歌,而逸怀浩气,超然乎尘垢之外,于是花间为皂隶而柳氏为舆台矣"②,是最具代表性的。清人刘熙载也指出:"东坡词颇似老杜诗,以其无意不可入,无事不可言也。"③ 大凡卓有成就的文学艺术大师,其创作风格总是多样性的。那么,苏轼"以诗为词"对传统意义上的婉约词有何深化与拓展,若究其缘由,首先要探究苏轼文化人格的形成及其影响。

### 一、苏轼文化人格的形成及其深远影响

文化人格的成因很复杂的,除了个体自身具备的禀赋、气质外,还有着深刻的社会历史背景。苏轼一生历经北宋仁宗、英宗、神宗、哲宗、徽宗五个朝代,这是北宋积贫积弱的局势逐渐形成,社会危机急剧发展的时代,也是统治阶级内部政局反复多变,党争此起彼伏的时代。苏轼卷入了一场北宋新旧变法的党争之中,导致他的一生坎坷艰辛。苏轼"两次在朝任职(熙宁初、元祐初)、两次在外地做官(熙宁、元丰在杭、密、徐、湖;元祐、绍圣在杭、颍、扬、定)、两次被贬(黄州、惠州、儋州)"④,"既不见容于元丰,又不得志于元祐,更受摧折于绍圣"⑤。在命

---

① (清)陈廷焯:《白雨斋词话》卷七,见唐圭璋编《词话丛编》,中华书局1986年版,第3937页。
② (宋)胡寅:《酒边集序》,引自施蛰存主编《词籍序跋萃编》,中国社会科学出版社1994年版,第169页。
③ (清)刘熙载:《词概》,见唐圭璋编《词话丛编》,中华书局1986年版,第3690页。
④ 王水照:《苏轼研究》,河北教育出版社1999年版,第18页。
⑤ 曾枣庄:《苏轼评传》,四川人民出版社1981年版。

运多寒的境遇中，苏轼既能执着于生命，又能随缘自适，感悟人生，塑造和完善了宋代士大夫文人深厚的文化人格。苏轼的门生和知己秦观曾在《答傅彬老简》中说："苏氏之道，最深于性命自得之际。其次则器足以任重，识足以致远。至于议论文章，乃其与世周旋，至粗者也。"① 所谓"最深于性命自得之际"，"指苏轼的人格风貌和生命精神而言，如坦荡率真的个性，随缘放旷的文心，风流潇洒的气度等，这些才是苏轼之所以为苏轼的根本所在。他的诗、词、文和书画等文学艺术的创作活动，不过是这一文化人格的外在表现形式"②，苏轼的文化人格成为有宋以来文人普遍景仰与仿效的典范。

（一）苏轼文化人格的成因，与其卷入北宋文人的新旧党争有直接的关系

作为中国封建专制的派生物或封建统治内部的权力之争的产物，朋党与朋党之争，历代有之。但北宋党争与其他时代的朋党之争诸如东汉党锢、唐代牛李党争、明代东林党祸不尽相同。如果说"东汉党锢与明代东林党祸是士人集团与阉寺势力之间的冲突，唐代的牛李党争主要属于门阀士族与寒门庶族之间的交争"③。那么，北宋党争则是由士大夫文人之间政见不同而引起的党同伐异，它"始于仁宗景佑、庆历年间，盛行于神宗熙宁年间"④，这场长达半个多世纪之久的朋党之争，就其特征而言，是以北宋文人士大夫为主体。王水照先生指出："宋代士人的身份有个与唐代不同的特点，即大都是集官僚、文士、学者三位于一身的复合型人才，其知识结构一般比唐人淹博，格局宏大"，并且"政治家、文章家、经术家三位一体，是宋代'士大夫之学'的有机构成"。⑤ 这种有机构成，致使北宋士大夫文人由于主张各异、政见不合在党同伐异的过程中往

---

① （宋）秦观：《淮海集》，见《四部丛刊》卷三十。
② 张毅：《苏轼朱熹文化人格比较》，载《文学遗产》，1995年第4期。
③ 陈寅恪：《唐代政治史述论稿》，上海古籍出版社1980年版，第87页。
④ 沈松勤：《北宋文人与党争》，人民出版社1998年版，第1—2页。
⑤ 王水照：《宋代文学通论》，河南大学出版社1997年版，第27页。

往是兴治文字狱,以"文字"排击异党和禁毁"文字",由此造成文人士大夫因"文字"而卷入党争之中。①苏轼第一次因"文字"罹祸,是由谢表引起。神宗元丰二年二月,苏轼自徐州移知湖州,到任时进《湖州谢上表》,监察御史何正臣、舒亶、御史中丞李定,先后据以弹劾,主要是针对苏轼以诗文讥刺新法,遂成"乌台诗案"。苏轼坐狱、被贬黄州团练副使,本州安置,不得签书公事,近于流放。宋人罗大经《鹤林玉露》中云:

> 东坡文章,妙绝古今,而其病在于好讥刺。文与可戒以诗云:"北客若来休问事,西湖虽好莫吟诗。"盖深恐其贾祸也。乌台之勘,赤壁之贬,卒于不免。②

苏轼这次罹祸,是由于宋神宗朝(1068—1085年),新党执政,王安石推行变法,随着新法的深入实施,士大夫文人之间的政见纷争日益强化,反对新法的旧党人士多被排斥出朝廷。苏轼讥刺时政的诗文被立案勘治,卒于不免。受"乌台诗案"牵连被贬逐和责罚者共二十五人,其间大部分文士与苏轼一样遭受厄运。哲宗元祐年间(1086—1093年),高太后垂帘听政,起用旧党文士而力斥新党。苏轼先后两次为试馆职,其所撰的策题:《师仁祖之忠厚、法神考之励精》与《两汉之政治》及扬州题诗一首均遭到旧党内部人士弹劾,卷入蜀党与洛党交争,"这对苏轼与苏门诸君子的政治命运,都产生了不同程度的影响"③。在哲宗亲政的绍圣、元符年间(1094—1100年),新党东山再起,并大肆迫害旧党文人。苏轼及其门下士都受到残酷打击,贬谪放逐,无一幸免。苏轼于绍圣元年谪居岭南,被贬惠州,再贬儋州,遂投置蛮荒之地,很有可能死于斯、葬于

---

① 沈松勤:《北宋文人与党争》,人民出版社1998年版,第115页。
② (宋)罗大经:《鹤林玉露》卷四,"诗祸"条,中华书局1983年版,第188页。
③ 沈松勤:《北宋文人与党争》,人民文学出版社1998年版,第154—155页。

斯。同时绍圣新党也将大批元祐党人贬往使之"自生自死"的远恶州军。徽宗即位之初,还想调和新旧两党的争斗,但一年之后,新党的投机分子蔡京等执政,又对旧党实施了更为严酷的打击。北宋党争也日渐走向极端化,终成全面的党锢。对此,柳诒徵先生指出:

> 盖宋之政治,士大夫之政治也。政治之纯出于士大夫之手者,惟宋为然。……宋神宗时新旧两党各有政见,皆主于救国,而行其道。特以方法不同,主张各异,遂致各走极端。纵其末流,不免于倾轧报复,未可纯以政争目之。而其党派分立之始,则固纯洁为国,初无私憾及利禄之见羼杂其间,此则士大夫与士大夫分党派以争政权。①

从中可以想见,北宋新旧党争在士大夫文人之间相互"倾轧报复",造成了恶劣的政治生存环境。在这种"士大夫进退之间犹驱马牛","动得以指训之"② 的环境里,那些身处庙堂者似身履薄冰,深感朝不保夕,而迁谪流放者深怀恐惧,内心凄楚。北宋政局的动荡变化,直接影响了卷入党争漩涡的文人的命运,他们的升沉荣辱紧随着新旧党争此起彼伏而变化,使其深刻地体验到命运的坎坷、人生的失意和仕途的蹭蹬。苏轼从被贬黄州始,经惠州,再贬儋州,生存环境愈来愈险恶,年龄也愈加衰老,历经政治磨难,命运几经沉浮。面对遭斥、贬谪与流放,是自我镇定,不畏所困,还是不堪其境,悲苦不振,这在一定程度上亦体现出文人具有的文化人格。

(二)人生的多重磨难成就了苏轼的文化人格

对于"入世"与"出世"的矛盾关系,儒家以入世进取为基本精神,又以"达兼穷独""用行舍藏"作为必要的补充;佛家出世、道家遁世的基本精神,则又与儒家的"穷独"相通。苏轼对此三者,染濡均深,又

---

① 柳诒徵:《中国文化史》,上海古籍出版社 2001 年版,第 516、519 页。
② (宋)蔡绦:《铁围山丛谈》卷二,中华书局 1997 年版,第 38 页。

"融会贯通，兼采并用"①。苏辙在《东坡先生墓志铭》中曾云：

> （苏轼）初好贾谊、陆贽书，论古今治乱，不为空言。既而读《庄子》，喟然叹曰："吾昔有见于中，口未能言；今见《庄子》，得吾心矣！"……后读释氏书，深悟实相，参之孔墨，博辩无碍，浩然不见其涯矣。

从这篇文章中可以看出苏轼所接受的传统文化思想是庞杂的，经历过前后思想变化的过程。震惊朝野的"乌台诗案"是苏轼人生的转折点。沉重的政治打击使他对社会、对人生的态度，以及"反映在创作上的思想、感情和风格，都有明显的变化"②，苏轼那种"谈笑于生死之际的旷达情怀，经历磨难而始终乐观向上的精神，和任性逍遥、随缘自适的气质与个性，是在贬谪之后才真正树立起来"③。林语堂先生《苏东坡传》序言中曾有过生动地描述：

> 我们所得的印象是，他的一生是载歌载舞，深得其乐，忧患来临，一笑置之。他的这种魔力也就是使无数中国的读书人对他所倾倒，所爱慕的。……苏东坡一生的经历，根本是他本性的自然流露。在玄学上，他是个佛教徒，他知道生命是某种东西刹那之间的表现，是永恒的精神在刹那之间存在躯体之中的形式，但是他却不肯接受人生是重担、是苦难的说法——他认为那不尽然。至于他自己本人，是享受人生的每一刻时光。在玄学方面，他有印度教的思想，但是在气质上，他却是地道的中国人的气质。从佛教的否定人生，儒家的正视人生，道家的简化人生，这位诗人在心灵识见中产生了他的混合的人

---

① 王水照：《苏轼的人生思考与文化性格》，载《文学遗产》，1989年第5期。
② 王水照：《论苏轼创作的发展阶段》，载《社会科学战线》，1984年第1期。
③ 张毅：《苏东坡小品》，文化艺术出版社1997年版，第5页。

生观。……生命毕竟是不朽的、美好的,所以他尽情享受人生。这就是这位旷古奇才乐天派的奥妙的一面。①

可见,苏轼广泛地吸收了儒、佛、道三家思想,并"为我所用"地形成了自己"混合的人生观",来面对现实与自我的处境,感受生活、感悟人生;苏轼在荣辱、福祸、穷达、得失之间几经起伏、反差鲜明,使他咀嚼尽种种人生体味。但他最终却仍以其热爱生命和"尽情享受人生"的乐天派形象展示在读者面前,并以其"善于解脱忧患的旷达自适的人生态度倾倒了无数中国的读书人"②。苏轼的文化人格正是在经历人生的几重磨难之后得以升华。

苏轼被贬黄州之后,开始了四年多的谪居生活,其儒家思想仍然占主导地位,表现为"功不成,身不退,积极用世","忧国忧民,对时政仍十分关切"③。同时,巨大的人生打击促使他对人生与生命个体价值的深入思考,苏轼在黄州时期"将佛、道思想作为一种认识自我、丰富自我、发展自我的理论根据和精神支柱"④,淡化和消解人生中所遇到的挫折与困苦,使"兼济天下"与"独善其身"相互交融,丰富完善自我人格精神。苏轼于"在朝—外任—贬居"的过程中,他既经顺境,复历逆境。得意时是誉满京师的新科进士,独当一面的封疆大吏,赤绂银章的帝王之师;失意时是柏台肃森的狱中死囚,躬耕东坡的陋邦迁客,啖芋饮水的南荒流人。元祐年间,二十几天之内由登州召还,从礼部郎中、中书舍人升到翰林学士兼侍读,荣宠得来如此迅速,连苏轼自己也不免愕然。而"在绍圣时,从定州知州南贬,先以落两职、追一官,以左朝奉郎知英

---

① 林语堂:《苏东坡传》,张振玉译,时代文艺出版社1988年版。
② 杨海明:《唐宋词与人生》,河北人民出版社2002年版,第88页。
③ 王元明:《试论苏轼贬谪黄州时期的思想》,见苏轼研究学会编《东坡研究论丛》,四川文艺出版社1986年版。
④ 冷成金:《对传统士大夫人格的超越:论苏轼黄州时期的思想与实践》,载《中国人民大学学报》,1991年第4期。

州；诰命刚下，又降为充左承议郎；途中又贬建昌军司马、惠州安置；再改贬宁远军节度副使、惠州安置"①。途中三改谪命，确实需要有超乎寻常的心理承受能力。苏轼晚年再次被贬谪，流放到海南岛的儋州。这种荣辱、福祸、穷达、得失之间巨大而鲜明的人生反差，这种希望与失望、惊喜与凄凉、繁闹与独处的交替更迭，使苏轼遍尝了种种的人生况味，促使他在"广泛吸取传统儒、佛、道家思想与个人生活经历的基础上，去探寻个体生命存在的目的、意义与价值，从而丰富和完善了苏轼的文化人格"②。

（三）苏轼文化人格对"以诗为词"的创作观念产生不容忽视的影响

苏轼议论诗文还是品评书画，一贯注重创作主体的自在性情，体现出他文艺创作的自由境界。如其论文曰："吾文如万斛泉源，不择地皆可出。在平地滔滔汩汩，虽一日千里无难。及其与山石曲折，随物赋形，而不可知也。所可知者，常行于所当行，常止于不可不止，如是而已矣。"③ 论诗云："冲口出常言，法度去前轨。人言非妙处，妙处在于是。"④ 论书曰："自言此中有至乐，适意不异逍遥游。……兴来一挥百纸尽，骏马倏忽踏九州岛。我书意造本无法，点画信手烦推求。"⑤ 论画曰："（文）与可独能得君（竹）之深，而知君之所以贤。雍容谈笑，挥洒奋迅，而尽君之德。……得志，遂茂而不骄；不得志，瘁瘠而不辱。群居不倚，独立不惧。与可之于君，可谓得其情而尽其性矣。"⑥ 文艺创作若要达到这一境界，需要对现实社会的种种限制实现创作主体的超越，而实现超越又是需要具备一定的文化人格。苏轼正是在超越种种现实的阻碍，在人生的几重磨难中升华了自己独立的文化人格并进入文艺创作的自由境界，实现人

---

① 王水照：《苏轼》，上海古籍出版社1981年版。
② 王水照：《苏轼的人生思考与文化性格》，载《文学遗产》，1989年第5期。
③ 顾之川校点：《苏轼文集》，岳麓书社2000年版，第207页。
④ （宋）周紫芝撰：《竹坡诗话》，见《文渊阁四库全书》。
⑤ 顾之川校点：《苏轼文集》，岳麓书社2000年版，第239页。
⑥ 顾之川校点：《苏轼文集》，岳麓书社2000年版，第290页。

## 第四章 深拓期的建树（北宋中后期—北、南宋之交）

品与文品的统一。苏轼的上述言论虽非就词而发，却也会影响到他对词体创作的认识和看法，那就是，苏轼能从文艺创作的自由境界这一角度去把握"以诗为词"的创作观念，注重创作主体的抒情性，别立一宗。苏轼于宋神宗熙宁五年（1072 年）任杭州通判时，涉笔词体的创作。北宋词坛以婉约词为正宗。柳永广泛地吸取"新声"，大量创制长调慢词，产生了"凡有井水处即能歌柳词"的广泛影响。苏轼作词多是有意与柳永相比，欲使其于"柳七郎风味"之外"自是一家"。如俞文豹《吹剑录续集》中的一段记载，颇为后人征引：

> 东坡在玉堂，有幕士善讴。因问："我词比柳词何如？"对曰："柳郎中词，只好十七八女孩儿，执红牙拍板，唱'杨柳岸晓风残月'；学士词，须关西大汉，执铁板，唱'大江东去'。"公为之绝倒。①

曲子词崇尚"女音"并非关西大汉所唱，至少在苏轼词作之前是如此。对于这一点，苏轼认为这自是其得意之处。苏轼在《与鲜于子骏书》中曾直言不讳：

> 近却颇作小词，虽无柳七郎风味，亦自是一家。呵呵！数日前，猎于郊外，所获颇多。作得一阕，令东州壮士抵掌顿足而歌之，吹笛击鼓以为节，颇壮观也。②

苏轼所作《江城子·密州出猎》一词，确有不同于"柳七郎风味"，"自是一家"之处，有学者认为"苏轼另创豪放词，虽然这一说法还有值

---

① （宋）俞文豹：《吹剑录续集》，见《说郛三种》（影印本），上海古籍出版社 1988 年版。
② 顾之川校点：《苏轼文集》，岳麓书社 2000 年版，第 370 页。

得商榷之处"①,豪放词并不能全部代表苏轼词的艺术创作,但它表明曲子词经苏轼又为之一变,"自东坡一出,情性之外,不知有文字,真有'一洗万古凡马空'气象"。②陈师道《后山诗话》云:

> 退之以文为诗,子瞻以诗为词,如教坊雷大使之舞,虽极天下之工,要非本色。今代词手,惟秦七黄九尔,唐诸人不迨也。③

陈师道评价苏轼"以诗为词"为"非本色"的说法,代表着宋代词坛的词学观念。又据胡仔《苕溪渔隐丛话》前集卷四十二引《王直方诗话》说:

> 东坡尝以所作小词示无咎、文潜,曰:"何如少游?"二人皆对云:"少游诗似小词,先生小词似诗。"④

可见,"以诗为词"也是苏门晁补之、张耒对苏轼词比较一致的看法。对此,苏轼自己也并不否认,甚至以此自豪欣喜。如他在《与蔡景繁书》中说:"颁示新词,此古人长短句诗也,得之惊喜。试勉继之,晚即面呈。"⑤又如《答陈季常书》:"又惠新词,句句警拔,诗人之雄,非小词也。但豪放太过,恐造物者不容人如此快活。"⑥苏轼《祭张子野文》中曰:"清诗绝俗,甚典而丽,搜研物情,刮发幽翳。微词宛转,盖

---

① 参见沈祖棻:《宋词赏析》,上海古籍出版社1997年版,第191页。吴熊和:《唐宋词通论》,浙江古籍出版社1985年版,第202页。
② (金)元好问:《新轩乐府引》,见《遗山文集》卷三十六。
③ (宋)陈师道:《后山诗话》,见何文焕辑《历代诗话》,中华书局1981年版,第301页。
④ (宋)胡仔:《苕溪渔隐丛话》前集卷四十二,人民文学出版社1981年版,第284页。
⑤ 顾之川校点:《苏轼文集》,岳麓书社2000年版,第432页。
⑥ 顾之川校点:《苏轼文集》,岳麓书社2000年版,第458页。

诗之裔。"① 苏轼把词视为"诗之裔",在词中言情、述志,几乎达到"无意不可入,无事不可言"②的境地,体现其放笔快意、挥洒自如、摆脱束缚的创作个性,而并非刻意另创豪放词。

在北宋中后期词坛,苏轼"以诗为词"的词学观念,实际上扩大了曲子词传统意义上的艺术创作,深拓曲子词的传统题材内容,使曲子词不仅仅是应歌之作,同时成为士大夫文人陶写情性的抒情工具。苏轼"以诗为词"的词学观念,并未将词与诗混同为一体,而是将自己的性情、才华、修养、襟抱等融注于词中,同时把词家"缘情"与诗人"言志"两者很好地结合起来,"文章道德与儿女情怀,于是并见于词"③,建构了一种"刚中带柔,柔中入刚,刚柔兼济"的抒情艺术模式,并且对婉约词的艺术创作产生深远的影响。

### 二、苏轼婉约词的创作倾向

世以苏轼为豪放词的代表,多加钦誉,兹不赘述。然而,综观《东坡乐府》中的三百多首词,那"句句警拔"(苏轼语)、"横放杰出"(晁补之语)的豪放辞章,并非多数,而婉约绮丽之的婉约词在数量上几及大半。从数量上说,"苏词中直接间接涉及歌伎的词多达一百八十余首"④。从风格上来看,"苏轼现存362首词中,大多数词的风格仍与传统的婉约柔美之风比较接近"⑤。《东坡乐府》中既有适合关西大汉执铁板

---

① 顾之川校点:《苏轼文集》,岳麓书社2000年版,第1300页。
② (清)刘熙载:《词概》卷四,见唐圭璋编《词话丛编》,中华书局1986年版,第3690页。
③ 吴熊和:《唐宋词通论》,浙江古籍出版社1985年版,第203页。
④ 孙望、常国武:《中国文学通史系列·宋代文学史》上,人民文学出版社1996年版,第264页。
⑤ 袁行霈、莫砺锋:《中国文学史》第三卷,高等教育出版社1999年版,第81页。

歌唱的"大江东去"之类的壮词，又有"清丽舒徐，高出人表"的婉约词。如果只一味肯定苏轼的豪放词，而对其大部分的婉约词忽略不顾，这不利于认识苏轼词创作的总体风貌。苏轼"以诗为词"的词学观念，对传统婉约词予以拓展与深化，使其婉约词有别于温韦晏柳为代表的传统风味，颇有建树。苏轼婉约词的创作倾向，大致有以下两个方面：

（一）题材内容方面

苏轼的婉约词中并非仅限于"花间"范式的绣幌绮筵，芳径深院中的轻歌曼舞，浅斟低唱，还融入了个人的生活境遇和人生感悟以及文人学士的品性、修养，拓展了传统婉约词的抒情内容。苏轼的婉约词中有类似温词"绮丽"的抒情内容，如：

> 翠鬟斜幔云垂耳，耳垂云幔斜翠鬟。春晚睡昏昏，昏昏睡晚春。细花梨雪坠，坠雪梨花细。颦浅念谁人，人谁念浅颦。
>
> （《菩萨蛮·春闺怨》）
>
> 碧纱微露纤纤玉，朱唇渐暖参差竹。越调变新声，龙吟彻骨清。夜来残酒醒，惟觉霜袍冷。不见敛眉人，胭脂觅旧痕。
>
> （《菩萨蛮·歌伎》）

也有与韦庄词"清疏之美"接近的如：

> 画檐初挂弯弯月，孤光未满先忧缺。遥认玉帘钩，天孙梳洗楼。佳人言语好，不愿求新巧。此恨故应知，愿人无别离。
>
> （《菩萨蛮·新月》）
>
> 小莲初上琵琶弦，弹破碧云天。分明绣阁幽恨，都向曲中传。肤莹玉，鬓梳蝉。绮窗前。素娥今夜，故故随人，似斗婵娟。
>
> （《诉衷情·琵琶女》）

又如以下的婉约词若放在晏殊、欧阳修或张先的婉约词中，也是很难辨别的，如：

　　桃李溪边驻画轮，鹧鸪声里倒清尊。夕阳虽好近黄昏。香在衣裳妆在臂，水连芳草月连云。几时归去不销魂。

（《浣溪沙·春情》）

　　洛城春晚，垂杨乱掩红楼半。小池轻浪纹如篆。烛下花前，曾醉离歌宴。自惜风流云雨散，关山有限情无限。待君重见寻芳伴。为说相思，目断西楼燕。

（《醉落魄》）

　　凤凰山下雨初晴，水风清，晚霞明。一朵芙蓉、开过尚盈盈。何处飞来双白鹭，如有意，慕娉婷。忽闻江上弄哀筝，苦含情，遣谁听。烟敛云收、依约是湘灵。欲待曲终寻问取，人不见，数峰青。

（《江城子·凤凰山下雨初晴》）

尤其是苏轼的婉约词中也有几首类似"柳七郎风味"的词，"恐屯田缘情绮靡，未必能过"。① 如：

　　花褪残红青杏小，燕子来时，绿水人家绕。枝上柳绵吹又少，天涯何处无芳草。墙里秋千墙外道。墙外行人，墙里佳人笑。笑渐不闻声渐悄，多情却被无情恼。

（《蝶恋花》）

　　琵琶绝艺，年纪都来十一二。拨弄幺弦，未解将心指下传。主人嗔小，欲向东风先醉倒。已属君家，且更从容等待他。

（《减字木兰花》）

---

① （清）王士禛：《花草蒙拾》，见唐圭璋编《词话丛编》，中华书局1986年版，第680页。

自晚唐五代至北宋以来，以温韦晏柳为代表的婉约词的题材内容，大凡送别念远、相思怀旧，时常以"多情士子"的身份抒写男女情感生活，很少涉及亲情与友情。苏轼借助婉约词长于抒情的特性，将自己的一腔深情厚谊融入词中，开拓了婉约词歌咏友情与亲情的先河。如苏轼在密州太守任上写的《江城子·乙卯正月十二日夜记梦》：

十年生死两茫茫，不思量，自难忘。千里孤坟，无处话凄凉。纵使相逢应不识，尘满面，鬓如霜。夜来幽梦忽还乡。小轩窗，正梳妆，相顾无言，惟有泪千行。料得年年肠断处，明月夜，短松冈。

该词以怀人的笔法抒写词人对亡妻的刻骨怀念，表达了对妻子至死不渝的爱情。这首悼亡词中，苏轼将文人仕途坎坷、理想怀抱难以施展时，郁结于胸的凄凉孤寂之情，通过迷离恍惚的梦境，抒写与妻子十年间的生死相别，让人在"情爱"之中，感受到一种更为深沉沧桑的人生悲慨，遂成千古绝唱。再如脍炙人口的名作《水调歌头·明月几时有》：

明月几时有，把酒问青天。不知天上宫阙，今夕是何年。我欲乘风归去，又恐琼楼玉宇，高处不胜寒。起舞弄清影，何似在人间。转朱阁，低绮户，照无眠。不应有恨，何事长向别时圆。人有悲欢离合，月有阴晴圆缺，此事古难全。但愿人长久，千里共婵娟。

苏轼在词题中曰："丙辰中秋，欢饮达旦，大醉。作此篇，兼怀子由"，丙辰（神宗熙宁九年即 1076 年）中秋，苏轼为密州太守，时年 41 岁。与其弟子由已经六七年未曾谋面了。二人不仅有手足情谊，而且他们之间谈诗论艺，有共同理想与追求，值此中秋之夜，见月怀人，以期慰藉对亲人的思念，乃人情之常。苏轼此词将手足之情和对国事忧心忡忡的心情交织在一起，"缠绵悱恻之思，愈转愈曲，愈曲愈深。忠爱之思，令人

第四章 深拓期的建树（北宋中后期—北、南宋之交）

玩味不尽"① 将思念之情和对国事之忧心忡忡交织在一起，结句"但愿人长久，千里共婵娟"情思又荡开一层，推己及人，广为流传。又如苏轼离杭州回汴京时寄赠友人参寥子的《八声甘州》：

有情风万里卷潮来，无情送潮归。问钱塘江上，西兴浦口，几度斜晖。不用思量今古，俯仰昔人非！谁似东坡老，白首忘机。记取西湖西畔，正春山好处，空翠烟霏。算诗人相得，如我与君稀。约他年东还海道，愿谢公雅志莫相违。西州路，不应回首，为我沾衣。

参寥是位僧人，他与苏轼有着真挚的友谊。苏轼贬黄州，参寥不远两千里相随；后来苏轼贬海南，参寥又欲过海相从，足见两人情谊之厚重。此词正是抒写了这种在波澜起伏的宦海中难能可贵的珍贵友情，"算诗人相得，如我与君稀"体现了苏轼深于"情"、笃于"情"的性格气质，正如近人郑文焯曰："是作从至情流出，不假熨贴之工"②。苏轼为人心胸豁达，真挚淳厚，奖掖晚辈，广交朋友。但宦海波涛，人生沉浮使他与友人时常因升迁而辗转漂泊江湖，朋友之间有过短暂的欢聚，重逢的喜悦，离别的怅惘，深挚的思念。如他遥寄友人孙巨源："别来三度，孤光又满，冷落共谁同醉。卷珠帘、凄然顾影，共伊到明无寐"（《永遇乐·孙巨源》）；送别友人陈襄："使君能得几回来，便使尊前醉倒更徘徊"（《虞美人·为杭守陈述古作》）；"今夜残灯斜照处，荧荧，秋雨晴时泪不晴"（《南乡子·送述古》）；与友人杨元素相送："偶然相聚还离索，多病多愁，须信从来错。尊前一笑未辞却，天涯同是伤沦落"（《醉落魄·席上呈元素》）；等等，若没有彼此间深切了解与深厚情谊，怎能抒写出如此

---

① （清）黄苏：《蓼园词选》，见尹志腾校点《清人选评词集三种》，齐鲁书社1988年版，第86页。
② 郑文焯：《手批东坡乐府》，引自龙榆生编选《唐宋名家词选》，上海古籍出版社1980年版，第121页。

婉转动人的词篇。

咏物是苏轼婉约词的又一开拓内容。"词中咏物并非创始于苏轼，《花间》词人就已开始尝试"①，然图形写貌，以逞才情，意在"聊资四座之欢"。如李子正《减兰》咏梅词序中记载：

又况风姿雨质，晓色暮云，日边月下之娇娆，雪里霜中之艳冶。初开微绽，欲落惊飞；取次芬芳，无非奇绝。锦囊佳句，但能仿佛芳姿；皓齿清歌，未尽形容雅态。追惜花之余恨，舒乐事之余情。试缀芜词，编成短阕，曲尽一时之景，聊资四座之欢。

词人咏物描绘梅花的"芳姿""雅态""娇娆""艳冶"，就写物态、物象的形似而言，曲尽其妙，意在"聊资四座之欢"。东坡借婉约词咏物，不仅内容广泛，诸如咏季候、月色、海潮、雪、凌霄花、红棉花、鸿雁、红梅、琴、茶、荷等，共有三十多首，所咏的物景，从草木、花卉、禽鸟、天象，无所不包，而且，赋予所咏之物以人的生命和情感的特征，使物象既不脱离它自身的形体特征，又具有人的情感生命，物之形与人之情浑融为一。如苏轼的《水龙吟·次韵章质夫杨花词》堪称代表：

似花还似非花，也无人惜从教坠。抛家傍路，思量却是、无情有思。萦损柔肠，困酣娇眼，欲开还闭。梦随风万里，寻郎去处，又还被，莺呼起。不恨此花飞尽，恨西园，落红难缀。晓来雨过，遗踪何在？一池萍碎。春色三分，二分尘土，一分流水。细看来，不是杨花、点点是离人泪。

---

① 牛峤《梦江南》二首，分别咏双燕、咏鸳鸯："衔泥燕，飞到画堂前。占得杏梁安稳处，体轻惟有主人怜。堪羡好姻缘。""红绣被，两两间鸳鸯。不是鸟中偏爱尔，为缘交颈睡南塘。全胜薄情郎。"这里借咏双燕、鸳鸯表达痴情女子的相思哀怨。参见曾昭岷、王兆鹏等：《全唐五代词》，中华书局1999年版，第506页。

该词"次韵"压倒原作,其精妙之处在于:词人赋予杨花以思妇的生命、情感,杨花既不完全脱离它原有的形态特征,同时又具有思妇的女性情感,使得形与神、物态与人情在若即若离、似与不似之间。沈谦《填词杂说》认为此词"幽怨缠绵,直是言情,非复赋物",甚有见地。类似的有《贺新郎》(乳燕飞华屋)咏石榴,也是把石榴花看作有情感生命的幽独佳人,佳人与石榴合为一体,"是花是人,婉曲缠绵,耐人寻味"①。《荷花媚》(霞苞露荷碧)咏荷花,"天然地、别是风流标格",《定风波》(好睡慵开莫厌迟)咏红梅,"尚余孤瘦雪霜姿",《卜算子》(缺月挂疏桐)咏孤鸿,"拣尽寒枝不肯栖,寂寞沙洲冷"等,这些咏物之作词境空灵蕴藉,托意高远,在苏轼婉约词中颇有造诣。另外,苏轼的婉约词还表现农村生活和田园风光,词情婉转,清丽妩媚,如他在徐州任上写的《浣溪沙》(徐门石潭谢雨,道上作五首):

照日深红暖见鱼,连溪绿暗晚藏乌。黄童白叟聚睢盱。麋鹿逢人虽未惯,猿猱闻鼓不须呼。归家说与采桑姑。

(其一)

旋抹红妆看使君,三三五五棘篱门。相挨踏破茜罗裙。老幼扶携收麦社,乌鸢翔舞赛神村。道逢醉叟卧黄昏。

(其二)

麻叶层层苘叶光,谁家煮茧一村香。隔篱娇语络丝娘。垂白杖藜抬醉眼,捋青捣䴷软饥肠。问言豆叶几时黄。

(其三)

簌簌衣巾落枣花,村南村北响缲车。牛衣古柳卖黄瓜。酒困日长惟欲睡,日高人渴谩思茶。敲门试问野人家。

(其四)

---

① (清)黄苏:《蓼园词选》,见尹志腾校点《清人选评词集三种》,齐鲁书社1988年版,第132页。

软草平莎过雨新，轻沙走马路无尘。何时收拾耦耕身？日暖桑麻光似泼，风来蒿艾气如熏。使君元是此中人。

（其五）

苏轼以清新之笔，描绘了农村的自然风情，清丽婉转。不仅人物形象有黄童、白叟、采桑姑、卖瓜者等生动活泼，各肖其志，还有缫丝、赛神、观使君等多幅风俗画面，洋溢着浓郁的生活气息和泥土芳香。这些清新可喜的农村风情，也拓展了婉约词的传统题材内容，给婉约词的艺术创作带来了清新活泼的生动气息。

（二）格调与意境方面

苏轼的婉约词格调高雅，意境高妙，寄托深远。正如缪钺先生所言："凡第一流之诗人，多有理想，能超脱，用情而不溺于情，赏物而不滞于物，沉挚之中，有轻灵之思，缠绵之内，具超旷之致，言情写景，皆从高一层着笔"①，同样是抒写艳情丽事的婉约词，苏轼能洗尽铅华得以高雅超逸。试读下面两首词：

冰肌玉骨，自清凉无汗。水殿风来暗香满。绣帘开、一点明月窥人，人未寝，欹枕钗横鬓乱。起来携素手，庭户无声，时见疏星渡河汉。试问夜如何？夜已三更，金波淡、玉绳低转。但屈指、西风几时来，又不道流年，暗中偷换。

（《洞仙歌》）

明月如霜，好风如水，清景无限。曲港跳鱼，圆荷泻露，寂寞无人见。紞如三鼓，铿然一叶，黯黯梦云惊断。夜茫茫、重寻无处，觉来小园行遍。天涯倦客，山中归路，望断故园心眼。燕子楼空，佳人何在，空锁楼中燕。古今如梦，何曾梦觉，但有旧欢新怨。异时对、

---

① 缪钺：《缪钺说词》，上海古籍出版社1999年版，第138页。

## 第四章 深拓期的建树（北宋中后期—北、南宋之交）

黄楼夜景，为余浩叹。

（《永遇乐·徐州梦觉，北登燕子楼作》）

《洞仙歌》中所描绘的女子形象，冰肌玉骨，高雅清绝，没有太多的脂粉气和轻佻感。词中的情事也和孟昶与花蕊夫人的风流本事相异其趣，显然，已经脱离了原型而成为词人理想情趣的化身，借以抒写"但屈指、西风几时来，又不道流年，暗中偷换"的人生感慨。《永遇乐》中关于唐节度使张建封与侍妾关盼盼的情事，仅用"燕子楼空，佳人何在，空锁楼中燕"十三字加以提炼，略去了男女之间缠绵情爱的刻画，却用大量篇幅描写作者夜宿燕子楼时极为清幽寂寥的夜景及其睹物怀人、因思成梦的心境。这正所谓"用事不为事所使"①，"贵神情，不贵迹象也"②。于情景交融中自然地引出这古往今来多少的旧欢新怨，"人生代代无穷已"的浩叹。这两首词意境缥缈悠远，那星移斗转、淡月斜河，好风如水、圆荷泻露，极其幽静的景物易引起人们的无穷遐思，而在这广袤宇宙运转变化之中所带来的流年偷换、古今如梦的人生浩叹则自然而然地含蕴于其中。古今如此绮艳的男女情事，经过作者的重塑，格调显得冰清玉洁、超尘脱俗的艺术格调。又如《贺新郎》：

乳燕飞华屋。悄无人、桐阴转午，晚凉新浴。手弄生绡白团扇，扇手一时如玉。渐困倚、孤眠清熟。帘外谁来推绣户，枉教人、梦断瑶台曲。又却是、风敲竹。石榴半吐红巾蹙。待浮花浪蕊都尽，伴君幽独。秾艳一枝细看取，芳心千重似束。又恐被、秋风惊绿。若待得君来，向此花前，对酒不忍触。共粉泪，两簌簌。

---

① 夏承焘：《词源注》，人民文学出版社 1963 年版，第 19 页。
② 郑文焯：《手批东坡乐府》，引自龙榆生编选《唐宋名家词选》，上海古籍出版社 1980 年版，第 107 页。

这里值得注意的是，苏轼着意刻画的是美人的高洁幽独和石榴花的不与"浮花浪蕊"为伍，烘托出一种高雅清绝的氛围，全无一点脂粉气和世俗气，且花与美人共有的迟暮凋残的命运亦寄寓着一份深切的"感士不遇"。因此，词中的石榴花被赋予了人格化，那位孤寂超俗的美人也不是现实生活中的女子，而是经由作者孕育塑造出的艺术形象，寄托着词人对理想人格的向往与现实人生的悲慨。苏轼写于黄州时的《卜算子·黄州定慧院寓居作》，盛得前人赞誉的名作：

缺月挂疏桐，漏断人初静。谁见幽人独往来，缥缈孤鸿影。惊起却回头，有恨无人省。拣尽寒枝不肯栖，寂寞沙洲冷。

清人黄蓼园评曰："此东坡自写在黄州寂寞耳。初从人说起，言如孤鸿之冷落；第二阕专就鸿说起，语语双关。格奇而语隽，斯为超诣神品。"[①] 词中这只缥缈独立、卓然不群的"孤鸿"，实际上正是贬官黄州，不为人理解，但孤高自赏，不与世俗同流的词人的自我写照。"拣尽寒枝不肯栖，寂寞沙洲冷"两句便是这种孤高不凡精神品格的体现。苏轼的婉约词将超凡脱俗的物象与内心深沉浩茫的意绪浑化融合在一起，以致"语意高妙，似非吃烟火食人语。非胸中有万卷书，笔下无一点尘俗气，孰能至此？"[②] 以温韦晏柳为代表的传统婉约词是难与其比肩的。

值得肯定的是，在情调、意蕴方面，苏轼的婉约词也使人耳目一新。苏轼的婉约词不注重对客观物象的精美刻画，不沉溺于男女情态的细致描绘，只以疏笔勾勒意象，而以情感生命的起伏流动贯注于中，使外在之物象与内心之情性达成一种和谐共振之美，其流转如珠，毫无阻隔，给人以一气贯注之感。与那些纵横挥洒、舒卷自如的"豪放"词一样，苏轼在

---

① （清）黄苏：《蓼园词选》，见尹志腾校点《清人选评词集三种》，齐鲁书社1988年版，第21页。
② （宋）黄庭坚：《豫章黄先生文集·跋东坡乐府》卷二六。

婉约词中也注入了他鲜活的个性气质，赋予意象以情感生命与理想寄托，从而使词境显得空灵蕴藉又极富理想色彩，"如春花散空，不着迹象"①，显示出生动的情调气韵，其间浸润着士大夫文人的高雅脱俗的审美情趣。另外，苏轼的婉约词追求用语的文雅，具体表现为：化繁为简、化浓为淡和变俗为雅。化繁为简，表现在苏轼婉约词喜用白描手法，白描最显著的特征，即是疏笔勾勒，不堆砌辞藻，寥寥几笔便形神兼备，情韵悠远；化浓为淡，则相对于传统婉约词语言着色浓艳、辞藻华丽的特色，表现为选用清新秀雅的词语，抒情写意；至于变俗为雅，则是苏轼针对语言俚俗，把诗歌的语言、句法引入婉约词中，如上举《水龙吟》咏杨花的许多词句，就是对唐人诗句的"夺胎换骨"：

> 东坡和章质夫杨花词云："思量却是，无情有思"，用老杜"落絮游丝亦有情"也。"梦随风万里，寻郎去处，依前被、莺呼起"，即唐人诗云："打起黄莺儿，莫教枝上啼。几回惊妾梦，不得到辽西。""细看来不是、杨花点点、是离人泪"，即唐人诗云："时人有酒送张八，惟我无酒送张八。君看陌上梅花红，尽是离人眼中血。"皆夺胎换骨乎。
> 　　　　　　　　　　　　　（宋·曾季狸《艇斋诗话》）

这些"夺胎换骨"的词句，连同一些用典入词，渲染了"苏轼婉约词中的书卷气"②，体现出士大夫文人的文化品位。

回顾北宋中后期词坛的历史演变，"豪放词的数量较少，扩展成一大宗派是在入南宋后"③，而婉约词依旧占据着词坛的主导地位。苏轼婉约词的创作不仅在数量上超过他的豪放词，且在质量上也颇有交口赞誉的佳

---

① 夏敬观：《映庵手批东坡词》，引自龙榆生编选《唐宋名家词选》，上海古籍出版社1980年版，第126页。
② 王兆鹏：《唐宋词史论》，人民文学出版社2000年版，第148页。
③ 刘扬忠：《唐宋词流派史》，福建人民出版社1999年版，第259页。

作。如《词苑丛谈》云:"苏子瞻有铜琶铁板之讥,然《浣溪沙》春词曰:'彩索身轻常趁燕,红窗睡重不闻莺'如此风调,令十八女郎歌之,岂在'晓风残月'之下?"①张炎《词源》认为苏轼《水龙吟》《卜算子》《洞仙歌》等词,"皆清丽舒徐,高出人表"②,柳永、秦观、周邦彦、姜夔皆是南、北宋婉约词的名家,苏轼某些以婉约见长的词,不但不逊于他们,且时有过之,如《艺苑卮言》曰:"昔人谓铜琵琶,铁绰板,唱苏学士大江东去;十七八岁好女子,唱柳屯田'杨柳岸,晓风残月',为词家三昧。然学士此词,亦自雄壮,感慨千古,果令铜琵琶于大江奏之,必能使江波鼎沸;至咏杨花《水龙吟》,又进柳妙处一层矣。"③陈廷焯亦说:"东坡词寓意高远,运笔空灵,措语忠厚,其独到处,美成、白石亦不能到。"④王国维在《人间词话》中称誉东坡,"咏物之词,自以东坡《水龙吟》为最工"。苏轼的婉约词在题材内容与情调意蕴方面的深化与拓展,使传统意义上的婉约词由男女艳情的单一层面,渐次渗透和融入文人学士的品性、修养与襟怀等情感层面,进而体悟世事人生,步入情感体验的多维空间,这正是苏轼婉约词的艺术魅力所在。"词体之尊,自东坡始"⑤,苏轼婉约词对推尊词体的文学地位,也有不容忽视的功绩。南北宋交替之际,女词人李清照在词中注入家国之恨与身世之慨,使婉约词的抒情内容中增强了时代感和社会生活,这与苏轼的影响也有关。

---

① (清)徐釚:《词苑丛谈》卷四,唐圭璋校注,上海古籍出版社1981年版,第70页。
② 夏承焘:《词源注》,人民文学出版社1963年版,第30页。
③ (明)王世贞:《艺苑卮言》,见唐圭璋编《词话丛编》,中华书局1986年版,第387页。
④ (清)陈廷焯:《白雨斋词话》卷一,见唐圭璋编《词话丛编》,中华书局1986年版,第3783页。
⑤ 陈洵:《海绡说词》,见唐圭璋编《词话丛编》,中华书局1986年版,第4837页。

## 第二节　女词人李清照的独特贡献

在宋代由男性词人群体占统治地位的词坛上，李清照的婉约词以一个女性作家特有的细腻而敏锐的艺术个性，由"男子而作闺音"到"闺音"发自女性自身，寻求自己的"话语权"，切身感受和抒写了宋代政局动乱中人事沧桑之感与身世沉沦之叹。也招致如宋人王灼"自古缙绅之家能文妇女，未见如此无顾忌也"①的诋毁。李清照的婉约词在宋代词坛上绽放出一朵与众不同的艺术之花。若要进一步体认她与众不同的创作倾向与婉约词的审美意蕴所在，离不开李清照的创作实践与《词论》中的词体观念。

### 一、词"别是一家"的内涵与特性

从晚唐、五代延及北、南宋之交的女词人李清照，婉约词的艺术创作已有三百年左右的历史，也已为词体观念的系统总结提供了实践基础。就论词者而言，由于零散纪事之语多而系统纵论者少，"对作家作品微观评价多而着眼于词体历史发展的宏观研究少"②。李清照《词论》可说是"我国古代第一篇系统的词学专论"③。南宋胡仔《苕溪渔隐丛话·后集》（卷三十三）及魏庆之《诗人玉屑》（卷二十一）均录之④：

---

① （宋）王灼：《碧鸡漫志》卷二，见唐圭璋编《词话丛编》，中华书局1986年版，第88页。原是王灼讥讽李清照的话语，却从反面证实了女词人李清照创作的与众不同之处。
② 张廷杰：《宋词艺术论》，研究出版社2002年版，第249页。
③ 张毅主编：《宋代文学研究》下，北京出版社2001年版，第928页。
④ 两家所录，文字略有不同，此从胡仔《苕溪渔隐丛话·后集》卷三十三，人民文学出版社1981年版，第254页。

乐府、声诗并着，最盛于唐。开元、天宝间，有李八郎者，能歌擅天下。时新及第进士开宴曲江。榜中一名士先召李，使易服隐姓名，衣冠故敝，精神惨沮，与同之宴所，曰："表弟愿与坐末。"众皆不顾。既酒行乐作，歌者进，时曹元谦、念奴为冠。歌罢，众皆咨嗟称赏。名士忽指李曰："请表弟歌。"众皆哂，或有怒者。及转喉发声，歌一曲，众皆泣下，罗拜曰："此李八郎也。"自后郑、卫之声日炽，流靡之变日烦，已有《菩萨蛮》《春光好》《莎鸡子》《更漏子》《浣溪沙》《梦江南》《渔父》等词，不可遍举。

五代干戈，四海瓜分豆剖，斯文道熄。独江南李氏君臣尚文雅，故有"小楼吹彻玉笙寒""吹皱一池春水"之词。语虽奇甚，所谓"亡国之音哀以思"者也。

逮至本朝，礼乐文武大备。又涵养百余年，始有柳屯田永者，变旧声作新声，出《乐章集》，大得声称于世。虽协音律，而词语尘下。又有张子野、宋子京兄弟、沈唐、元绛、晁次膺辈继出，虽时时有妙语，而破碎何足名家。至晏元献、欧阳永叔、苏子瞻，学际天人，作为小歌词，直如酌蠡水于大海，然皆句读不葺之诗尔，又往往不协音律者。何耶？盖诗文分平侧，而歌词分五音，又分五声，又分六律，又分清浊轻重。且如近世所谓《声声慢》《雨中花》《喜迁莺》，既押平声韵，又押入声韵。《玉楼春》本押平声韵，又押上、去声，又押入声。本押仄声韵，如押上声则协，如押入声则不可歌矣。王介甫、曾子固文章似西汉，若作一小歌词，则人必绝倒，不可读也。乃知别是一家，知之者少。后晏叔原、贺方回、秦少游、黄鲁直出，始能知之。又晏苦无铺叙；贺苦少典重；秦即专主情致，而少故实，譬如贫家美女，虽极妍丽丰逸，而终乏富贵态；黄即尚故实，而多疵病，譬如良玉有瑕，价自减半矣。①

---

① 关于《词论》的写作年代与真伪问题，大多数研究者将其定为是李清照作于南渡前未经丧乱之时。

首先，李清照《词论》开篇举出唐代歌者李八郎"转喉发声""众皆泣下"的故事，来说明词与歌唱的密切关系，"借此总摄全文"①，即强调词体音律的重要性，这也是目前学界的共识。《词论》特别区分了词之音律与诗之格律的不同，"盖诗文分平侧，而歌词分五音，又分五声，又分六律，又分清浊轻重"。李清照认为，诗不须合乐，只讲平仄即可；词则配乐协律，须讲究"五音""五声""六律""清浊轻重"，"使词的声律与乐曲的腔调吻合，以达到合乐可歌的艺术效果"②，这样才不至于丧失其音乐的感染力。李清照立足于音律以区分诗词，提出词"别是一家"，主要是维护词体的合乐可歌的基本特性。

其次，《词论》中回顾词史的发展状况，提出了关于论词的六个标准：一、协律；二、高雅；三、浑成；四、典重；五、铺叙；六、故实，这不仅体现着词"别是一家"的内涵，而且，从词体的音乐性与文学性两方面来把握其特性。李清照认为词发展到北宋晏殊、欧阳修、苏轼等，对于词"别是一家"仍然是"知之者少"，而其后"晏叔原、贺方回、秦少游、黄鲁直出"，"始能知之"。她论及晚唐五代至北宋的诸词家，并将其分为"知之"与"不知"两大类。其间，李清照称赞柳词协律，"变旧声作新声"，"大得声称于世"，还指出柳永所以有这种成就，是北宋建国一百多年涵养所至，揭示了词"尚协律"的社会文化背景。然而，柳词"虽协音律，而词语尘下"，语言俚俗，格调不高，词人柳永被李清照归入"不知"一类。由此可知，词"别是一家"不仅是专就音律而言，而且还重视词体创作的文学性，两方面缺一不可。唯其如此，李清照对"知之"的这类词家也逐一指出他们创作中的不足之处：

> 又晏苦无铺叙；贺苦少典重；秦即专主情致，而少故实，譬如贫家美女，虽极妍丽丰逸，而终乏富贵态；黄即尚故实，而多疵病，譬

---

① 夏承焘：《李清照词的艺术特色》，载《文学评论》，1961年第4期。
② 方智范等：《中国词学批评史》，中国社会科学出版社1994年版，第62—63页。

如良玉有瑕，价自减半矣。

这里"铺叙""典重""主情致""尚故实"，又体现出词"别是一家"理论对词体文学性的艺术规范。对此，如何予以认识、理解与评价呢？近年来，有研究者在思想内容、艺术风格和表现形式等方面将这些艺术规范加以划分："尚故实，是指注重词体的思想内容，主情致，则讲究形象美；词体的风格必须典重、高雅；表现方法上，要擅铺叙；词境必浑成，反对破碎，以构成一个完美的艺术整体。"① 还有研究者将其归纳为："高雅、典重，属于词品；尚故实，属于词的传统继承；尚铺叙、求浑成，属于词的意法。"② 其间，对具体的艺术规范给予了充分的研究。可以表明，词"别是一家"是在充分尊重词之音乐性的前提下，从音乐和文学两方面提出论词的审美标准："协律、高雅、浑成、典重、铺叙、故实"，从而使词有别于诗，自成一体。

最后，李清照在《词论》中对五代至北宋诸家词人加以评述，多指摘其短，引起词学界的责难。如南宋胡仔认为"易安历评诸公歌词，皆摘其短，无一免者，此论未公，吾不凭也。其意盖自谓能擅其长，以乐府名家者"③。裴畅甚至认为李清照："自恃其才，藐视一切，语本不足存。第以一妇人能开此大口，其妄不待言，其狂亦不可及也。"④ 其实，这些责难有失公允。女词人李清照是在词"尚协律"的核心尺度下，评述各家的长短得失，言辞之间虽不无尖锐之意，但对于表达她重视词体音律的主旨，同时强调婉约词的艺术规范来讲，并非"妄言"。尤其是李清照对

---

① 施议对：《李清照的〈词论〉研究》，见《文学评论》编辑部编《文学评论丛刊》第 7 辑，中国社会科学出版社 1980 年版，第 82—84 页。
② 邱世友：《词论史论稿》，人民文学出版社 2002 年版，第 26—32 页。
③ （宋）胡仔：《苕溪渔隐丛话》后集卷三十三，人民文学出版社 1981 年版，第 255 页。
④ （清）冯金伯：《词苑萃编》卷九，引裴畅语，见唐圭璋编《词话丛编》，中华书局 1986 年版，第 1972 页。

## 第四章 深拓期的建树（北宋中后期—北、南宋之交）

北宋苏轼的批评：

> 至晏元献、欧阳永叔、苏子瞻，学际天人，作为小歌词，直如酌蠡水于大海，然皆句读不葺之诗尔，又往往不协音律者。

由于李清照所处的北宋后期的词坛，对词之音律的精研和讲究，已非北宋初、中期晏、欧、苏时可比，大晟府的出现就是一个明显的标志，且作词若不协音律则成长短不齐之诗，而仅守音律，若不区别词与诗在文学创作上各自不同的艺术特性，同样也不能称为好词，"是著腔子唱好诗"①。若就当时的创作实践而论，李清照对北宋苏轼等人的批评，也是很自然的事。音乐赋予词体独特的艺术个性，是词区别于诗、文最显著的标记，但也给词体文学的艺术创作带来了一定的难度。宋初的词调还不丰富，夏承焘先生在《唐宋词字声之演变》一文中指出："大抵自民间词入士大夫手中之后，飞卿已分平仄，晏、欧稍辨去声，三变偶谨入声，清真遂臻精密。"② 至北宋后期，词体的音乐性才日渐成熟。那么，立足于艺术创作而言，苏轼"但豪放不喜裁剪以就声律"③ 的创作个性，使其词也确实存在着不协音律的现象。即便是妙解音律被词家奉为圭臬的大晟府提举周邦彦，其词虽在李清照看来，"无可指摘"④，却在宋季张炎看来"而于音谱，且间有未谐"。由此可知，作词真正达到"协音律"，实非易事，这点是李清照《词论》中所没有料想到的，诚如张炎在《词源》中说："词之作必须合律，然律非易学"，"今词人才说音律，便以为难"⑤。

总之，李清照提出词"别是一家"的内涵与特性，是在于强调词之

---

① （宋）吴曾：《能改斋漫录》卷十六，上海古籍出版社1979年版，第469页。
② 唐圭璋：《唐宋词论丛》，古典文学出版社1956年版，第68页。
③ （宋）陆游：《老学庵笔记》卷五，见上海古籍出版社编《宋元笔记小说大观》，上海古籍出版社2001年版，第3447页。
④ 徐永瑞：《谈谈李清照的〈词论〉》，载《文学遗产》，1980年第1期。
⑤ 夏承焘：《词源注》，人民文学出版社1963年版，第26页。

音律的主旨同时，对词体的特性即音乐性与文学性的双重理解和把握。她以此历评五代、北宋诸公，持论之高，语气之尖锐，这本身就显见她不囿成见、独立思考的精神，正如缪钺先生所言："李易安评骘诸家，持论甚高……此非好为大言，以自矜重，盖易安孤秀奇芬，卓有见地，故掎摭利病，不稍假借，虽生诸人之后，不肯模拟任何一家。"① 李清照《词论》中所体现的卓有见地，是这位女词人对婉约词发展的独特贡献。

**二、李清照婉约词中的女性情感与生命体验**

李清照作为中国文学史上杰出的女词人，她是继苏轼之后，中国传统文化孕育出的又一个集多种文化素养于一身的典型人物。"《漱玉词》原有一卷本、三卷本和五卷本，今以王学初（仲闻）本《李清照集校注》所收为审慎。"② 李清照流传下来的词作虽不多，却以其丰厚的文化蕴含、卓异的个性风采，正为我们揭示出以特定社会时代为背景的女性自我真实的情感世界，体现了一个身世飘零、坎坷艰辛的女词人的内心渴望、苦闷、痛苦与追求，及其所产生的独特的审美情感，成为在宋代婉约词之"词家大宗"③。清人王士禛《花草蒙拾》中推称"婉约以易安为宗"，虽未必妥当，而认为李清照的婉约词"难乎为继"④ 却是很有见地的。本书从李清照的女性文人身份入手，对其词中抒写细微而真切的女性自我情怀，所塑造的极富个性的女性形象以及情韵细美的词境等层面加以探讨，从而真正贴近和步入李清照婉约词所展现的女性自我的情感世界与真实

---

① 缪钺：《诗词散论》，上海古籍出版社 1982 年版，第 170 页。
② 王仲闻：《李清照集校注》，人民文学出版社 1979 年版，第 1—2 页。
③ （清）陈廷焯：《白雨斋词话》卷六："两宋词家各有独至处，流派虽分，本原则一，唯方外之葛长庚，闺中李易安，别于周、秦、姜、史、苏、辛外，独树一帜，而亦无害其为佳，可谓难矣。"见唐圭璋编《词话丛编》，中华书局 1986 年版，第 3911 页。
④ 陈祖美：《读李清照词心解》，载《文学评论》，1982 年第 4 期。

的生命体验。

（一）真实的女性形象与生命体验

相对于传统男性文人往往为歌女代言，模拟女性口吻，揣想女性瞬间的情态，李清照却以女性文人的独特身份在词作中塑造女性的自我形象，展示身处特定社会历史境遇中的女性真实而深沉的内心情感。词作为音乐与文学相结合的独特的抒情诗体，从晚唐五代花间词延续至北宋词坛，词中抒写离情别绪、闺怨情思就几乎成了文人词不变的主题，也与女性结下了不解之情缘。在男性作家一统词坛的局面下，文人词中存在着"男子作闺音"的特殊现象，即男性创作主体往往通过塑造"女性的形象"婉转曲折地抒写"男子的情怀"，它体现着传统男性文人的审美理想与价值取向。这种形象与情感的错叠，却使读者难以触及词中女性自我真实的情感世界和生命体验。试看两位男性文人的词作：

寸寸柔肠，盈盈粉泪。楼高莫近危栏倚。平芜尽处是春山，行人更在春山外。

（欧阳修《踏莎行》下片）

不忍登高临远，望故乡渺邈，归思难收。叹年来踪迹，何事苦淹留。想佳人、妆楼颙望，误几回、天际识归舟。怎知我、倚阑干处，正恁凝愁。　　　　　　（柳永《八声甘州》下片）

上举欧阳修和柳永之词，两人都是以漂泊羁旅的行者口吻，推想和揣度闺中佳人思念盼归的心情。两词中用情不可谓不深，表意不可谓不曲。但从女性的视角深味之，终觉此情境实乃经过了男性文人审美情感的过滤，在推想和揣度中似有一层隔膜之感。再看李清照的《一剪梅》：

红藕香残玉簟秋，轻解罗裳，独上兰舟。云中谁寄锦书来，雁字回时，月满西楼。花自飘零水自流，一种相思，两处闲愁。此情无计可消除，才下眉头，却上心头。

李清照这首词很注重对于女子内心情感的真切刻画。词作以平淡清浅之语，抒写伉俪情深却无奈别离的怅惘孤寂之情。其中，"一种相思，两处闲愁"，"才下眉头，却上心头"，把抒情女主人公那缠绵婉笃的真挚爱情和相思之苦抒写得淋漓尽致。当然，这里无意将欧阳修与柳永之作与李易安此词较优劣，而是单从词作抒写女性内心细腻真实、含蓄深婉的情感世界来看，李清照的婉约词无疑更具有"不隔"的情感体验，真正唱出了"闺情绝调"。同时，李清照以词体为抒情写意的工具，真切地抒写女性自我的情爱生活，于是，词作中的女性形象大都是具有率真而深挚的情感特征。如《点绛唇》中："和羞走，倚门回首，却把青梅嗅"，描写青春少女的羞涩与渴求；《减字木兰花》中"怕郎猜道、奴面不如花面好。云鬓斜簪，徒要教郎比并看"，刻画出一个沉浸在爱意中女子的柔情与娇态；《蝶恋花》中："暖雨晴风初破冻，柳眼梅腮，已觉春心动"，抒写女性的情感渴望；《小重山》中："两年三度负东君，归来也，着意过今春"，表达出女子期盼着丈夫早日归来，携手赏春的美好愿望。在南渡之前的词作中，李清照抒写女子离情别思，最为著名的是《醉花阴·重阳》：

薄雾浓云愁永昼，瑞脑销金兽。佳节又重阳，玉枕纱厨，半夜凉初透。东篱把酒黄昏后，有暗香盈袖。莫道不销魂，帘卷西风，人比黄花瘦。

据元代伊世珍《琅嬛记》卷中记载了关于这首词的一段故事："易安以重阳《醉花阴》词函致明诚。明诚叹赏，自愧弗逮，务欲胜之。一切谢客，忘食忘寝者三日夜，得五十阕，杂易安作，以示友人陆德夫。德夫玩之再三，曰：'只三句绝佳。'明诚诘之，答曰：'莫道不销魂，帘卷西风,人比黄花瘦。'正易安作也。"① 赵明诚与李清照夫妇两人志趣相投,相互爱慕,多年的婚姻生活使他们之间建立起深厚的伉俪情意,她将女性的情爱生活亦全部倾注于自己的词作中,其情感体验之真切与深厚也就非一般男性文人所能比。这首词就细致地刻画了婉转清雅的思妇情怀,尤其是"莫道不销魂,帘卷西风,人比黄花瘦"。结句将人和黄花作比,也只有女性作者才能有此独到的感受:思妇的心境与黄花的命运极为相似,黄花之飘零,形象地表达了深闺女子的年华流逝,一个"瘦"字真切地体现出情爱之深与相思之苦。难怪清人陈廷焯《云韶集》中称赏曰:"李易安词,风神气格,冠绝一时。"②

北宋靖康之乱,李清照的生活受到巨大的冲击,她从闺阁生活中被投置于流浪漂泊之中。在转徙流亡中他们夫妇珍爱的金石书画毁于一旦,又遭罹丈夫突然病故的打击,从此,她孑然一身,漂泊于江浙一带。以南渡为界,李清照身经国破、家亡与夫死的凄惨遭遇,她后期的词作在回忆与现实的今昔对照中,展示了一个饱经忧患、漂泊无依、凄清悲苦的嫠妇形象。《永遇乐·元宵》是她南渡至建康时的代表作品:

落日镕金,暮云合璧,人在何处。染柳烟浓,吹梅笛怨,春意知几许。元宵佳节,融和天气,次第岂无风雨。来相召,香车宝马,谢他酒朋诗侣。中州盛日,闺门多暇,记得偏重三五。铺翠冠儿、捻金雪柳、簇带争济楚。如今憔悴,风鬟霜鬓,怕见夜间出去。不如向,帘儿底下,听人笑语。

这首词歌咏元宵佳节的盛况,在今昔对比中抒写女主人公物是人非、

---

① (元)伊世珍:《琅嬛记》,见徐釚《词苑丛谈》卷三,人民文学出版社1998年版,第146页。
② (清)陈廷焯:《云韶集》,见唐圭璋编《词话丛编》,中华书局1986年版,第3724页。

凄楚悲伤的内心感受。在中州盛日的回忆中，"偏重三五"的青年女子们，珠翠衣鲜，追逐欢乐，不知风雨为何物，这与"如今憔悴，风鬟霜鬓"却又隔帘听人笑语的老妇之间形成鲜明的形象对照，在貌似平淡的词句之间，却蕴含着太多欲说还休的苍凉悲苦。经历了南宋灭亡惨变的刘辰翁曾说："余自乙亥上元诵李易安《永遇乐》，为之涕下。今三年矣，每闻此词，辄不自堪。"① 这种家国沦落，夫妻死别等多种悲剧因素合酿出的苦酒，确实令人一饮即醉，长歌当哭。如《声声慢》是李清照这时期的名作：

寻寻觅觅，冷冷清清，凄凄惨惨戚戚。乍暖还寒时候，最难将息。三杯两盏淡酒，怎敌他、晚来风急。雁过也，正伤心，却是旧时相识。满地黄花堆积，憔悴损，如今有谁堪摘。守着窗儿，独自怎生得黑。梧桐更兼细雨，到黄昏、点点滴滴。这次第，怎一个、愁字了得！

历来词论家对这首词评价很高，不仅内容深刻，而且艺术手法高超。如"寻寻觅觅，冷冷清清，凄凄惨惨戚戚"这种艺术技法，"首起十四叠字，超然笔墨蹊径之外。岂特闺帏，士林中不多见也"②。夏承焘先生甚至推敲了整首词的音节，指出："全调97字，而这（舌音和齿音）两声却多至57字，占半数以上，舌齿两声交加重叠，这应是有意用啮齿叮咛的口吻，写自己忧郁惝恍的心情。"③ 可以说，叠字的运用不仅是在形式上形成音韵整饬的美感，而且对词体情感的表达也有影响。梁启超先生曾评论《声声慢》时说："这词是写从早到晚一天的实感，那种茕独牺惶的

---

① （宋）刘辰翁：《须溪词》，吴企明校注，上海古籍出版社1998年版，第345页。
② （明）吴承恩：《花草新编》卷四，见褚斌杰编《李清照资料汇编》，中华书局1984年版，第37页。
③ 夏承焘：《李清照词的艺术特色》，载《文学评论》，1961年第4期。

景况，非本人不能领略；所以一字一泪，都是咬着牙根咽下。"其女梁令娴在《艺蘅馆词选》中写道："家大人云：此词最得咽字诀，清真不及也。"① 可见，这首词运用叠字，表达内心感情的婉转淌咽，为全文定下了基调。其间，以过雁、黄花等自然物象映衬她那份难以将息的悲苦心境：正在飞过的大雁，曾为自己传递书信，是盼望过多少回的老相识，如今国破家亡人逝的境况，过雁只是徒增伤感罢了；还有那些黄花，曾为敏感多情的少妇寄托情思，"人比黄花瘦"的词句，被丈夫真心赏爱，而今在风雨的侵袭下，黄花恰似衰老憔悴的自己，无人怜爱。今昔对照，沉吟至今的诸般苦痛，真是"怎一个愁字了得"！类似的婉约词并不少，又如《清平乐》中"今年海角天涯，萧萧两鬓生华。看取晚来风势，故应难看梅花"；《武陵春》"物是人非事事休，欲语泪先流"；《孤雁儿》中"吹箫人去玉楼空，肠断与谁同倚。一枝折得，人间天上，没个人堪寄"。可以想见，女词人以清新自然、明白如话的语言，真实地抒写女性自我情感生活与生命体验，在回忆和现实的情感交错中，晚年独自体验着深沉悲苦的嫠妇生活。

（二）清雅超逸、深沉忧患的气质与品性

作为一个具有很高文化修养的女词人，李清照勇于冲破封建社会普通女性"女子无才便是德"的禁锢，在《漱玉词》中通过自我形象的刻画，以真实的情爱生活为主题，正视女性自我，同时，由于受到传统文化的熏陶，李清照婉约词中又体现着清雅超逸、深沉忧患的文人气质与风采。

与宋代一般闺门女子受严格的"妇德教育"有所不同，李清照出生在家庭氛围相对宽松开明的生活环境中。其父李格非是当时著名散文家，时人对他的散文，有很高的赞誉："李格非之文，自太史公之后，一人而已。"② 并且，李家与苏门诸君子亦过从甚密，刘克庄《后村诗话》即

---

① 梁令娴：《艺蘅馆词选》乙卷，广东人民出版社1981年版，第90页。
② （宋）韩淲：《涧泉日记》卷下，见《丛书集成初编》。

云:"文叔与苏门诸人尤厚。其殁也,文潜志其墓。"① 而其母王氏属名门闺秀,"亦善文"②。李清照从小就生活在这一文化氛围浓郁的家庭环境中,加之她天资聪慧,"易安自少年,便有诗名,才力华赡,逼近前辈,在士大夫中已不多得"③。可见,除了作为女性的社会身份地位,在宋代无法与男性相比之外,李清照早年在才华、修养及文学造诣上已达到了一般男性文人难以企及的高度。其父曾言:"中郎有女堪传业",借夸赞东汉蔡邕之女蔡文姬,来表达对女儿清照才情造诣的欣慰之情。同时,幸运的是李清照18岁嫁与太学生赵明诚,其夫不仅对她的"清丽其辞,端庄其品"④ 爱赏与敬重,而且夫妻之间以读书为娱乐,一起收集、整理金石书画,还有文学唱和的交流。从《金石录后序》记载中可以看到,李清照的婚姻生活中没有一般官宦贵妇所须恪守的种种清规戒律,他们的婚姻达到了"夫妇擅朋友之胜"⑤ 的理想境界。这种平和谐美的生活环境,使李清照婚前的学识、修养及率真自然的天性能在婚后得以延续和提升。宋人朱弁《风月堂诗话》曰:"赵明诚妻,李格非女也。善属文,于诗尤工。晁无咎多对士大夫称之。"⑥ 李清照不仅得到晁补之等苏门学士的称道,而且清人沈曾植《菌阁琐谈》中指出:"(易安)闺房之秀,固文士之豪也。"⑦

李清照词中那冰清玉洁,淡雅清芬的梅、菊、桂花等自然物象,寄托

---

① (宋)刘克庄:《后村先生大全·诗话》卷一七九。
② (元)脱脱:《宋史·李格非传》卷四四四,中华书局1977年版。
③ (宋)王灼:《碧鸡漫志》卷二,见唐圭璋编《词话丛编》,中华书局1986年版,第88页。
④ (宋)赵明诚:《易安居士画像赞》,《漱玉词》四印斋本。
⑤ (宋)李清照:《金石录后序》,见王仲闻《李清照集校注》,人民文学出版社1979年版,第177页。
⑥ (宋)朱弁:《风月堂诗话》卷上,见褚斌杰编《李清照资料汇编》,中华书局1984年版,第7页。
⑦ (清)沈曾植:《菌阁琐谈》,见唐圭璋编《词话丛编》,中华书局1986年版,第3608页。

着女性文人的审美情趣和追求，体现着清雅超逸、深沉忧患的文人气质。如咏梅花的《玉楼春》（红酥肯放琼苞碎）："不知酝藉几多香，但见包藏无限意"，女词人已将物我合一，以梅之蕴藉多香和梅的超逸品性而自喻。又如《多丽》与《鹧鸪天》二词：

小楼寒，夜长帘幕低垂。恨萧萧、无情风雨，夜来揉损琼肌。也不似、贵妃醉脸，也不似、孙寿愁眉。韩令偷香，徐娘傅粉，莫将比拟未新奇。细看取，屈平陶令，风韵正相宜。微风起，清芬酝藉，不减酴醾。渐秋阑、雪清玉瘦，向人无限依依。似愁凝、汉皋解佩，似泪洒、纨扇题诗。朗月清风，浓烟暗雨，天教憔悴度芳姿。纵爱惜，不知从此，留得几多时。人情好，何须更忆，泽畔东篱。

（《多丽》）

暗淡轻黄体性柔，情疏迹远只香留。何须浅碧深红色，自是花中第一流。梅定妒，菊应羞，画栏开处冠中秋。骚人可煞无情思，何事当年不见收。

（《鹧鸪天》）

前一首词咏白菊，词人以白菊自喻，赞赏白菊"清芬酝藉""雪清玉瘦"的自然美与内在美。"纵爱惜，不知从此，留得几多时"三句，此时的白菊正是词人心志高洁、超然蕴藉以及独立又不乏些许自怜的自我写照。后首词咏桂花，也是作者自己的化身，充分体现了女词人清新淡雅的审美情趣。她不注重与追求外表的"浅绿深红色"，更何况是"暗淡""性柔"及"情疏""迹远"等客观自然因素，而"只香留"，即内在品性或精神境界之丰美，自当是"花中第一流"。此类词作也并不少，其他如"玉瘦香浓"（《小重山·春到长门》）的江梅，"香脸半开娇旖旎，当庭际，玉人浴出新妆洗"（《渔家傲·雪里已知》）的寒梅，"良宵淡月，疏影尚风流"（《满庭芳·小阁藏春》）的红梅，以及"风韵雍容未甚都，玉骨冰肌未骨枯"（《瑞鹧鸪·风韵雍容》）的银杏，都是词人赞美和讴歌的物象。即便是秾艳华丽的牡丹，也赋予它"容华淡伫，绰约俱见天真……一番风露晓妆新"（《庆清朝慢》）的风韵。

透过李清照婉约词中这些内蕴深厚的咏花之作，可以想见，女词人注重和追求的是内在深沉的品性："不知酝藉几多香"；具备典雅超逸的气质风度："细看取，屈平陶令，风韵正相宜"；率真自然的个性风采："何须浅碧深红色，自是花中第一流。"《漱玉词》中的咏物词，可谓亦花亦人，借花喻人，寄托遥深，达到了物我合一的境界。它既是作者心性品质、志趣情怀的外化形态，又是对其女性文人形象、气质与品性的自我塑造。

还需指出的是，在李清照描写情爱生活的词作中，没有一般女子"悔教夫婿觅封侯"的慨叹，她送别丈夫时，"千万遍"唱的是《阳关三叠》，坦然以"故人"自许（《凤凰台上忆吹箫》）；相思离别中，她所感伤的多数是"酒意诗情谁与共"（《蝶恋花》），怅然于知己的远去。尤其是处在社会动荡巨变、国运衰颓的时代，"闾阎嫠妇"的身份与"飘零遂与流人伍"的南奔离乱的惨痛经历，使李清照《漱玉词》中抒写自我的情感生活及对往昔美好生活的回忆中，也流露出女性文人深沉的故国情思。试看以下几首词：

> 风柔日薄春犹早，夹衫乍着心情好。睡起觉微寒，梅花鬓上残。故乡何处是？忘了除非醉。沈水卧时烧，香消酒未消。
>
> （《菩萨蛮》）
>
> 窗前谁种芭蕉树，阴满中庭，阴满中庭，叶叶心心、舒展有余情。伤心枕上三更雨，点滴霖霪，点滴霖霪，愁损北人，不惯起来听。
>
> （《添字丑奴儿》）
>
> 永夜恹恹欢意少。空梦长安，认取长安道。为报今年春色好，花

## 第四章　深拓期的建树（北宋中后期—北、南宋之交）　147

光月影宜相照。随意杯盘虽草草。酒美梅酸，恰称人怀抱。醉莫插花花莫笑，可怜春似人将老。

（《蝶恋花》）

天上星河转，人间帘幕垂。凉生枕簟泪痕滋。起解罗衣，聊问夜何其？翠贴莲蓬小，金销藕叶稀。旧时天气旧时衣，只有情怀、不似旧家时！

（《南歌子》）

这些作于南渡后期之词，不仅有女词人辗转飘零的身世哀伤和人生遭际的凄苦，如"醉莫插花花莫笑，可怜春似人将老"，"旧时天气旧时衣，只有情怀、不似旧家时"，而且其间还蕴含着她对整个国家和民族悲惨命运的切肤伤痛，如"故乡何处是？忘了除非醉"，"愁损北人，不惯起来听"，"空梦长安，认取长安道"。尽管李清照《词论》中倡导"词别是一家"的观念，使其关心时政、反映传统文人忧患意识的思想情感在诗中多有直抒胸臆，但这种情怀也不时地流露在她的词作中，经过作者的经心锤炼，将其对现实政局的关注与个人身世飘零的生活实境和日常生活中的细事联系起来，传达出深沉的思乡念国的情怀，也更为符合女性文人细腻而真实的情感生活。如前述南宋后期词人刘辰翁读后曾"为之涕下"的《永遇乐》词，李清照就是通过杭州和汴京元夕之夜的回忆与对比，抒写自己现实处境的悲叹与对时局的忧惧，词中"人在何处？""春意知几许？""次第岂无风雨？"等，这些敏锐深微的感受，无不体现出女词人身经国破家亡的惨痛境遇以及对风雨飘摇的现实政局的深切忧虑。

综上所述，李清照婉约词中通过女性文人形象的自我塑造，具体生动地描绘出一个具有很高文化修养的古代知识女性的生活情状，令读者走进了一个真实自然的女性生活空间。在男性文人表现男女情爱的词作中，多数是洞房绣楼、歌筵酒席、芳园曲径、凭栏远眺式的情景渲染，以及青楼调笑，剪红刻翠生活的描绘，而李清照的婉约词中一个个日常细微生活情景的展现,自然雅洁而又韵味无穷。无论是率真少女的荡舟晚游:"兴尽晚回舟,误入藕花深处。争渡,争渡,惊起一滩鸥鹭"(《如梦令·常记溪亭日暮》);还是年轻女性的痴情约会:"一面风情深有韵,半笺娇恨寄幽怀,月移花影约重来"(《浣溪沙》);更有老年嫠妇的凄凉悲苦:"寻寻觅觅,冷冷清清,凄凄惨惨戚戚"(《声声慢》),"如今憔悴,风鬟霜鬓,怕见夜间出去。不如向,帘儿底下,听人笑语"(《永遇乐》)。这些女性形象,都是李清照以抒写自我的情感生活为主旨,真实而深切的体现。同时,《漱玉词》中的咏花词、国破家亡之词,还使我们领略到易安这位知识女性含蓄典雅、忧郁感伤之中,不乏传统文人忧患意识的气质与品性,自觉地赋予女性形象深刻的精神文化蕴涵。可见,李清照以女性文人的身份在词作中抒写女性自我的情感生活,塑造了真实和完美的女性自我形象,具有区别于男性文人性别视角的独特的情感审美价值,在一定程度上,体现着李清照对婉约词的深化与拓展。

## 第三节　周邦彦对婉约词的"集大成"

自婉约词的萌生以来,至北宋沦亡前夕,若从词体创作的艺术造诣而言,称周邦彦为"集大成"①,"自有词人以来,不得不推为巨擘"②。这些赞誉并非过分。近人王国维先生早年对周邦彦词作尚有訾议,至晚年则在《清真先生遗事》中将之比拟于"词中老杜",推重为"两宋之间,一人而已"③。对于周邦彦的婉约词,宋人就多数持赞许态度。兹举几条如下:

---

① (清)周济:《宋四家词选目录序论》,见唐圭璋编《词话丛编》,中华书局1986年版,第1641页。
② (清)陈廷焯:《白雨斋词话》,见唐圭璋编《词话丛编》,中华书局1986年版,第3787页。
③ 王国维:《王国维文集》卷一,中国文史出版社1997年版,第124页。

凡作词当以清真为主。盖清真最为知音,且无一点市井气,下字运意,皆有法度,往往自唐宋诸贤诗句中来,而不用经史中生硬字面,此所以为冠绝也。学者看词,当以《周词集解》为冠。

(沈义父《乐府指迷》)①

美成诸人讨论古音,审定古调……又复增演慢曲、引、近,或移宫换羽,为三犯、四犯之曲,按月律为之,其曲遂繁。美成负一代词名,所作之词,浑厚和雅,善于融化诗句……

(张炎《词源》)②

清真词多用唐人诗语,櫽括入律,浑然天成。长调尤善铺叙,富艳精工,词人之甲乙也。

(陈振孙《直斋书录解题》)③

思公之词,其摹写物态,曲尽其妙。

(强焕《片玉词序》)④

周美成以旁搜远绍之才,寄情长短句,缜密典丽,流风可仰。其征辞引类,推古夸今,或借字用意,言言皆有来历,真足冠冕词林。

(刘肃《片玉集序》)⑤

若究其实,则上述对周邦彦所谓"集大成者"的高度评价,主要是指其对于传统婉约词之风格体貌和艺术技巧方面的创获。可以说,婉约词发展到北宋后期的周邦彦手里,成了一种音乐与文学较完美地结合起来的

---

① 蔡嵩云:《乐府指迷笺释》,人民文学出版社1963年版,第44—45页。
② 夏承焘:《词源注》,人民文学出版社1963年版,第9页。
③ (宋)陈振孙:《直斋书录解题·清真集》卷二十一,上海古籍出版社1987年版,第614页。
④ (宋)强焕:《题周美成词》,引自施蛰存主编《词籍序跋萃编》,中国社会科学出版社1994年版,第96页。
⑤ (宋)刘肃:《周邦彦词注序》,引自施蛰存主编《词籍序跋萃编》,中国社会科学出版社1994年版,第97页。

抒情艺术精品。周邦彦对婉约词的"集大成",主要围绕以下三个方面所体现的艺术成就。

## 一、"最为知音":精通音乐,讲求声律

词在一定意义上可称为音乐文学。若不熟悉词体的音乐特性,不精通词体的音韵声律,那么,在婉约词创作方面就很难做出艺术上的开拓。周邦彦恰好是一位"妙解音律"的杰出词人,在词体的音乐性方面有所开拓,对此自宋以来的研究者皆予以首肯。《宋史·文苑传》称其"好音乐,能自度曲"①。楼钥《清真先生文集序》中说:周氏"性好音律,如古之妙解,'顾曲'名堂,不能自已"。② 三国时周瑜妙解音乐,谚语曰:"曲有误,周郎顾。"③ 观其以"顾曲"自命其堂,俨然以知音的周瑜作比。《玉楼春》之"休将宝瑟写幽怀,座上有人能顾曲"即是此意。也正是由于周邦彦精通音乐,工于词作的原因,政和六年(1116年)宋徽宗任命其为大晟府提举官。大晟府是宋徽宗崇宁元年(1102年)建立的宫廷音乐机关。周邦彦在大晟府任职期间,平日多音乐方面的创制,在此基础上进一步完善了词体的音乐形式。如上举宋人张炎在《词源》中说:"迄于崇宁,立大晟府,命美成诸人讨论古音,审定古调……又复增演慢曲、引、近,或移宫换羽,为三犯、四犯之曲,按月律为之,其曲遂繁。"周邦彦"最为知音",主要表现有二:

其一,周氏审音定调,其词作无论袭用旧调或自度新曲,都讲究音律谐美,后来词家谨守不移,遂成定格。兹举宋人吴曾《能改斋漫录》(卷十七)中的一段记载:

---

① (元)脱脱:《宋史·周邦彦传》卷二〇八,中华书局1977年版。
② (宋)楼钥:《功媿集·清真先生文集序》,见《四部丛刊》。
③ 缪钺:《三国志选注·周瑜传》,中华书局1984年版,第877页。

王都尉（诜）有《忆故人》词云："烛影摇红，向夜阑，乍酒醒，心情懒。尊前谁为唱《阳关》？离恨天涯远。无奈云沉雨散，凭栏干，东风泪眼。海棠开后，燕子来时，黄昏庭院。"徽宗喜其词意，犹以不丰容宛转为恨，遂令大晟府别撰腔。周美成增损其词，而以首句为名，谓之《烛影摇红》。云："芳脸匀红，黛眉巧画宫妆浅。风流天付与精神，全在娇波眼。早是萦心可惯，向尊前、频频顾盼。几回相见，见了还休，争如不见？烛影摇红，夜阑饮散春宵短。当时谁会唱《阳关》？离恨天涯远。争奈云收雨散，凭栏干，东风泪满。海棠开后，燕子来时，黄昏庭院。"①

上述例子生动具体地表现出，周美成既能够"别撰腔"，创制新声，又能够将令词铺衍成慢词长调。"《片玉词》存词有二百零六首，用调一百二十七个"②，这期间，既有采用他人乐谱而填写的令词（如《木兰花令·郊原雨过金英秀》）、引词（如《琴调相思引·生碧香罗粉兰香》）、近词（如《荔枝香近·照水残红零乱》）、慢词（如《浪淘沙慢·水竹旧院落》），小令（如《点绛唇·台上披襟》），中调（如《青玉案·良夜灯光簇如豆》）、长调（如《水调歌头·今夕月华满》）；又有自己谱曲填写的令词（如《十六字令》）、引词（如《华胥引·川原澄映》）、近词（如《隔谱莲近拍·新篁摇动翠葆》）、慢词（如《粉蝶儿慢·宿雾藏春》），小令（如《红罗袄·画烛寻欢去》）、中调（如《意难忘·衣染莺黄》）、长调（如《锁窗寒·暗柳啼鸦》）。另外，他不仅采用和创制传统词体的单调、双调，还创制了《瑞龙吟》《兰陵王》《西河》等三叠。可以说，除了四叠（南宋人创《莺啼序》）以外，周邦彦广采博创了词体几乎所有的音乐形式。

---

① （宋）吴曾：《能改斋漫录》卷十七，见唐圭璋编《词话丛编》，中华书局1986年版，第151页。
② （宋）周邦彦：《清真集》，吴则虞点校，中华书局1981年版，第5页。

其二，周氏严格区分平仄字，并开始有意识地在仄声中区分上去入，其词作运用四声变化已相当地成熟。音律谐婉是传统婉约词的总体特性之一，但却经历了一段渐趋完善的过程。文人学士染指"倚声填词"之后，富有音乐才华的温庭筠作词开始讲究词律的平仄，且渐趋严整；晏殊能辨去声，严于结拍；柳永则分上去，尤严入声；至周邦彦更是平、上、去、入四声各不相混，益多变化，较柳永词作之音律愈加精严，"总之，四声之词，至清真而极变化；惟其知乐，故能神明于矩镬之中"①，正如沈义父所云："盖清真最为知音。"②《四库全书总目》云："邦彦本通音律，下字用韵，皆有法度。故方千里和词，一一案谱填腔，不敢稍失尺寸。"③由此可见，周邦彦词在知音协律方面为词家提供了范本，几乎已达到了"标准化"与"规范化"的地步。④ 唐宋词乐虽早散亡，但正如近人王国维在《清真先生遗事》中所说："读先生之词，于文字之外，须更味其音律。今其声虽亡，读其词者，犹觉拗怒之中，自饶和婉，曼声促节，繁会相宣，清浊抑扬，辘轳交往，两宋之间，一人而已。"⑤

## 二、讲究布局构思：曲折回环的结构，缜密典丽的辞章

周邦彦也大量创制慢词，特别着力于婉约词的布局构思，注重结构之曲折回环、章法之缜密典丽。近人夏敬观说："耆卿多平铺直叙，清真特变其法，一篇之中，回环往复，一唱三叹。故慢词始盛于耆卿，大成于清真。"确为中肯之言。具体而论，周邦彦的婉约词吸收了柳永词层层铺叙的艺术技巧，却没有停留在柳词的平铺直叙上，而是增加了铺叙的角度和

---

① 夏承焘：《唐宋词论丛》，古典文学出版社1956年版，第69页。
② 蔡嵩云：《乐府指迷笺释》，人民文学出版社1963年版，第44页。
③ （清）永瑢等：《四库全书总目·片玉词提要》，引自施蛰存主编《词籍序跋萃编》，中国社会科学出版社1994年版，第98页。
④ 杨海明：《唐宋词史》，天津古籍出版社1998年版，第398页。
⑤ 王国维：《王国维文集》第一卷，中国文史出版社1997年版，第125页。

层次变化,有开有合,回环往复,袁行霈先生称其为"环形结构"①。试将柳永与周邦彦婉约词各一首对举:

寒蝉凄切,对长亭晚,骤雨初歇。都门帐饮无绪,留恋处、兰舟催发。执手相看泪眼,竟无语凝噎。念去去,千里烟波,暮霭沉沉楚天阔。多情自古伤离别,更那堪冷落清秋节!今宵酒醒何处?杨柳岸、晓风残月。此去经年,应是良辰好景虚设。便纵有千种风情,更与何人说?

(柳永《雨霖铃》)

河桥送人处,良夜何其?斜月远堕余辉。铜盘烛泪已流尽,霏霏凉露沾衣。相将散离会,探风前津鼓,树杪参旗。花骢会意,纵扬鞭、亦自行迟。迢递路回清野,人语渐无闻,空带愁归。何意重经前地,遗钿不见,斜径都迷。兔葵燕麦,向残阳、影与人齐。但徘徊班草,欷歔酹酒,极望天西。

(周邦彦《夜飞鹊》)

柳永《雨霖铃》这首词是依据时间顺序作流水式的铺陈,即从"长亭"饮别写起,到"雨歇"催发、"执手相看泪眼",再到别后相思。皆围绕相思离别之中心线索,抒写别离前、离别时、别离后的时间顺序发展,形成了一个"线型"的连贯过程。虽然词人别离后的相思意绪"今宵酒醒何处?杨柳岸、晓风残月",一时跳出了平铺直叙的线型空间,读来也是一波三折,充满了艺术感染力。然而,这种结构相对于周邦彦这首《夜飞鹊》而言,毕竟没有给词人留出较多的腾挪回旋的余地。清人毛先舒在论及长调之技法时,曾有一段生动的比喻:

---

① 袁行霈:《以赋为词——试论清真词的艺术特色》,载《北京大学学报》,1985年第5期。

填词，长调不下于诗之歌行长篇。歌行犹可使气；长调使气，便非本色，高手当以情致见佳。盖歌行如骏马蓦坡，可以一往称快；长调如娇女步春，旁无扶持，独行芳径，徙倚而前，一步一态，一态一变，虽有强力健足，无所用之。①

对于长调慢词的写法，柳永是平顺直接地去写，周邦彦则"变化出来很多的转折，很多的跳接"②，可谓达到了"徙倚而前，一步一态，一态一变"的形式美。如上举《夜飞鹊》这首词，陈洵先生曾评曰："'河桥送人处'逆入，'何意重经前地'平出。换头三句勾勒浑厚，转出下句，事过情留低回无尽，始觉沉深。"③ 从上片"河桥送人处"等词句表明这是一首送别词。然而当读到下片"何意重经前地"一句之后，才骤然发觉词人不是在写眼前当下的离别，而是运用倒叙之笔法，抒写河桥边送别的情景。从"河桥""探风前津鼓"等句可知词中远行之人是乘船离去的，可是此后，词人不说船是如何离开的，却说"花骢会意，纵扬鞭，亦自行迟"。忽然间又是个跳接转折，写送行之人骑马独自归去的情景。"迢递路回清野，人语渐无闻"，行者远去，送行人骑马离开了河桥，走了很远的路途，经过一片凄清的旷野，送行的人声都听不见了，独自"空带愁归"。但这番抒写还不是现在的情景。紧接着"何意重经前地"一句，表明这是送行人于无意间路经河桥送别之地，回忆往日河桥边送别的情景。之后所抒写的"兔葵燕麦，向残阳、影与人齐。但徘徊班草，欹歔酹酒，极望天西"才是如今此时此地所见到的一番寂寞清凉的情景和对远离之人无尽的怀想。

从上举词作中，我们可以看到周邦彦使用逆笔打破正常的时间顺序，

---

① （清）王又华：《古今词论》，见唐圭璋编《词话丛编》，中华书局1986年版，第609页。
② 叶嘉莹：《唐宋词名家论稿》，河北教育出版社1997年版，第196页。
③ 陈洵：《海绡说词》，见唐圭璋编《词话丛编》，中华书局1986年版，第4869页。

## 第四章 深拓期的建树（北宋中后期—北、南宋之交）

将倒叙与插叙跳接结合起来，情景转换频繁。从而改变了柳永平铺直叙的抒情结构，形成一种跳接转折、回环往复的空间结构。再如：

夜色催更，清尘收露，小曲幽坊月暗。竹槛灯窗，识秋娘庭院。笑相遇，似觉琼枝玉树，暖日明霞光烂。水眄兰情，总平生稀见。画图中、旧识春风面。谁知道、自到瑶台畔。眷恋雨润云温，苦惊风吹散。念荒寒、寄宿无人馆。重门闭、败壁秋虫叹。怎奈向、一缕相思，隔溪山不断。

（《拜星月慢》）

云接平岗，山围寒野，路回渐转孤城。衰柳啼鸦，惊风驱雁，动人一片秋声。倦途休驾，淡烟里，微茫见星。尘埃憔悴，生怕黄昏，离思牵萦。华堂旧日逢迎。花艳参差，香雾飘零。弦管当头，偏怜娇凤，夜深簧暖笙清。眼波传意，恨密约、匆匆未成。许多烦恼，只为当时，一晌留情。

（《庆宫春》）

周邦彦这两首词的布局构思，是由追忆中的虚境愈行愈近，转折突变为实境，也就是说，想象中的空间由远及近，而跳接跨入现实空间。前首词上片抒写回忆中之情景，周济《宋四家词选》评曰："全是追思，却纯用实写。"[①] 先是由庭院路径上的"清尘收露"，至庭院内的"小曲幽坊"，一路迤逦而来，愈行愈近，再至"竹槛灯窗"，推进到秋娘室内，写人物形象之清雅明丽。下片由"念"字点醒，空间跳接为现实的境地："念荒寒、寄宿无人馆。重门闭、败壁秋虫叹。"回忆想象中明朗、亮丽的色彩与现实情境中凄冷、暗淡的色调形成对照，在鲜明的对照中，抒写相思怀人"隔溪山不断"的痴情。后首词的上片则先写现实景物环境，

---

[①] （清）周济：《宋四家词选》，见尹志腾校点《清人选评词集三种》，齐鲁书社1988年版，第216页。

由远及近。由山冈、寒野而近至孤城，再近至"倦途休驾"的词人自身。在现今秋意深浓的凄清境地中，词人展开回忆，进入想象空间，不禁想起了昔日触目锦绣、满耳笙歌的繁盛场景，下片所抒情事在回忆中的想象空间展开。结句"许多烦恼，只为当时，一晌留情"，又拉回到现实中。类似的抒情结构也在《西园竹》（浮云护月）、《解语花》（风销焰蜡）、《应天长》（条风布暖）等词作中有所体现。可以说，周邦彦词作的抒情空间，多是在现实空间与想象（回忆）空间之间往复回环，实境与虚境之间的转换跳接。这种追思实写的情景转换方式，亦造成情感之回环跌宕，愈显婉转深切。

周邦彦的婉约词不仅注重回环曲折的结构，而且在章法上，善于融化前人诗语，征辞引类，含英咀华，"圆美流转入弹丸"①。对于这一特点，前人的评述也已甚多，如陈振孙《直斋书录解题》云："清真词多用唐人诗语，隐括入律，浑然天成。"张炎曰："美成负一代词名，所作之词，浑厚和雅，善于融化诗句。"② 又"于软媚中有气魄，采唐诗，融化如自己者，乃其所长"③。兹举《西河·金陵怀古》为例：

佳丽地，南朝盛事谁记？山围故国绕清江，髻鬟对起。怒涛寂寞打孤城，风樯遥度天际。断崖树，犹倒倚，莫愁艇子曾系。空余旧迹郁苍苍，雾沉半垒。夜深月过女墙来，伤心东望淮水。酒旗戏鼓甚处市？想依稀、王谢邻里。燕子不知何世，向寻常巷陌人家，相对如说兴亡，斜阳里。

这首词主要是隐括刘禹锡的《金陵五题》诗而成，伤悼人物繁华已逝，无限感慨。隐括是指把前人各种文章中的成句乃至全篇进行剪裁改

---

① 梁令娴：《艺蘅馆词选》乙卷，广东人民出版社1981年版，第79页。
② 夏承焘：《词源注》，人民文学出版社1963年版，第9页。
③ 夏承焘：《词源注》，人民文学出版社1963年版，第30页。

写。为适应词体自身的特点，周邦彦善于剪裁前人诗句入律，是有宋一代词人运用檃括技法的典范。其中，《石头城》诗曰："山围故国周遭在，潮打孤城寂寞回。淮水东边旧时月，夜深还过女墙来。"周词则云："山围故国绕清江，怒涛寂寞打孤城"，"夜深月过女墙来，伤心东望淮水。"又《乌衣巷》诗曰："朱雀桥边野草花，乌衣巷口夕阳斜。旧时王谢堂前燕，飞入寻常百姓家。"周词则云："酒旗戏鼓甚处市？想依稀、王谢邻里。燕子不知何世，向寻常巷陌人家，相对如说兴亡，斜阳里。"另外，此词还化用了古乐府《莫愁乐》："莫愁在何处？莫愁石城西。艇子打两桨，催送莫愁来。"以及谢朓《入朝曲》中"江南佳丽地，金陵帝王洲"等诗句，清人陈廷焯《云韶集》曰："此词纯用唐人成句融化入律，气韵沉雄，苍凉悲壮，直是压遍古今。"① 其实，周邦彦此词之妙，并非仅止于融化前人诗句入词，而在于吸收原诗作的风神意蕴，自创境界。此词以三段式的长调展开铺叙，一波三折，委婉多姿，其间寄寓着词人深沉的思索和无尽的感慨。再录《瑞龙吟》及《草堂诗余》笺注为例：

> 章台路。(《汉书》：张敞走马于章台街下，即路也。) 还见褪粉梅梢，试花桃树。愔愔坊陌人家，定巢燕子，归来旧处。(柳恽诗：玉户夜愔愔。杜诗：频来语燕定新巢。) 黯凝伫。因念个人痴小，乍窥门户。(苏子美：常云痴小失所记，倚柱愔愔更有情。) 侵晨浅约宫黄，障风映袖，盈盈笑语。(李贺诗：宫人面靥黄。梁简文诗：约黄能效月。) 前度刘郎重到，访邻寻里，同时歌舞。唯有旧家秋娘，声价如故。(杜牧：《杜秋娘诗》尊杜秋有宠于景陵，后赐归故乡。予过金陵，感其穷且老，因为之赋诗。) 吟笺赋笔，犹记燕台句。(李义山诗序：柳枝，洛中里娘也，年十七，涂妆绾髻，未尝竟已。余从昆让山比柳枝居，他日春阴，让山咏二燕台诗，柳枝问曰：谁人

---

① （清）陈廷焯：《云韶集》，见唐圭璋编《词话丛编》，中华书局1986年版，第3476页。

为是。让山曰:此吾少年叔耳。柳枝乃手断其带,结让山为赠叔乞诗。明日,余策马出其巷,柳枝丫鬟靓妆,抱立扇下,风障一袖,指曰:若叔何深望之,愿与郎俱。余因诺之,后不果留,但怅望耳。有诗云:长吟远下燕台句,惟有花香染未消。)知谁伴,名园露饮,东城闲步。(杜诗:名园依绿水。《笔谈》:石曼卿露顶而饮。杜牧佐沈传师幕在江西,时张好好以善歌入籍。一年,镇宣城,复置好好宣籍。又二年,沉着作以双鬟纳之。又二年,往东城纵步,复见之。)事与孤鸿去。(杜牧诗:恨如春草多,事逐孤鸿去。)探春尽是,伤离意绪。官柳低金缕。(杜甫诗:官柳着行新。温庭筠诗:不似垂杨惜金缕。)归骑晚,纤纤池塘飞雨。断肠院落,一帘风絮。(张景阳诗:飞雨洒朝兰。晏元献诗:梨花院落溶溶月,柳絮池塘淡淡风。)①

由此可见,周邦彦善于融化史传及前人诗句入词,用典缜密,而又自然浑成,自出新境。俞陛云先生评赏此词曰:"帘栊风絮,独自徘徊,通篇宛转写来,情景两融。'事与孤鸿去'至结句'断肠院落,一帘风絮',景中见情,妙在不说破,其味无尽。"② 此词首段写梅萼飘零、桃花初放时节,词人重游旧地,景物依然;次段追忆旧情难忘;三段则抒写物是人非,词人寻访不遇,失意而归。以"声价如故"的意中人,反衬自身离索伤怀的深沉感受。如今事过境迁,不可追回,只是平添无限惆怅而已。此词工丽精巧,委婉曲折,虽说是"不过桃花人面,旧曲翻新耳"③,然而经过词人的脱换往复,且与崔护《题都城南庄》的原诗相比,已具有独特的机杼和风姿。在周邦彦的婉约词中,融化前人诗句的入词可谓比比皆是,另如《满庭芳》:"风老莺雏,雨肥梅子",化用杜牧"风蒲燕雏

---

① 《增修笺注妙选群英草堂诗余》,见《景刊宋金元明本词》(影印本),上海古籍出版社1989年版。
② 俞陛云:《唐五代两宋词选释》,上海古籍出版社1985年版,第295页。
③ (清)周济:《宋四家词选》,见尹志腾校点《清人选评词集三种》,齐鲁书社1988年版,第210页。

老"(《赴京初入汴口晓景即事》)和杜甫的"红绽雨肥梅"(《陪郑广文游何将军山林十首》其五)。《拜星月慢》:"画图中、旧识春风面",融化的是杜甫的"画图省识春风面"(《咏怀古迹五首》其三)。《尉迟杯》(隋堤路)中"无情画舸,都不管、烟波隔南浦。等行人、醉拥重衾,载将离恨归去"四句,则用郑仲贤《柳枝词》:"亭亭画舸系寒潭,直到行人酒半酣。不管烟波与风雨,载将离恨过江南。"凡此等等,不胜枚举。有时甚至还融化唐宋人小说之事,如宋人庞元英《谈薮》中指出:"唐小说记红叶事凡四……本朝词人罕用此事,唯周清真乐府两用之。《扫花游》云'信流去、想一叶怨题,今到何处?'《六丑》(蔷薇谢后作)'恐断红,尚有相思字',脱胎换骨之妙极矣。"周词中之引用典故、化用诗句入词,这既有助于词作增添浓郁的"书卷气""风雅相"[1],又可利用典故和前人诗语中的历史积淀,易产生丰厚的审美联想,使得周邦彦词虽有丽字妍句却词语不涉尘俗,情致婉娈而能典丽高雅。如果说柳永作词大量吸取市井俚俗之语入词,倾向于市民化、通俗化之语言风格,那么,周邦彦的婉约词则趋向于文人化、典丽化之语言风格。

### 三、"寄情长短句":沉郁感伤的抒情基调

相对于柳永多为歌女、教坊填词,强调词体的音乐效能,不十分讲究词句,有"词语尘下"之嫌;苏轼作词多为抒情写意,不专为歌唱,忽略了词之音乐性。继柳永、苏轼之后,周邦彦的婉约词从歌词之声律音韵、结构方式、辞章技法等艺术形式方面深化和拓展了北宋词坛之创作,并为南宋婉约词人的创作建立起一套可供依据的"清真范式"[2]。然而,周清真词在词体之艺术形式上的突出贡献,与他"寄情长短句",以词体这种独特的文学样式抒写情思是紧密关联的。词体作为一种柔婉低回、要

---

[1] 杨海明:《唐宋词史》,天津古籍出版社1998年版,第407页。
[2] 王兆鹏:《宋词流变史论稿》,载《湖北大学学报》,1997年第5期。

眇幽微的文学样式，其自身含有感伤沉郁的抒情基调。诚如刘扬忠先生这样写道："清真词是作者本人的一部分生活经历和思想感情的真实而生动的记录。它们大部分是表现了作者生活历程中感伤主题。……清真词大多数篇章都是围绕和服务于这一感伤主题。可以说，长短句歌词是他抒发恋爱相思的哀愁、排遣个人不得志的牢骚的有力工具。"① 这与周邦彦"寄情长短句"，以婉约词抒发沉郁感伤的抒情基调也是紧密关联的。

周邦彦一生"经历了宋仁宗、英宗、神宗、哲宗、徽宗五朝"②，正处于北宋文人党争时期。所谓北宋新旧党争也已经历了一个渐趋蜕变的过程，正如柳诒徵先生指出："（宋神宗朝）新旧两党各有政见，皆主于救国而行其道，特以方法不同，主张各异，遂致各走极端。纵其末流，不免倾轧报复，未可纯以政争目之。"③ 宋人楼钥《清真先生文集序》曾言："公壮年气锐，以布衣自结于明主，又当全盛之时，宜乎立取贵显，而考其岁月仕宦，殊为流落……盖其学道退然，委顺知命，人望之如木鸡，自以为喜。"④ 周邦彦早年时值北宋新旧党争最激烈之际，他虽得到神宗赏识，但在宦海波澜之中，却是升降播迁、几经起落，历经沧桑。中晚年的他虽然又得到哲宗的起用，但此时的周邦彦已无心政治而倾心于艺术创作。其"委顺知命，人望之如木鸡"，退避自守的处世态度，表明周邦彦已然置身文人党争倾轧之浊流中。这时其内心体验一定有出处行藏的痛苦挣扎，但是周邦彦以超人的艺术才华和创造力把它转化为一种艺术精神，"用思力安排取代了自然的感发"⑤，以致婉约词中时常漾起倦游怀乡的声音。如《满庭芳·夏日溧水无想山作》是词人初次罢废之后，流宦外任所作。词曰：

---

① 刘扬忠：《宋词研究之路》，天津教育出版社1989年版，第57—58页。
② 唐圭璋：《唐宋词人年谱》，上海古籍出版社1979年版，第69页。
③ 柳诒征：《中国文化史》，上海古籍出版社2001年版，第583页。
④ （宋）楼钥：《功媿集·清真先生文集序》，见《四部丛刊》。
⑤ 叶嘉莹：《唐宋词名家论稿》，河北教育出版社1997年版，第181页。

凤老莺雏，雨肥梅子，午阴嘉树清圆。地卑山近，衣润费炉烟。人静乌鸢自乐，小桥外、新绿溅溅。凭栏久，黄芦苦竹，疑泛九江船。年年，如社燕，飘流瀚海，来寄修椽。且莫思身外，长近樽前。憔悴江南倦客，不堪听、急管繁弦。歌筵畔，先安簟枕，容我醉时眠。

宋哲宗元祐八年（1093年）至绍圣三年（1096年），周邦彦任溧水县令①，这首词表现他羁旅行役、浮沉州县，沦为倦客的苦闷心情。"憔悴"之"江南倦客"形象，就是他自身独特精神面貌的写真。上片对江南夏日美景感受细微，词笔极其细密妥帖。然而于景物的感受中却透露出词人空寂落寞的情怀，以"凭栏久"三字转折，引出"黄芦苦竹，疑泛九江船"的身世感叹，这里化用白居易《琵琶行》中"住近湓江地低湿，黄芦苦竹绕宅生"之句，隐然以贬谪九江的江州司马白居易自况。下片以"社燕"寄人屋檐修椽之下，联想此身瀚海漂流的际遇，自生无可言状的悲凉心境。"且莫思身外，长近樽前"二句系化用杜甫《绝句漫兴九首》"莫思身外无穷事，且近樽前有限杯"诗句；"歌筵畔，先安簟枕，容我醉时眠"三句则合用陶渊明语"我醉欲眠卿可去"及杜甫《曲江对酒》"暂醉佳人锦瑟旁"。周邦彦是性情沉郁的人，对同为沉郁性格的杜甫深感兴趣，词作中也常用杜诗自况。而老杜诗中除却个人生活的愁丝恨缕之外，更有对国运民生的深切关注，对天地古今的深沉思索，在周邦彦之词作中则多是借他人之酒杯，浇自己胸中之块垒，抒写个人的感伤沉郁，又折射出社会时代的悲凉。清人陈廷焯《白雨斋词话》乃云："美成词极其感慨，而无处不郁，令人不能遽窥其旨。"② 此实为对周美成词深味之言。再举周邦彦二首词：

---

① 薛瑞生、孙虹：《清真事迹新证》，载《新宋学》，2002年第1期。
② （清）陈廷焯：《白雨斋词话》卷一，见唐圭璋编《词话丛编》，中华书局1986年版，第3787页。

晴岚低楚甸,暖回雁翼,阵势起平沙。骤惊春在眼,借问何时,委曲到山家。涂香晕色,盛粉饰、争作妍华。千万丝、陌头杨柳,渐渐可藏鸦。堪嗟。清江东注,画舸西流,指长安日下。愁宴阑、风翻旗尾,潮溅乌纱。今宵正对初弦月,傍水驿、深舣蒹葭。沉恨处,时时自剔灯花。

(《渡江云》)

　　柳阴直,烟里丝丝弄碧。隋堤上,曾见几番,拂水飘绵送行色。登临望故国,谁识京华倦客?长亭路,年来岁去,应折柔条过千尺。闲寻旧踪迹,又酒趁哀弦,灯照离席。梨花榆火催寒食。愁一箭风快,半篙波暖,回头迢递便数驿。望人在天北。凄恻,恨堆积。渐别浦萦回,津堠岑寂。斜阳冉冉春无极。念月榭携手,露桥闻笛。沉思前事,似梦里、泪暗滴。

(《兰陵王·柳》)

　　前一首《渡江云》乃词人由溧水返京途中重游荆州时所作。关于此词,很多人只把它看作是一般的羁旅客情,写春天,在船上的一个宴会。但实际上它包含了周邦彦几许复杂深厚的思想情感,隐然有政治上的悲慨①。词的上片"晴岚低楚甸,暖回雁翼,阵势起平沙",表面写的虽是温暖季候的转换,实则喻指那些因政局改变而纷纷得意回朝的新党人士。"骤惊春在眼,借问何时,委曲到山家",也暗示词人被召还朝的惊喜。然而,伴随着惊喜而来的则是词人对人生无常、福祸难料的政治局势的嗟叹,安知不会再有党争倾轧。下片"愁宴阑、风翻旗尾,潮溅乌纱",表明他忧惧宦海波澜的反复无常。在沉思寂寞中,他"时时自剔灯花",内心充满着幽微深隐的无尽悲慨。这是周邦彦有较明显寄托的一首词。后一首词《兰陵王·柳》是周邦彦被召回京以后在汴京所写,把词人的政治

---

① 叶嘉莹:《唐宋词十七讲》,河北教育出版社2000年版,第261页。

悲慨完全融会在作品中，找不到明显的寄托痕迹，这正是周邦彦婉约词的代表力作。此词以咏柳开端，接着描写汴京城外隋堤之畔几番别离的情景，词人没有直接抒发情感，亦未对送客或行客之情状作明确交代，而"用字着笔，盘旋沉郁，全以思力出之，感慨正在言外"①。周邦彦在抒写"京华倦客"眼中的离情别绪之时，对时空作了思力上的安排：以"曾见几番""年去岁来""斜阳冉冉春无极"，概括了时间的永恒；与此同时，"隋堤上""长亭路""别浦""津堠""露桥"，则概括了空间的无限。在时空之无尽交替中，词人抒写人间的几番别离与荣辱沉浮，纵然是离恨堆积，却无可奈何，要留的始终留不住，要走的终究会走，伴随词人的只有无尽绵长的追忆。收笔云："沉思前事，似梦里、泪暗滴"，"遥遥挽合，妙在才欲说破，便自咽住，其味正自无穷"②。又如《六丑·蔷薇谢后作》：

正单衣试酒，恨客里光阴虚掷。愿春暂留，春归如过翼，一去无迹。为问花何在，夜来风雨，葬楚宫倾国。钗钿堕处遗香泽，乱点桃蹊，轻翻柳陌。多情更谁追惜？但蜂媒蝶使，时叩窗隔。东园岑寂，渐蒙笼暗碧。静绕珍丛底，成叹息。长条故惹行客。似牵衣待话，别情无极。残英小、强簪巾帻。终不似一朵、钗头颤袅，向人欹侧。漂流处、莫趁潮汐。恐断红、尚有相思字，何由见得。

在这首词中，词人借谢后蔷薇表现自己的身世悲感，利用了慢词铺叙展衍、回环往复的艺术特色，亦花亦人，人花合一，使词人惜花而自伤的感情，表现得细腻、婉美。词作开头就交代了自己的"客子"身份和"惜春"心情，接着引出词人对春花的关切，"为问花何在，夜来风雨，

---

① 缪钺、叶嘉莹撰：《灵溪词说》，上海古籍出版社1987年版，第300页。
② （清）陈廷焯：《白雨斋词话》卷一，见唐圭璋编《词话丛编》，中华书局1986年版，第3787页。

葬楚宫倾国"。道出了花因风雨而葬送，人因国乱而飘零，即便有倾国之姿，超世之才，却徒增凄凉哀伤的情怀。沈义父《乐府指迷》说："作词与诗不同，纵是花卉之类，亦须略用情意，或要入闺房之意……如只直咏花卉，而不着些艳语，又不似词家体例。"① "钗钿堕处遗香泽"以下六句，则尽情铺叙，把蔷薇花谢而犹香、春天虽逝而堪惜的情景抒写得凄楚动人。下片以"牵衣待话""强簪残英""断红难见"由花及人，寄寓词人的身世之感，诚如清人黄蓼园评赏此词曰："自叹老年远宦，意境落寞。借花起兴，以下是花，是自己，比兴无端，指与物化，奇情四溢，不可方物，人巧极而天工生矣。"② 可以说，周邦彦《清真集》中多数是抒发"悲欢离合，羁旅行役"之感的词作。其凄怨愁苦的羁旅词中实寓词人之身世悲叹，"吾家旧有簪缨，甚顿作天涯，经岁羁旅"（《南浦·浅带一帆风》）。就连有些风月相思之词，也以沉郁感伤的情调，寄托着自身的失意，可谓"绮丽中带悲壮"，"若有意，若无意，使人神眩"③。与之相应，他的一些相思离别之词作中，如《意难忘》（衣染莺黄）"知音见说无双，解移宫换羽，未怕周郎"，《六幺令》（快风收雨）"惆怅周郎已老，莫唱当时曲，幽欢难卜"，《诉衷情》（当时选舞万人长）"花阁迥，酒筵香，想难忘。而今何事，俯向人前，不认周郎"，其间"周郎"一语双关，自矜其音乐才能，同时寄寓着知音难寻、怀才不遇的悲慨。此外，周邦彦的婉约词还时常将梅花之高品与词人自身融为一体，意余言外。如：

浮玉飞琼，向邃馆静轩，倍增清绝。夜窗垂练，何用交光明月。近闻道、官阁多梅，趁暗香未远，冻蕊初发。倩谁摘取，寄赠情人桃叶。

---

① 蔡嵩云：《乐府指迷笺释》，人民文学出版社1963年版，第71页。
② （清）黄苏等选评：《清人选评词集三种》，齐鲁书社1988年版，第138页。
③ 梁令娴：《艺蘅馆词选》乙卷，广东人民出版社1981年版，第73—74页。

（《三部乐·梅雪》上片）

溪源新腊后，见数朵江梅，剪裁初就。晕酥砌玉芳英嫩，故把春心轻漏。前村昨夜，想弄月、黄昏时候。孤岸峭，疏影横斜，浓香暗沾襟袖。

（《玉烛新·梅花》上片）

粉墙低，梅花照眼，依然旧风味。露痕轻缀，疑净洗铅华，无限佳丽。去年胜赏曾孤倚，冰盘同宴喜。更可惜，雪中高树，香篝熏素被。

（《花犯·梅花》上阕）

《蓼园词选》推尊《花犯》为"梅词第一。总是见宦迹无常，情怀落寞耳。借梅花以写，意超而思永"[1]，周邦彦婉约词中梅花那般清丽脱俗的神韵，何尝不是别有寓意，委婉低回地吟唱沉郁感伤的情调。

---

[1] （清）黄苏等选评：《清人选评词集三种》，齐鲁书社1988年版，第117页。

第五章

# 演化期的探索（南渡之后—宋亡）

北宋末年"靖康之变"，宋室南渡，词坛的创作中心由北移南。南宋时期词作的丰富多彩及其大量存在，将词的创作推向了高潮，不仅就作家与作品的数量而言，南宋时期的词作远远超过了北宋词坛。据唐圭璋先生所辑的《全宋词》统计，"现存作品（不包括残篇、附篇）有一万九千九百余首，收录的作家（不包括无名氏）有一千三百三十一人之多，其中作家籍贯和时代可考的约有八百七十三人，北宋二百二十七人，占百分之二十六；南宋六百四十六人，占百分之七十四，后者约为前者的三倍"[①]，一些南渡词人大量创作气象恢宏的豪放词，与此同时，他们也并没有放弃婉约词的艺术创作，婉约词在他们的全部作品中"仍保持相当数量或较大数量"[②]。还有一部分词人则专注于婉约词的创作，虽然其全部作品中也并非绝无豪放之作，却是以婉约词创作为主，在一定程度上深化了词体的美感特质。在南渡之后至宋季这一历史阶段，婉约词以姜夔、吴文英与张炎为代表，在抒情内容、审美意趣及其艺术表达技巧等方面不断地演化，渐趋完善。

---

[①] 此据周笃文《宋词》（上海古籍出版社1980年版）之统计。
[②] 陶尔夫、刘敬圻：《南宋词史》，黑龙江人民出版社1992年版，第214页。

## 第一节　词坛创作主体与南宋的历史文化环境

"靖康之变"造成了历史地域上的南、北宋之别。若将南宋与北宋相对而言，南宋词创作的昌盛，特别是婉约词得以进一步演化，并趋于完善，在宏观上看，南宋时期的历史文化环境对婉约词的创作主体（即文人学士群体）产生了深重的影响。

### 一、党争与南宋文人学士的政治处境

靖康年间，金军兵临城下，在民族矛盾尖锐的形势下，宋室统治集团内部仍忙碌于党同伐异，终致亡国。宋室南渡之后，导致北宋灭亡的诸多因素如阶级矛盾尖锐、财政危机严重以及统治阶级内部士大夫文人党争等一系列问题同样遗留了下来。1127年，赵构即位建立南宋政权后，北宋末年的党争亦延续到了南宋，其程度日趋激烈。在激烈的党争背景下，南宋统治集团内部不以国事为重，谋求恢复，相反争权夺势、党同伐异，"这种状况前后长达七十年之久"①，并一直持续到南宋政权的终结。

（一）统治集团内部为了独断专权，不择手段地打击异己，促使党争日趋白热化

南宋高宗在风雨飘摇中继位，就面临主战与主和两派之争，为了稳定政局，重整河山，任命声望显赫的主战大臣李纲为相执掌政权，引起了主和派愤愤不平，千方百计地排斥李纲。御史中丞颜岐首先发难，借口甚是荒唐："纲为金人所恶，宜置闲地。"② 黄潜善、汪伯彦两位执政，自谓有

---

① 何忠礼、徐吉军：《南宋史稿》（序言），杭州大学出版社1999年版，第3页。
② （宋）徐自明：《宋宰辅编年录校补》卷一四，王瑞来校补，中华书局1986年版。

攀附之功，以为宰相之席非己莫属，如今大权旁落，"二人不平，缘此与纲忤"①。随后，右谏议大夫范宗尹在李纲入相后，弹劾他"名浮于实，而有震主之威，不可以相"②。黄潜善门客、殿中侍御史张浚因好友宋齐愈被斩，上书论及李纲"杜绝言路、独擅朝政，士夫侧立不敢仰视，事之大小，随意必行"等十数事③，遂至李纲罢相。随着李纲遭到政敌的打击、弹劾，南宋党争的序幕由此拉开。在党争的政治环境中，一些宰相在位期间，固执独断，专权自恣，为了维护自己的权势地位，只许臣僚佞己，其所行的措施政见，他人不能反对。若有反对者，必千方百计而罢之。此类现象，遍及史书，仅举几例。如建炎二年，黄潜善当国时，"专务壅蔽，自汪伯彦而下，皆奴事之，不敢少忤其意"④。建炎三年，殿中侍御史王庭秀因论宰相吕颐浩"除拟不公"，遭罢⑤。绍兴二年，秦、吕交攻时，吕颐浩主持军务，当其视师淮上，秦桧在朝中"尽改其规模，一时为吕相所引用人多逐去"⑥。吕颐浩也不甘示弱，又借高宗之力，将秦桧所用之人全部罢去。绍兴六年，赵鼎、张浚共同当政时，大力引用元祐子弟，监察御史刘长源上疏质疑："或谓应系元符以前人臣之子孙皆可用，臣恐其失近于官人以世，而其人未必皆贤。""勿拘于家世，则开天下之公道。"赵鼎、张浚闻后大怒，责其"不学无识"，将其罢职。⑦ 当

---

① （宋）李心传：《建炎以来系年要录》（影印本）卷五，"建炎元年五月甲午"，中华书局1988年版。
② （宋）李心传：《建炎以来系年要录》（影印本）卷六，"建炎元年六月己未"，中华书局1988年版。
③ （宋）李心传：《建炎以来系年要录》（影印本）卷八，"建炎元年八月乙亥"，中华书局1988年版。
④ （宋）李心传：《建炎以来系年要录》（影印本）卷一五，"建炎二年五月壬寅"，中华书局1988年版。
⑤ 佚名：《皇宋中兴两朝圣政》，见《宋史资料萃编》（影印本）卷五，台湾文海出版社1967年版。
⑥ （宋）朱熹：《朱子语类》（点校本）卷一三一，中华书局1986年版。
⑦ （宋）李心传：《建炎以来系年要录》（影印本）卷一〇四，"绍兴六年八月己未、庚申"，中华书局1988年版。

赵鼎失势，张浚独相时，起用蜀中人才排挤赵鼎同党。次年，赵鼎复相后也如法炮制，"凡张公所为，一切更改。张公已迁都建康，却将车驾复归临安；张公所用蜀中人才，一皆退之"①，在宰相争权夺势中，一些文人学士不免被卷入其中，成为政治的牺牲品。

在剧烈的党同伐异环境中，南宋统治集团任人唯党，任人唯亲，不问贤愚，凡附会奉承者，于己有利者一并用之。如绍兴元年，赵鼎一向厌恶秦桧，反对用之，他曾与张浚"共论人才，浚剧谈桧善，鼎曰：'此人得志，吾人无所措足矣！'"②而赵鼎再相后，由于秦桧附会唯唯，喜其柔佞易制，反荐之为相。赵鼎任相时，其亲赵子湮、范冲亦蒙擢用，而周葵在台谏连章论及赵子湮不可用，触怒赵鼎，结果被罢。绍兴九年，秦桧为彻底打击赵鼎势力，则任用周葵为殿中侍御史，借之以摇撼赵鼎。此时用人唯亲已成风气，正如绍兴七年有大臣指出：

> 窃惟陛下自即位以来，所任宰执至于十八九。当时除命一下，所谓宰执亲戚故旧者不问贤否，类皆鼓箧而进，其罢也则所谓亲戚故旧者亦皆敛服而退，当时群进之人亦不无贤士大夫也，夫何朝廷习以为常？虽有愿留而台谏亦所不容也。③

可见，宰执们唯己私利、任人唯亲的结果，致使在党争中，一些不愿意投身于朋党之争、有正义之心的大臣因为质疑或指责当权者，便遭到排挤，乃至打击。

（二）日益炽烈的党争环境，几乎使南宋绝大多数的士大夫文人都卷入了朋党之争中，严重地影响了他们的身心、行为及处世态度

其一，在党同伐异的打击报复下，士大夫文人如履薄冰，深感朝不保

---

① （宋）朱熹《朱子语类》（点校本）卷一三二，中华书局1986年版。
② （元）脱脱：《宋史·秦桧传》卷四七三，中华书局1977年版。
③ （宋）徐梦莘：《三朝北盟会编》（影印本）卷一八〇，上海古籍出版社1987年版。

夕，力图避祸全身。如建炎三年（1129年）正月，金军南侵，黄潜善、汪伯彦对外投降，不仅不做任何抵抗，而且禁止传播金军入侵的消息，"有警而见任官辄般家者，徒二年；因而动摇人心者，流二千里"。由于惩处严厉，"士大夫皆不敢轻动"①，绍兴八年（1138年），胡铨上书乞斩秦桧、王伦，惨遭贬黜，"胡澹庵谪岭南，士大夫多凌蔑之，否则畏避之"②。绍兴十一年（1141年），岳飞冤屈致死，除了韩世忠愤怒地质责过秦桧外，"举朝无敢出一语"③。此亦是士大夫畏祸及身的心理作用，致使宋代士大夫文人们的身心、行为及处世态度遭到严重扭曲。

其二，在党争的压力下，士大夫们行事决策往往言不由衷，多作影语。对此，王夫之曾有过深刻的分析："宋人骑两头马，欲博忠直之名，又畏祸及，多作影子语，巧相弹射，然以此受祸者不少。"④ 自北宋以来，在士大夫文人中形成一种社会风气：士子未腾达至执政时，多慷慨上言，指陈时事；一旦做了执政，便畏首畏尾，害怕稍有不慎，举措不当，就会留下他人攻击的把柄。正如明末清初史学评论家赵翼所说："故知身在局外者，易为空言，身在局中者，难措实事。"⑤ 赵鼎在建炎三年（1129年），身为御史中丞，激昂陈词："吴越介在一隅，非进取中原之势。荆襄左顾川陕，右视湖湘，而下瞰京洛，在三国必争之地。宜以公安为行阙，而屯重兵于襄阳以为屏翰，运江浙之粟资川陕之兵，经营大业，计无出此。"⑥ 似乎是坚决反对偏安东南，锐意进取。然而绍兴七年（1137年），赵鼎再相，却决计迁都临安，担心回跸之策遭人反对，于是上书高宗曰："来春去留之计，望更留圣虑；恐回跸之后，中外谓朝廷无意恢

---

① 李焘：《续资治通鉴长编》卷一〇三，中华书局1957年版。
② 罗大经：《鹤林玉露》卷二，乙编"存问逐客"，中华书局1983年版。
③ （元）脱脱：《宋史·韩世忠传》卷三六四，中华书局1977年版。
④ （清）赵翼：《姜斋先生诗文集·姜斋诗话》卷二。
⑤ 《廿二史札记》卷二六，中国书店1987年版。
⑥ （宋）佚名：《皇宋中兴两朝圣政》，见《宋史资料萃编》（影印本）卷七，台湾文海出版社1967年版。

复。"高宗答曰:"张浚措置三年,竭民力,耗国用,何尝得尺寸之地,而坏事多矣。此等议论,不足恤也。"① 有了高宗这块挡箭牌,赵鼎不再担心臣僚的异议,安心退守。可见,南宋士大夫文人行事决策之言不由衷,无疑不能尽心尽力为国家社稷谋事。在日益炽烈的南宋党争中,随着那些试图有所作为的士大夫文人被罢出朝廷,有的士大夫文人或安于现状,无所作为,或畏首畏尾,噤若寒蝉,抗金恢复之事俱成空言;另一些文人学士则布衣终身,不仕朝廷。

**二、经济与文化重心的南移与江南文人的社会环境**

在南宋时期,经济重心从黄河流域转移到了长江流域,伴随着经济重心的由北移南,南北文化进一步的交融,文化中心也在同一时期完成了南移,长江流域的东南地区(主要指江浙一带)成为我国传统经济与文化的重心,这对南宋文人群体所处的社会环境产生了巨大影响。

(一)南宋时期,长江流域的东南地区,成为我国经济发展的重心,传统文化重心的南移也与之相随

南宋时期,以长江流域中下游地区与四川盆地为代表的广大南方地区,不论是从人口、政区、赋税的多寡与分布来看,还是从农业、手工业与商业的发展水平及其所占的比例变化来看,南方地区都超过了北方地区而居于明显的优势②,尤其是经历过唐末到五代之战乱,已在北宋时期得到复苏与发展的黄河流域,再次遭到兵乱的摧残,而在南宋时期,南方经济却获得了前所未有的持续性发展,并影响至今。从而表明,以黄河流域为代表的我国经济重心最终在南宋时期完成了从北方向南方的转移。有的

---

① (宋)李心传:《建炎以来系年要录》(影印本)卷一一六,"绍兴七年闰十月戊子",中华书局1988年版。
② 卢星、倪根金:《中国古代经济重心南移问题研究综述》,载《争鸣》,1990年第6期。

学者指出："从宏观上考察，宋代地域文化大致可以分为四个区域：北方地区、东南地区、四川地区、中南地区。从层次高低来看，前三者基本属文化发达地区，中南地区则属文化落后地区。"① 显然，宋代文化中，三个文化发达地区，南方占其二。由于北宋的都城汴京（今河南开封）位于黄河流域中下游地区，它与西京（今河南洛阳）等成为当时中原地区文化发达的集中地，然而，北方中原地区文化的优势地位，至南宋时期，发生了极大的转变：一方面，北方地区由于金兵的侵入使中原文化遭受了极大的破坏而发展衰落；另一方面，长江流域东南、四川两个原有的文化发达地区却得以持续、稳定的发展，尤其是以江浙为代表的江南地区，又成为南宋时期的政治文化中心，人文荟萃之地。正如宋人洪迈所言："古者江南不能与中土等。宋受天命，然后七闽、二浙与江之东西，冠带诗书，翕然大肆，人才之盛，遂甲于天下。"② 可以说，从宋代开始，我国长江流域的东南地区（包括江浙、江西、福建等地）的文化迅速发展起来，并且在南宋时期脱颖而出，成为当时全国的文化重心。

（二）南宋时期，经济与文化的发展并不因政治上的偏安局面而停顿，它在北宋的基础上得以继续发展，尤其对文人群体所处的文化环境产生了深远的影响

对于南宋文化在宋代文化史乃至整个中国文化史所占有的重要地位，华裔学者刘子健先生提出了这样一个大胆的论断："中国近八百年来的文化，是以南宋为领导的模式，以江浙一带为重心。"③ 上述论断并非无稽之谈。南宋文化得以持续发展及其江南文人所身处的文化环境，主要表现在：

其一，南宋时期，江南地区不仅设置有众多的书院，而且各地兴办的私塾难以计数，足见文化教育之普及。据统计，"宋代共建书院203所，

---

① 程民生：《略论宋代地域文化》，载《历史研究》，1995年第1期。
② （宋）洪迈：《容斋随笔·饶州风俗》卷五。
③ 刘子健：《两宋史研究汇编》，台湾联经出版事业公司1988年版。

其中北宋建 47 所，约占总数的 23%，南宋建达 156 所，约占总数的 77%"①。北宋与南宋的书院之比大体为 2∶8。至于南宋时期所设的书院，则几乎全部分布在长江流域中下游的江浙、闽赣、荆湘等地区。当时，江西、浙江、福建、湖南、安徽等省最为发达，如白鹿洞、岳麓、石鼓、茅山、紫阳、考亭等著名书院，都分布在长江流域中下游的东南地区。在这些书院中，不仅有著名的鸿学硕儒主持教学，收徒授业，而且书院规模大，学舍多，求学者众，有的甚至达千余人。②南宋书院数量之多，确为以前各朝所不能望其项背的。至于各地兴办的私塾学校，更是不计其数。据《都城纪胜·三都外地》记载：临安府"都城内外自有文武两学，宗学、京学、县学之外，其余乡校家塾、舍馆、书会，每一里巷须一二所，弦诵之声往往相闻"。湖州"宋自宝元间，滕宗谅为守，首建学校，时安定胡瑗为教授，讲明体用之学，东南文物之盛，以湖为首称"③。吴郡等地"虽濒海裔夷之邦，执耒垂髫之子，孰不抱籍缀辞以干荣禄，褎然而赴诏者，不知其几万数"④。福建"福州之学，在东南为最盛，弟子员常数百人"⑤，甚至有"城里人家半读书"之称。

其二，在文人才士数量的地域分布状况上，北方是由多变少，江南是由少变多，最终占有绝对的主体地位。江南文化教育的发达，造就了大批的文人才士。北宋时期，河南士人数居全国之冠，至南宋政治中心南移以后，江南浙、赣籍的人才逐渐占有明显的优势。⑥ 仅就南宋而言，据《宋史》中的《道学传》《儒林传》《文苑传》所列人物籍贯统计，当时名

---

① 曹松叶：《宋元明清书院概况》，载《国立中山大学语言历史研究所周刊》，1929 年第 111 期。
② 喻本伐、熊贤君：《中国教育发展史》，华中师范大学出版社 1999 年版，第 219 页。
③ 明万历《湖州府志·风俗》卷五。
④ （宋）范成大：《吴郡志》卷四。
⑤ （宋）朱熹：《朱文公文集·福州州学经史阁记》卷八十。
⑥ 陈正祥：《中国文化地理》，生活·读书·新知三联书店 1983 年版，第 20 页。

儒、学士、文人所属籍贯，是以两浙、福建、江西、江东、成都、京西、淮南等地依次所占比例最大，南方所占比例约为80%。① 永嘉（今浙江温州）"自元祐以来，士风浸盛。……涵养停蓄，波澜日肆。至建炎绍兴间，异才辈出，往往甲于东南"②。可见，自南宋起，江浙一带已成为我国人文的渊薮，其文化的发达盛况与济济人才，可谓宋之邹鲁。

其三，科举取士是宋代文人入仕参政的主要途径，江南才子愈加占有明显的优势。宋初，进士科是科举的主要形式，其录取人数就已经存在着西北少，东南多的显著特点。正如北宋欧阳修所言："每次科场，东南进士得多，西北进士得少。"③ 富弼亦言："近年数榜以来，放及第者，如河北、河东、陕西此三路之人，所得绝少。"④ 苏轼在上神宗书中指出："昔者以诗赋取士，今陛下以经术用人，名虽不同，然皆以文词耳。考其所得，多吴、楚、闽、蜀之人。至于京东、西、河北、河东、陕西五路，盖自古豪杰之场"，而今"得人常少"⑤。这种东南多、西北少的科举状况，至南宋时期表现得更甚。南宋陆游就曾指出："天圣以前，选用人材多取北人，寇准持之尤力，故南方士大夫沉抑者多。仁宗皇帝照知其弊，公听并观，兼收博采，无南北之异。……及绍圣、崇宁间，取南人更多，而北方士大夫复有沉抑之叹。"⑥ 宋室南渡之后，虽然政局变乱，但文人学士仍然受到朝廷的重用，其权势地位丝毫不减往昔。同时，宋代的崇文风气也渐趋由艺文向经学转移，且与理学发展密切相关的书院教育有着内在的联系。一是从宋孝宗起，理学家相继进入书院，广泛收徒讲学，宣传自己的经术主张，而且南宋书院的学习内容也和太学一样，以经学为主，兼及

---

① 陈正祥：《中国文化地理》，生活·读书·新知三联书店1983年版，第22页。
② 王十朋：《梅溪先生后集·何提刑墓志铭》卷二九。
③ （宋）朱熹、李幼武：《宋名臣言行录》卷一六五，《四部丛刊》。
④ （宋）朱熹、李幼武：《宋名臣言行录》卷一六四，《四部丛刊》。
⑤ 苏轼：《苏轼文集·徐州上皇帝书》卷二六。
⑥ 陆游：《渭南文集·论选用西北士大夫札子》卷三。

诗赋和策论，直接与科举考试相衔接①，传授与吸引了一大批江南学子，南宋书院也由此名声大噪，一时门庭若市，科举取士对江南文人产生了极大的吸引力；二是理学家的仕履虽然大多不显，但其各派弟子甚众，讲友、学侣、同调和私淑颇多，从南宋中期起，当时担任科举主考官的又多是理学家和他们的信徒②，这些人或陷于宗派，或囿于师传，必然将其所信奉的经学作为取舍举人的标准，从而促使大批江南文人在科举取士方面愈加占有优势地位。

### 三、程、朱理学思想与南宋文人学士创作心态的演变

宋代理学作为一代学术思想，经过北宋一百多年的发展，由北宋时的民间之学发展到南宋时，特别是宋孝宗至宁宗期间，"可谓理学的繁盛时期"③，确立了正统思想的地位，并对南宋文人学士创作心态的演变产生了深刻的影响。

靖康之变以后，宋室南渡，大批儒家学者也纷纷南迁，南宋统治集团内部，从宋高宗到宰执赵鼎、张浚等都竭力推崇理学，而在北宋时期影响极大的以王安石为代表的"新学"、以苏轼兄弟为代表的"蜀学"却渐趋向衰微④。特别是南宋中后期（宋孝宗至宁宗朝），程、朱理学则得到极大的发展，其间，著名理学家辈出。除了素被称为理学集大成的朱熹之外，正统的理学家还有陆九渊、张栻、吕祖谦等人，各立门户，理学呈现出鼎盛的局面。同时，南宋理学得到了朝廷的大力倡导和扶持，使之成为官方哲学和统治思想，占据了思想文化领域的正统地位。南宋末期，理学

---

① 何忠礼：《科举制度与宋代文化》，载《历史研究》，1990 年第 5 期。
② 何忠礼：《科举制度与宋代文化》，载《历史研究》，1990 年第 5 期。
③ 许总：《宋明理学与中国文学》，百花洲文艺出版社 1999 年版，第 15 页。
④ 漆侠：《宋学的发展和演变》，河北人民出版社 2002 年版，第 455—456 页。

家真德秀、魏了翁等人巩固程朱之学，并用以规范士人，匡正士风①。宋代理学作为一种文化哲学，它"扬弃了前代儒学强调外向性事功行为的思维特征，基本上形成了一种'内省'之学，其核心表现为由客体世界向内在主体的收敛，重视对内心生活的感悟与体认"②。其中，作为"心性义理之学"的程、朱理学，在人格的自我实现中，教人如何"正心诚意"地"穷理尽性"，以期成贤作圣，达到某种人格的自我完善，关注"内圣外王之道"，丰富了士人阶层对传统道德人格修养的理想追求。梁启超先生曾说："'内圣外王'一语，包举中国学术之全体，其旨归在于内足以资修养外足以经世。"③ 内圣是人知得自己心性天理之善，取格物、致知、诚意、正心、修身之路经，这是一种内在的品德修养，是对善的最高境界的领悟和追求。外王即是把个人的道德修养推广出去，以齐家、治国、平天下为己任。正如《中庸》所言："诚者，非自成己而已也，所以成物也。成己，仁也；成物，知也，性之德，合内外之道也。"④ 便是由己及人，立己立人，从修己以敬出发，达到"修己以安人""修己以安百姓"的理想价值。程、朱理学大力主张"存天理，去人欲"，却不是笼统地禁绝一切情欲，而认为情乃"性之动"，是"已发"之物，其中有"善"有"不善"，因此主张人们要"性其情"，使情"发而中节"，"中则无不正"，如此则情必"善"，"善"即合于"理"，即须以"理"节"情"，合乎礼义道德。

在这种理学观念的熏染和规范下，宋代（尤其是南宋）文人士大夫与唐人的浪漫多情、外向热烈而不重理性的风格大异其趣，大都注重内心世界的感悟与体认，体现出一种内敛自省的理性心态，追求高雅不俗的生

---

① 许总：《南宋理学极盛的过程与原因试析》，载《扬州大学学报》，2002年第1期。
② 崔海正：《宋词与宋代理学》，载《文学遗产》，1994年第3期。
③ 梁启超：《庄子·天下篇释义》，载《清华周刊》，1925年第18期。
④ 《礼记正义·中庸》，见（清）阮元校刻《十三经注疏》，中华书局1980年版，第1625页。

活情趣和审美趣味。理学盛行后的南宋文人学士比起北宋时期更加温文尔雅，举止"中节"而合"理"，更加重守道义，潇洒而又厚德。南宋文人心态的这种转变，体现于婉约词坛的创作情况中，一方面，在曲子词的创作中，北宋词写男女之情的较多，且写得也较直率和放纵，歌筵酒席之间赠伎、咏伎者较多；南宋此类词一般写得比较含蓄，语言也较雅洁，糅合作者身世之感的婉约词作大量增加，而纯粹狎妓、赠妓之作则相对较少。与此同时，自然界中的山水云林，清笙幽笛，品竹赏梅等咏物词，体现着南宋士人崇尚雅趣的生活情调。另一方面，南宋词论家们评赏词作往往鄙视那种溺于艳情、荡而不返的作风，主张写相思恋情要"发乎情，止乎礼义"，大旨归于雅正。例如：张镃为史达祖《梅溪词》作序，称赞其"有瑰奇、警迈、清新、闲婉之长，而无诒荡晦淫之失"，张炎著书《词源》主张作词须是"屏去浮艳，乐而不淫"等，婉约词在南宋可谓曲终奏雅。

综上所述，不难得出如下的结论：南宋词坛创作主体（即文人群体）所处的历史文化环境，对婉约词的艺术创作产生了深远的影响：南宋日益炽烈的党争环境，使绝大多数文人学士卷入其中，一些有正义之心的士大夫文人受到冷遇、排挤，乃至打击；一些不愿意投身朋党之争的文人则终身布衣，不仕朝廷，他们将自身的情感、抱负及理想等转而投入曲子词的创作中，尤其是婉约词的艺术创作在南宋中后期占据主流地位，这与文人学士身处严酷的政治处境亦不无关联。与此同时，经济文化重心由北移南，南宋以都城临安为代表的城市经济得以持续发展，大批江南才子文人的涌现，为婉约词大量抒写男女恋情、风花雪月、相思离别、江南风物等题材内容，提供了创作基础。而且，受到理学观念的熏染，婉约词在南宋中后期创作倾向日趋"发乎情，止乎礼义"，归于雅正，在一定程度上也促使婉约词的演化。

## 第二节　南宋婉约词的理念建构

宋室南渡,半壁河山沦亡,南宋词坛的创作面临着社会时代的巨变和词乐流失的两大问题。词学家们在总结几百年以来曲子词创作得失的前提下,重新认识词体的审美价值,推尊词体,提出了促进婉约词日趋典雅的词学观。南宋婉约词理念的建构,体现婉约词的雅化及其如何雅化等理论问题,它围绕以下三个方面开展与延伸,对婉约词的演化进行了有益的理论探索。

### 一、对婉约词发展演变的历史总结：乐歌关乎国运兴亡

"靖康之变"是汉民族巨大的灾难,国破家亡的现实强烈震撼着人们的心灵,也同样震动了南宋词坛。北方中原沦陷以后,词人纷纷南渡,痛定思痛,使他们从歌颂祥瑞、应制征歌、风月花柳中骤然惊醒,春华秋梦破碎了,词人们在飘零流落的生涯中则有着亡国之痛的深切感受,也充分领略了人生的各种况味。因此,南宋一些词学家从时代兴亡的角度出发,对婉约词的历史发展轨迹进行批判性总结,透露出词体雅化的倾向。其中,鲖阳居士的《复雅歌词序略》就较有代表性。

鲖阳居士在序言里回顾了歌词的发展历史,其略云："《诗》,三百五篇,商、周之歌词也,其言止乎礼义,圣人删取以为《经》。周衰,郑卫之音作,诗之声律废矣。汉兴,制氏犹传其铿锵"；汉衰,"元、成间,倡乐大盛,贵族、五侯、定陵、高平、外戚之家,淫侈过度,至与人主争女乐,而制氏所传遂泯绝无闻矣"。秦汉以下之歌词,"其源出于郑、卫,盖一时文人有所感发,随世俗容态而有所作也。其意趣格力,犹以近古而高健"；及至五胡乱华之时,"其讴谣,淆杂华夷,焦杀急促,鄙俚俗下,

无复节奏,而古乐府之声律不传"。唐初,"郊庙之歌,其数于是乎大备";"迄于开元、天宝间,君臣相与为淫乐,而明宗尤溺于夷音,天下熏然成俗。于是才士始依乐工拍弹之声,被之以辞,句之长短,各随曲度,而愈失古之'声依咏'之理也。温、李之徒,率然抒一时情致,流为淫艳秽亵不可闻之语"。此文历数前朝歌乐关乎兴衰,兴衰系于歌乐的历史演变轨迹,借古鉴今,皆是为论本朝之歌乐兴衰。那么,对于本朝歌乐将如何评价呢?他认为:

> 吾宋之兴,宗工巨儒,文力妙天下者,犹祖其(唐五代)遗风,荡而不知所止,脱于芒端,而四方传唱,敏若风雨,人人歆艳咀味,尊于朋游尊俎之间,以是为相乐也。其韫骚雅之趣者,百一二而已。以古推之,更千数百岁,其声律亦必亡无疑。
>
> 属靖康之变,天下不闻和乐之音者,一十有六年。绍兴壬戌,诞敷诏音,弛天下乐禁。黎民欢忭,始知有生之快。讴歌载道,遂为化国。由是知孟子"今乐犹古乐"之言不妄矣。①

一方面他指出北宋"宗工巨儒"填词,仍然是承袭晚唐五代的遗风,"荡而不知所止","尊于朋游尊俎之间,以是为相乐也",其间"韫骚雅之趣者",甚少;另一方面,他认为靖康之后的南宋词是既"载道",又"化国",符合"骚雅之趣"。又如南宋陆游《渭南文集》卷十四有《长短句序》云:

> 雅正之乐微,乃有郑卫之音。郑卫虽变,而琴瑟笙磬犹在也。及变而为燕之筑,秦之缶,胡部之琵琶箜篌,则又郑卫之变矣。风、雅、颂之后,为骚,为曲,为引,为谣,为歌,千余年后,乃有倚声

---

① (宋)鲖阳居士:《复雅歌词序略》,引自施蛰存主编《词籍序跋萃编》,中国社会科学出版社1994年版,第658页。

制词起于唐之季世。则其变愈薄,可胜叹哉!予少时汨于世俗,颇有所为,晚而悔之。然渔歌菱唱犹不能止,今绝笔已数年。念旧作终不可弃,因书其首,以识吾过。淳熙己酉炊熟日放翁自序。①

这篇短文着眼于"变"的角度,对我国古代歌乐数千年的发展轨迹简笔勾勒,得出雅正之乐,"其变愈薄"的结论。细揣其意,抑或有二。一是从歌乐之兴亡"雅正之乐微,乃有郑卫之音",联系国运兴衰的社会,其旨在说明:王朝兴,则雅正之乐兴;王朝衰,则乱世之音作,感叹兴亡。二是陆游声称自己"少时汨于世俗,颇有所为(指作词),晚而悔之"。他对词"晚而悔之"的反省,从中也透露出陆游对词的雅化予以关注。再如赵文《青山集》卷二,有《吴山房乐府序》一文,亦是从歌乐与"世道"兴衰的联系着眼,评判历代词作,从而得出明确的结论:

> 观欧晏词,知是庆历嘉祐间人语;观周美成词,其为宣和靖康也,无疑矣。声音之为世道邪,世道之为声音邪,有不自知其然而然者矣。悲夫美成号知音律者,宣和之为靖康也。……渡江后,康伯可未离宣和间一种风气,君子以是知宋之不能复中原也。近世辛幼安,跌宕磊落犹有中原豪杰之气,而江南言词者宗美成,中州言词者宗元遗山,词之优劣未暇论,而风气之异遂为南北强弱之占可感已。《玉树后庭花》盛,陈亡;《花间》丽情盛,唐亡;清真盛,宋亡。可畏哉!②

赵文是由宋入元之人,他曾在文天祥幕下参加过抗元救国之战,亲历宋亡之丧乱,故而感慨尤深。虽然南宋亡国的根本原因并不在文体词风,

---

① (宋)陆游:《渭南文集·长短句序》卷十四。
② (宋)赵文:《青山集》卷二。

但"文变染乎世情,兴废系乎时序,原始以要终,虽百世可知也"①。可见,观词风而知世情,知世情而判兴废,也还是有着一定的合理性。

**二、推尊词体,婉约词日趋典雅**

北宋词论家主张诗词分界,文人学士作词时,大多是"聊佐清欢","谑浪游戏""为一笑乐而已",作诗则要起到"可以兴、观、群、怨""厚人伦、美教化、移风俗"的作用。南渡以后,词学界着眼于时代变化,逐渐打破了这种诗词分疆的局面,推尊词体,使婉约词日趋典雅,无尊卑高下之分。

南宋诸多词论家从探讨诗词源流出发,溯本导源,将词与诗联系在一起,推尊词体。如南宋初期的郑刚中(1089—1154年)字亨仲,婺州金华(今属浙江)人。他在《乌有编序》中说:

> 长短句亦诗也。诗有节奏,昔人或长短其句而歌之,被酒不平,讴吟慷慨,亦足以发胸中之微隐。②

"长短句亦诗也"的结论,表明他论词已等同于诗。又如胡寅《酒边集序》中说:

> 词曲者,古乐府之末造也。古乐府者,诗之傍行也。诗出于《离骚》《楚辞》,而《离骚》者,变风变雅之怨而迫、哀而伤者也。其发乎情则同,而止乎礼义则异。③

---

① 周振甫:《文心雕龙注释》,人民文学出版社1983年版,第479页。
② (宋)郑刚中:《北山集》卷十三。
③ (宋)胡寅:《酒边集序》,引自施蛰存主编《词籍序跋萃编》,中国社会科学出版社1994年版,第168页。

他从源流的角度论诗词的必然联系,再如王灼《碧鸡漫志》中认为:

> 古人初不定声律,因所感发为歌,而声律从之,唐、虞禅让以来是也,余波至西汉末始绝。西汉时,今之所谓古乐府者渐兴,晋、魏为盛,隋氏取汉以来乐器、歌章、古调,并入清乐,余波至李唐始绝。唐中叶虽有古乐府,而播在声律则鲜矣。士大夫作者,不过以诗一体自名耳。盖隋以来,今之所谓曲子者渐兴,至唐稍盛,今则繁声淫奏,殆不可数。古歌变为古乐府,古乐府变为今曲子,其本一也。后世风俗益不及古,故相悬耳。而世之士大夫,亦多不知歌词之变。①

他从"古歌变为古乐府,古乐府变为今曲子,其本一也"的观点立论,追溯"词"的源头至古歌曲,阐述诗词同源。之后,另有南宋张镃(1153—1121年?)所写《梅溪词序》,其序云:

> 《关雎》而下三百篇,当时之歌词也。圣师删以为《经》。后世播诗章于乐府,被之金石管弦,屈、宋、班、马由是乎出。而自变体以来,司花傍辇之嘲,沈香亭北之咏,至与人主相友善,则世之文人才士,游戏笔墨于长短句间,有能环奇警迈,清新闲婉,不流于淫荡污淫者,未易以小技言也。②

此序论上溯《诗经》,由乐府之变,指出"自变体以来",即婉约词自萌生以来,文人才士虽"游戏笔墨",但又"不流于淫荡污淫",亦非

---

① (宋)王灼:《碧鸡漫志》卷一,见唐圭璋编《词话丛编》,中华书局1986年版,第74页。
② (宋)张镃:《梅溪词序》,引自施蛰存主编《词籍序跋萃编》,中国社会科学出版社1994年版,第263页。

小技，认为词体是诗歌发展过程中的一种"变体"。

北宋词论家之诗词分疆甚严，并对苏轼的"以诗为词"多有所责难，然而，南渡之后的词论家对苏轼"以诗为词"的主张一致推崇。如王灼《碧鸡漫志》，"大概是南宋时期最早肯定苏轼的词学专著"①。此书（卷二）云：

> 东坡先生非心醉于音律者。偶尔作歌，指出向上一路，新天下耳目，弄笔者始知自振。②

王灼对苏轼的赞誉并不是孤立的声音。再如胡仔《苕溪渔隐丛话》以苏轼词为最高准则。其云：

> 子瞻佳词最多，其间杰出者，如"大江东去，浪淘尽千古风流人物"，赤壁词；"明月几时有，把酒问青天"，中秋词；"落日绣帘卷，庭下水连空"，快哉亭词；"乳燕飞华屋，悄无人，桐隐转午"，初夏词；"明月如霜，好风如水，清景无限"，夜登燕子楼词；"楚山修竹如云，异材秀出千林表"，咏笛词；"玉骨那愁瘴雾，冰肌自有仙风"，咏梅词；"冰肌玉骨，自清凉无汗"，夏夜词；"有情风万里卷潮来，无情送潮归"，别参寥词；"缺月挂疏桐，漏断人初静"，秋夜词……凡此十余词，皆绝去笔墨畦径间，直造古人不到处，真可使人一唱而三叹。③

---

① 方智范、邓乔彬：《中国词学批评史》，中国社会科学出版社1994年版，第114页。
② （宋）王灼：《碧鸡漫志》，见唐圭璋编《词话丛编》，中华书局1986年版，第83、85页。
③ （宋）胡仔：《苕溪渔隐丛话》后集卷第二十六，人民文学出版社1981年版，第192—193页。

又如胡寅《酒边集序》中将苏轼推崇备至,其云:

> 唐人为之最工者,柳耆卿后出,掩众制而尽其妙,好之者以为不可复加。及眉山苏氏,一洗绮罗香泽之态,摆脱绸缪宛转之度,使人登高望远,举首高歌,而逸怀豪气,超然乎尘垢之外。于是花间为皂隶而柳氏为舆台矣。①

三位词论家主要是从苏轼开拓词体方面,提出了高度评价。类似推尊苏东坡的词论,还有:

> 夫镂玉雕琼,裁花剪叶,唐末词人,非不美也。然粉泽之工,反累正气。东坡虑其不幸而溺乎彼,故援而止之,惟恐不及。其后元祐诸公,嬉弄乐府,寓以诗人句法,无一毫浮靡之气,实自东坡发之也。②
>
> 词至东坡,倾荡磊落,如诗如文,如天地奇观,岂与群儿雌声学语较工拙。③
>
> (东坡)其豪妙之气,隐隐然流出言外,天然绝世,不假振作。④

北宋苏轼主张"以诗为词",至少有三则材料可以明证:一是苏轼《与蔡景繁书》有:"颁示新词,此古人长短句诗也。得之惊喜,试勉继

---

① (宋)胡寅:《酒边集序》,引自施蛰存主编《词籍序跋萃编》,中国社会科学出版社1994年版,第169页。
② (宋)汤衡:《张紫微雅词序》,引自施蛰存主编《词籍序跋萃编》,中国社会科学出版社1994年版,第213页。
③ (宋)刘辰翁:《辛稼轩词序》,引自施蛰存主编《词籍序跋萃编》,中国社会科学出版社1994年版,第201页。
④ (宋)汪莘:《方壶诗余自序》,引自施蛰存主编《词籍序跋萃编》,中国社会科学出版社1994年版,第270页。

之。"① 二是其《与陈季常书》有："又惠新词，句句警拔，诗人之雄，非小词也。"② 三是其《题张子野词》云："子野诗笔老妙，歌词乃其余技耳。"③ 这里的"长短句诗"、诗之"余技"等意，表明苏轼已较早在创作倾向上把词与诗相关联。而以王灼、胡仔、胡寅为代表的南宋词论家对苏轼"以诗为词"的一致赞赏，其目的正在于以开拓词体为典范，提升词与诗等同的地位，这在一定程度上，促使了婉约词日趋典雅的进程。

### 三、倡言"雅正"，讲究协律、辞章

推尊词体，提升词与诗等同的地位，婉约词的演化期的探索最终必归于"雅正"。南宋词论家对此多有关注，前述南渡后不久的鲖阳居士于绍兴十二年（1142年）编成了一部大规模的、有明确选录标准的词选《复雅歌词》，在其冠于卷首的《复雅歌词序略》中，他有鉴于唐五代至北宋以来的歌词"流为淫艳猥亵不可闻之语""荡而不知所止"之失，提出歌词须"韫骚雅之趣"。之后，王灼《碧鸡漫志》论乐歌的雅、郑之别，倡导"中正则雅，多哇则郑"，在书中阐发扬苏抑柳之见，以此示人以尊雅贬俗之意。与鲖阳居士、王灼倡导"雅"论大约同时，绍兴十六年（1146年），曾慥《乐府雅词序》中表明选词的标准：凡"涉谐谑则去之"；凡为"艳曲"，则"悉为删除"，只要是符合雅正之词，"虽女流亦不废"。④ 另外，关注《石林词跋》（1147年）、曾慥《东坡词拾遗跋》（1151年）、胡寅《酒边词序》、汤衡《张紫微雅词序》（1171年）、陈应行《于湖先生雅词序》（1171年）等词论，皆从不同角度提倡"雅正"、

---

① （宋）苏轼：《苏轼文集》，孔凡礼点校，中华书局1986年版，第1662页。
② （宋）苏轼：《苏轼文集》，孔凡礼点校，中华书局1996年版，第1569页。
③ （宋）苏轼：《题张子野词》，引自施蛰存主编《词籍序跋萃编》，中国社会科学出版社1994年版，第44页。
④ （宋）曾慥：《乐府雅词序》，引自施蛰存主编《词籍序跋萃编》，中国社会科学出版社1994年版，第651页。

斥责淫俗①。在这样的词论环境中，当推张炎《词源》为代表。

张炎在《词源》的序言中，倡言"雅正"之说："古之乐章、乐府、乐歌、乐曲，皆出于雅正。"于是，自隋唐"声诗间为长短句"始，追述婉约词的发展演变历史。值得注意的是：张炎《词源》倡言"雅正"，是有感于"旧有刊本六十家词，可歌可诵者，指不多屈"，"嗟古音之寥寥，虑雅词之落落"率而成篇，它是对南宋时期诸多词论家大多以"雅"为尚、以"雅"为美的审美总结。那么，对于"雅正"的内涵，不妨在《词源》中作些探究。

> 词欲雅而正，志之所之，一为情所役，则失其雅正之音。耆卿、伯可不必论，虽美成亦有所不免。如"为伊泪落"，如"最苦梦魂，今宵不到伊行"，如"天便教人，霎时相见何妨"，如"又恐伊、寻消文息，瘦损容光"，如"许多烦恼，只为当时，一饷留情"，所谓淳厚日变成浇风也。②

> 簸弄风月，陶写性情，词婉于诗；盖声出莺吭燕舌间，稍近乎情可也。若邻乎郑、卫，与缠令何异也！……若能屏去浮艳，乐而不淫，是亦汉、魏乐府之遗意。③

> 辛稼轩、刘改之作豪气词，非雅词也，于文章余暇，戏弄笔墨为长短句之诗耳。④

可以说，张炎《词源》中"雅正"之说，是针对北宋词的"软媚""为情所役"之弊和辛派词人"粗豪"词风的状况来表达自己的审美观：一方面，言情不能"为情所役""为风月所使"，须"屏去浮艳，乐而不

---

① 参见方智范、邓乔彬：《中国词学批评史》，中国社会科学出版社1994年版，第85—86页。
② 夏承焘：《词源注》，人民文学出版社1963年版，第29页。
③ 夏承焘：《词源注》，人民文学出版社1963年版，第23页。
④ 夏承焘：《词源注》，人民文学出版社1963年版，第32页。

淫",切忌走上"淳厚日变成浇风"之路;另一方面,张炎还宣称雅词也并非豪气词,雅词须协律,不是"戏弄笔墨为长短句之诗",他所追求的审美理想是淳厚、浑成、意趣高远、情志统一的境界,并以"不惟清空,又且骚雅"的姜夔作为"雅正"之说的典范。对于"负一代词名"的周邦彦,张炎既肯定其"所作之词,浑厚和雅"的风格,又表明:"作词者多效其体制,失之软媚,而无所取。此惟美成为然,不能学也。"接着又说:

> 如秦少游、高竹屋、姜白石、史邦卿、吴梦窗,此数家格调不侔,句法挺异,俱能特立清新之意,删削靡曼之词,自成一家,各名于世。作词者能取诸人之所长,去诸人之所短,精加玩味,象而为之,岂不能与美成辈争雄长哉!①

以姜夔、吴文英等词人的创作"俱能特立清新之意,删削靡曼之词",故有破有立,"取诸人之所长,去诸人之所短",有所取舍,揭示了婉约词雅化进程的艺术方向。

南渡以后,音谱大量流失,词体的创作已渐趋由合乐可歌的曲子词而成为新型的格律诗体,音乐的作用甚至变得可有可无,词与音乐的分离在南渡以后已成为必然之势,"今词人才说音律,便以为难",针对这种情况,张炎仍讲究协律与辞章。在南宋中后期词坛的创作上,一些精通音乐的词人纷纷自度曲调,填制新词,努力追求声与辞的和谐统一。如姜夔的十七首自度曲,成为流传至今唯一完整的宋代词乐文献,据其《长亭怨慢》词序,他作自度曲"初率意为长短句,然后协以律",重视词旨、句法与音律的有机结合,指出了一条可行的创作道路。张炎作为南宋词学理论的总结者,在其《词源》下卷的"音谱""拍眼"和"杂论"里,他

---

① 夏承焘:《词源注》,人民文学出版社1963年版,第9页。

都详论了词与乐两者的密切关系：他认为"词之作必须合律"，"律"是特指音律。词体若"失律"，则是长短句之诗，而非真正的词，只有词章优美，音律和谐，才可能达到词体最高的艺术境界。张炎《词源》中还主张辞章与音律并重，他说："音律所当参究，辞章先宜精思，俟语句妥溜，然后正之音谱，二者得兼，则可造极玄之域。"① 能达到如此艺境的词人是不多的，正如北宋大晟府词人周邦彦虽"负一代词名"，"而于音谱且间有未谐，可见其难矣"②。唐宋时的音谱到宋季，有的音谱则散佚了，有的已经无法歌唱了。南宋词坛的创作也已出现不倚音谱填词，而模拟前人作品声律的情形，如方千里、杨泽民、陈允平等和清真词，这些词作有的也是不能歌唱了，成为文人案头阅读的作品。针对现状，张炎在《词源》中指出："述词之人，若只依旧本之不可歌者，一字填一字，而不知以讹传讹，徒费思索。当以可歌者为工"，"每作一词，必使歌者按之，稍有不协，随即改正。"③ 也就是说，依可歌的音谱作词，将词付诸歌者，按音谱歌唱，不谐之处经过修改使之相协，则这首词必定是协律的了。例如：

　　《瑞鹤仙》一词云："卷帘人睡起。放燕子归来，商量春事。芳菲又无几。减风光都在，卖花声里。吟边眼底。被嫩绿、移红换紫。甚等闲、版委东风，半委小桥流水。还是苔痕渐雨，竹影留云，做晴犹未。繁华迤逦。西湖上、多少歌吹。粉蝶儿、朴定花心不去，闲了寻香两翅。那知人一点新愁，寸心万里。"此词按之歌谱，声字皆协，惟"朴"字稍不协，遂改为"守"字，乃协。始知雅词协音，

---

① 夏承焘：《词源注》，人民文学出版社1963年版，第26页。
② 夏承焘：《词源注》，人民文学出版社1963年版，第9页。
③ （宋）张炎：《词源》下卷，见唐圭璋编《词话丛编》，中华书局1986年版，第256—257页。

虽一字亦不放过，信乎协音之不易也。①

上述情况，如果要确切地总结出倚声协律的具体经验是很不容易的，可知"雅词协音"确实不易。张炎《词源》下卷主要是关于词法的探讨，尤其举例甚多：举姜夔词九例，周邦彦、苏轼、吴文英、史达祖等人，也多次被举。通过名篇名句，可起到示范作用。张炎很系统地总结了"制曲""句法""字面""虚字""用事""令曲""和韵"等词的写作技巧和经验；较详地论述了关于"咏物""节序""赋情""离情""寿词"等题材的创作技法。张炎《词源》中讲究协律、辞章等方面，也都体现着对婉约词雅化的探究。

## 第三节　辛弃疾婉约词的文化艺术品位

谈及南宋词人辛弃疾词，眼前自然会出现一位叱咤风云、铮铮铁骨的英雄形象，不由唱出："金戈铁马，气吞万里如虎"（《永遇乐·京口北固亭怀古》）的激昂慷慨之音，其"大声镗鞳，小声铿鍧，横绝六合，扫空万古"②，"激昂措宕，不可一世"③ 的豪放词，至今传诵。然而，辛弃疾也能摧刚入柔，以伤春感暮、抒怀念远的幽思之情，抒写出不少具有独特艺术风貌的婉约词。辛弃疾婉约词的传统题材，如离愁别绪、伤时感怀、歌伎侍宴、酬唱赠答等，在稼轩词中也都有涉及，其委婉清丽处，既不逊于前贤巨匠，又别立一宗。有不少词论家慧眼识珠，对稼轩婉约词的艺术

---

① （宋）张炎：《词源》下卷，见唐圭璋编《词话丛编》，中华书局1986年版，第256页。
② （宋）刘克庄：《辛稼轩集序》，引自施蛰存主编《词籍序跋萃编》，中国社会科学出版社1994年版，第200页。
③ （清）彭孙遹：《金粟词话》，见唐圭璋编《词话丛编》，中华书局1986年版，第724页。

成就予以充分肯定，如稼轩词"中调、短令亦间作妩媚语，观其得意处，真有压倒古人之意"①。辛词"大声镗鞳"以外，"其秾纤绵密者亦不在小晏、秦郎之下"；"其间固有清而丽、婉而妩媚，此又坡词之所无，而公词之所独也"。② 这表明，南宋辛弃疾的婉约词作也可谓是匠心独运，自成一格，具有独特的文化艺术品味。

### 一、时代风云遭际与辛弃疾的艺术个性：英雄失志的悲恨闲愁

辛弃疾的一生，是英雄失志的一生。他始终是一位战士，而不是传统意义上的"文人"。据《宋史·辛弃疾传》记载，义端和尚称他为"青兕"③，友人陈亮在《辛稼轩画像赞》中又称他为"真虎"④，姜夔推崇他是"前身诸葛"⑤，诗人陆游更赞他与"管仲萧何实流亚"⑥，清人陈廷焯亦曰："稼轩词于悲壮中见浑厚"，"于雄莽中别饶隽味。所以独绝古今，不容人学步"⑦。

历史上常以成败论英雄，但是对于报国无路、壮志难酬的辛弃疾本人而言，人们始终承认他是一位英雄。这与其时世遭际、个性气质、才情学养等密切相关。辛弃疾自小受其祖父辛赞的爱国启蒙教育，未曾忘怀故

---

① （清）邹祗谟：《远志斋词衷》，见唐圭璋编《词话丛编》，中华书局1986年版，第652页。
② （宋）范开：《稼轩词序》，引自施蛰存主编《词籍序跋萃编》，中国社会科学出版社1994年版，第199页。
③ （元）脱脱：《宋史·辛弃疾传》卷四百一，中华书局1977年版。
④ 陈亮：《龙川集·辛稼轩画像赞》卷十。
⑤ 姜夔：《永遇乐·次稼轩北固楼词韵》："前身诸葛，来游此地，数语便酬三顾。"
⑥ 陆游：《剑南诗稿·送辛幼安殿撰造朝》卷五十七。
⑦ （清）陈廷焯：《白雨斋词话》卷六，见唐圭璋编《词话丛编》，中华书局1986年版，第3916页。

第五章　演化期的探索（南渡之后—宋亡） | 191

国，盼望"汉水东流，都洗尽髭胡膏血"①，能实现"平戎万里，功名本是，真儒事"②的壮志情怀。他年方二十二岁，就能劝说义军首领耿京以几十万之众归向南宋朝廷；他率领五十骑，竟能于敌营五万余众中亲缚叛徒张安国，昼夜驰回南宋，献俘于行在。其英勇壮烈的爱国行为，震动了宋廷。他南归宋廷以后，曾在湖南任上，创置出被金人畏称为"虎儿军"的飞虎军，"雄镇一方，为江上诸军之冠"③，他曾先后向朝廷上《美芹十论》（又名《御戎十论》）、《九议》《论阻江为险须藉两淮疏》《议练民兵守淮疏》等，洞察时局，指陈利害，提出切实可行的克敌制胜、北伐复国的策略方案等，表现出一个政治家兼军事家远见卓识的战略眼光。辛弃疾文韬武略，矢志一生报效祖国，可悲的是这位英雄生不逢时，从他南投宋廷直至去世，其主张抗金北伐、恢复中原的政治抱负始终与偏安江南的南宋小朝廷是不相容的。北宋"靖康之难"后，中原沦于异族金人之手，宋室南迁，朝中权相间明争暗斗。尽管辛弃疾满怀报国忠诚，南宋当权者却对他多般猜忌，只用辛弃疾安内而不用他攘外，只用其人而不问其志，让他"官不为边阃，手不掌兵权，耳不闻边议"④，因而，这位志在恢复的报国者从来没有被委以重任，以他的出将入相之大材，却一直受到排挤和压制，"报国欲死无战场"⑤，到老不过是一个从官而已，如同"真鼠枉用，真虎不用"⑥。然而，更有一些奸佞小人不断对他进行诽谤攻击，致使辛弃疾屡遭罢废，长期投闲置散，在南归的四十多年中，竟有约二十年被迫隐居江西农村田园之中，壮志蹉跎、报国无路，在无尽的悲叹

---

① （宋）辛弃疾：《满江红·汉水东流》，见邓广铭笺注《稼轩词编年笺注》，上海古籍出版社1978年版，第41页。
② （宋）辛弃疾：《水龙吟·渡江天马南来》，见邓广铭笺注《稼轩词编年笺注》，上海古籍出版社1978年版，第119页。
③ （元）脱脱：《宋史·辛弃疾传》卷四百一。
④ （宋）谢枋得：《叠山文集·祭辛稼轩先生墓记》。
⑤ （宋）陆游：《剑南诗稿》卷三十五。
⑥ 陈亮：《龙川集·辛稼轩画像赞》卷十。

中，独自体味"闲愁最苦"。这确是"英雄豪杰"的时代悲剧！

辛弃疾第一次被迫退隐是在宋孝宗淳熙八年（1181年）十一月，这时他在江西安抚使任改除两浙西路提点刑狱，旋以台臣王蔺弹劾而罢新任。一直到光宗绍熙三年（1192年）春赴任福建提刑时，他在江西上饶闲居了十一年之久。辛弃疾第一次被罢官闲置，时年四十二岁，正值年富力强的盛年期，却经受了十一年的漫长而艰苦的考验。其间，他时或游赏山水林泉，赋诗饮酒，聊作排遣："休说往事皆非，而今觉是、且把清尊酎。醉里不知谁是我，非月非云非鹤。"① 而这种暂时的忘却，非但不能排遣内心的苦闷，往往在"醉了还醒却"之后又陷入深沉的痛苦和折磨："酒兵昨夜压愁城，太狂生、转关情。写尽胸中块垒未全平。"② 他曾低吟："平生塞北江南，归来华发苍颜。布被秋宵梦觉，眼前万里江山。"③ 等无可奈何的悲歌，又写过大量的婉约词借题发挥，尤其是咏梅花、修竹之词，如："修竹翠罗寒，迟日江山暮。幽径无人独自芳，此恨知无数。只共梅花语，懒逐游丝去。着意寻春不肯香，香在无寻处。"④ 寄托了自己孤高挺拔的品性与志趣。有时辛弃疾也通过酬赠、唱和之词来表达自己的忧国情怀。信守郑舜举被召还京，他写《满江红》曰："此老自当兵十万，长安正在天西北。"在给陈仁和、诸葛元亮的赠词又言："谁识稼轩心事，似风乎舞雩之下"，"更想隆中，卧龙千尺，高吟才罢"⑤。与陈亮

---

① （宋）辛弃疾：《念奴娇·近来何处有吾愁》，见邓广铭笺注《稼轩词编年笺注》，上海古籍出版社1978年版，第140页。
② （宋）辛弃疾：《江神子·梨花著雨晚来晴》，见邓广铭笺注《稼轩词编年笺注》，上海古籍出版社1978年版，第184页。
③ （宋）辛弃疾：《清平乐·独宿博山王氏庵》，见邓广铭笺注《稼轩词编年笺注》，上海古籍出版社1978年版，第135页。
④ 据邓广铭先生《稼轩词编年笺注》有《贺新郎》三首，分别咏水仙、海棠、琵琶；《临江仙·探梅》、《洞仙歌·红梅》；《卜算子·为人赋荷花》、《念奴娇赋·白牡丹》、《小重山·茉莉》、《虞美人·赋茶䕷》、《踏莎行·赋木樨》等。
⑤ （宋）辛弃疾：《水龙吟·被公惊倒瓢泉》，见邓广铭笺注《稼轩词编年笺注》，上海古籍出版社1978年版，第176页。

的和词中写道:"正目断关河路绝,我最怜君中宵舞。道男儿到死心如铁,看试手,补天裂。"① 在给韩元吉写的赠词中,因自己壮志难酬,以之寄予友人去实现"待他年,整顿乾坤事了,为先生寿"②。

辛弃疾第二次被迫闲居是从绍熙五年(1194年)七月罢任福建安抚使,直到宁宗嘉泰三年(1203年)六月起知绍兴府兼浙东安抚使,又整整九年。在福建两年多的短暂任职随即被罢免,稼轩再次回到江西上饶,不久,因带湖故居失火,移往其新建的铅山"瓢泉"居住。他在《鹧鸪天·送欧阳国瑞入吴》词中说:"人情展转闲中看,客路崎岖倦后知。"这种富有哲理意味的词句正是词人仕途坎坷悲辛的亲身体验与反省。翻检《稼轩词编年笺注》,常常可以看到这样的一些词句:

四十九年前事,一百八盘狭路,拄杖倚墙东。

(《水调歌头·头白齿牙缺》)

刚者不坚牢,柔底难摧挫。不信张开口角看,舌在牙先堕。

(《卜算子·齿落》)

细看斜日隙中尘,始觉人间何处不纷纷。

(《南歌子·独坐蔗庵》)

过眼不如人意事,十常八九今头白。 (《满江红·落日苍茫》)
试回头五十九年非,似梦里欢娱觉来悲。(《哨遍·一壑自专》)
六十三年无限事,从头悔恨难追。

(《临江仙·壬戌岁生日书怀》)

从上述词句中可以窥见"稼轩心事"之一斑。如果没有词人大半生

---

① (宋)辛弃疾:《贺新郎·老大那堪说》,见邓广铭笺注《稼轩词编年笺注》,上海古籍出版社1978年版,第201页。
② (宋)辛弃疾:《水龙吟·渡江天马南来》,见邓广铭笺注《稼轩词编年笺注》,上海古籍出版社1978年版,第119页。

的坎坷悲辛的际遇，是无法体会出人生的这般凄楚况味的。稼轩虽在带湖闲居了十多年，但那时正值年富力强，他对"整顿乾坤事"难以释怀，总想"重试补天手"，并非甘老林泉。而福建罢任后，辛弃疾反思自己的过去，有感而发对社会现实有了深痛的感受。他曾感叹："天心肯后，费甚心情。放霎时阴、霎时雨，霎时晴。"① 类如主战派张元幹在《贺新郎》中也写道："天意从来高难问。"② 陆游所言："元知造物心肠别，老却英雄似等闲。"③ 可见，爱国志士们对于现实社会有着基本相似的亲身感受。南宋小朝廷不喜忧国志士，奸佞小人乘隙进谗加官，特别是力主抗战、刚正耿介之士一般弃置不用或远谪流放，甚至惨遭杀害。南宋士人叶适《上执政荐士书》就对当时朝廷选用士人的情况作过这样的分析：

窃以近岁海内方闻之士，志行端一，才能敏强，可以卓然当国家之用者，宜不为少。而其间虽有已经选用，不究才能，尝预荐闻，未蒙旌擢；亦有已罹忧患，恐致沉沦，既得外迁，因不复入。以一疑而伤众信，用浮华而伤实能。又况其自安常分，无所扳援，复贻颊年，永绝荣进者乎！④

非常真实地揭示出南宋朝廷偏安一隅，疏离贤能、摧折志士的社会政治环境。面对如此世道，再次罢职闲居的稼轩也感到心力交瘁，"心似伤弓寒雁，身如喘月吴牛。晓天凉夜，月明谁伴，吹笛南楼？"⑤ 他忘情于大自然的山水林泉、花木草树，有了"鸟倦飞还"之意。且引出两首词

---

① （宋）辛弃疾：《行香子·好雨当春》，见邓广铭笺注《稼轩词编年笺注》，上海古籍出版社1978年版，第276页。
② （宋）张元幹：《贺新郎·梦绕神州路》。
③ （宋）陆游：《鹧鸪天·家住苍烟落照间》。
④ 叶适：《水心先生文集》卷二七。
⑤ （宋）辛弃疾：《雨中花慢·吴子似见和，再用韵为别》，见邓广铭笺注《稼轩词编年笺注》，上海古籍出版社1978年版，第390页。

试读之：

> 归去来兮，行乐休迟。命由天富贵何时。百年光景，七十者稀。奈一番愁，一番病，一番衰。名利奔驰，宠辱惊疑，旧家时都有些儿。而今老矣，识破机关：算不如闲，不如醉，不如痴。
>
> （《行香子》）
>
> 叠嶂西驰，万马回旋，众山欲东。正惊湍直下，跳珠倒溅，缺月初弓。老合投闲，天教多事，检校长身十万松。吾庐小，在龙蛇影外，风雨声中。争先见面重重。看爽气朝来三数峰。似谢家子弟，衣冠磊落。相如庭户，车骑雍容。我觉其间，雄深雅健，如对文章太史公。新堤路，问偃湖何日，烟水蒙蒙。
>
> （《沁园春·灵山齐庵赋，时筑偃湖未成》）

这里需要注意的是，辛弃疾并没有完全忘情于世，他壮心未泯，还是有所期待的。也正因如此，他在瓢泉闲居时陶醉于山泉林间、物我两忘，或闲适自得、忘却功名的背后却暗含着壮志难酬的无奈与悲怆。"谁知止酒停云老，独立斜阳数过鸿"①，年华老去、大业未成，"整顿乾坤"这一沉重的历史责任感，最终使辛稼轩难以忘世。庆元四年（1198年）朝廷下诏恢复他集英殿修撰之职，主管建宁府武夷山冲右观，辛稼轩作《鹧鸪天·戊午拜复职奉祠之命》词云：

> 老退何曾说着官，今朝放罪上恩宽。便支香火真祠俸，更缀文书旧殿班。扶病脚，洗衰颜，快从老病借衣冠。此身忘世浑容易，使世相忘却自难。

---

① （宋）辛弃疾：《鹧鸪天·和章泉赵昌父》，见邓广铭笺注《稼轩词编年笺注》，上海古籍出版社1978年版，第328页。

这也正是他晚年第三次被召欣然接受的缘由所在。嘉泰三年（1203年）稼轩六十四岁时，起知绍兴府兼浙东安抚使。随后，由于和权相韩侂胄在北伐之事上发生严重分歧，不久即被罢废。辛弃疾第三次被迫闲居是宁宗开禧元年（1205年），六月由镇江知府改知隆兴府，未及到任，七月又罢新任，复归铅山家居，二年后，开禧三年（1207年）十月病故。至此，稼轩再也没有机会实现报国之愿望，只得带着无尽的悲恨，临终时大呼"杀贼"数声而亡。

辛弃疾不仅是一个兼具文才武略的英雄豪杰，而且，在时代风云剧变中，他始终坚持抗金复国的主张，至死不渝，尤其是在他南归宋廷的四十多年中，竟有约二十年被迫投闲置散，壮志蹉跎、报国无路、英雄失志，无尽悲恨闲愁。然而，政治上的失意悲愤，却使稼轩在曲子词的创作上进入高峰期，他留下的六百余首词作，艺术风格多样，其中"摧刚为柔，缠绵悱恻"的婉约词作亦能于婉约诸大家外，"别树一帜"①。

## 二、"却在灯火阑珊处"：稼轩婉约词的独特风貌

南宋偏安江南，国势日趋危殆，在这一历史条件下，南宋词坛中的一批爱国志士以激昂、雄健之音和强烈的抗金复国之志，抒写出一些豪放词，并得到不少词论家的称颂、认可。然而，整个宋代社会崇尚欢筵享乐的生活趣味和文人学士追求风流儒雅的审美情趣并未发生根本性的改变，这正是婉约词与豪放词能并驾齐驱的创作基础，并于南宋中后期词坛再次形成"以婉约为正宗"，以柔婉含蓄风格为主的创作局面。作为英雄豪杰兼词人的辛弃疾，借助豪放词来抒发自己政治上遭受主和派打击、排挤，不为朝廷所重用，报国无门、壮志难酬而产生的忧国忧民之情。与此同

---

① （清）冯煦：《蒿庵论词》，见唐圭璋编《词话丛编》，中华书局1986年版，第3592页。

时，辛弃疾对婉约词传统艺术之融化，又能独辟蹊径，"牵雅、颂入郑卫"①，扩大和深化了传统婉约词的内涵，提高了它的文化艺术品格。对应于辛弃疾备受瞩目的豪放词，他的婉约词艺术创作可谓"却在灯火阑珊处"，为此，在肯定"豪放惟幼安称首"这一前提下，有必要关注婉约词独特的艺术风貌，以期充分探究婉约词的复杂多样的演化进程。

从花间文人词的兴起，直至南宋辛弃疾的时代，婉约词的演进已拥有了将近三百年的历史，积累了丰富的创作经验。虽然在其不同发展阶段、不同词人笔下，婉约词的体貌、情趣与格调、品位不尽相同，但以表现风花雪月、伤春悲秋、相思离别、羁旅情愁为主要题材内容，这一点则是共同的。辛弃疾笔下的婉约词自然不可避免也写男女情事，且数量很多，在《稼轩词》中就有七十多首。如《临江仙》《粉蝶儿》《祝英台近》等词，温柔婉曲，旖旎缠绵，即使置于五代、北宋婉约名家之列，也属上乘之作。试举：

小靥人怜都恶瘦，曲眉天与长颦。沉思欢事惜腰身。枕添离别泪，粉落却深匀。翠袖盈盈浑力薄，玉笙袅袅愁新。夕阳依旧倚窗尘。叶红苔郁碧，深院断无人。

（《临江仙》）

昨日春如，十三女儿学绣。一枝枝、不教花瘦。甚无情，便下得、雨僝风僽。向园林、铺作地衣红绉。而今春似，轻薄荡子难久。记前时、送春归后。把春波，都酿作、一江春酎。约清愁、杨柳岸边相候。

（《粉蝶儿·和晋臣赋落花》）

宝钗分，桃叶渡，烟柳暗南浦。怕上层楼，十日九风雨。断肠片片飞红，都无人管；更谁劝，啼莺声住。鬓边觑，试把花卜归期，才簪又重数。罗帐灯昏，哽咽梦中语：是他春带愁来，春归何处，却不

---

① （宋）刘辰翁：《辛稼轩词序》，引自施蛰存主编《词籍序跋萃编》，中国社会科学出版社1994年版，第201页。

解，带将愁去。

(《祝英台近·晚春》)

尽管辛弃疾宣称"老子平生，笑尽人间，儿女怨恩"①。英雄气壮，儿女情淡。甚至表白："马革裹尸当自誓，蛾眉伐性休重说。"② 但是，赋豪壮词的辛弃疾其实也有柔情万种的一面，正如他的门人范开所言："(稼轩词) 其间固有清而丽，婉而妩媚"③，清人陈廷焯《白雨斋词话》曾列举辛词中"尺书如今何处，绿云依旧无踪迹"，"芳草不迷行客路，垂杨只碍离人目"，"小楼春色里，幽梦雨声中"等"婉雅芊丽"之词句，认为"稼轩亦能为此种笔力，真令人心折"。然而，与传统婉约词多是局限于艳情的狭小圈子中，单纯表现儿女风月之情颇为不同的是，稼轩的婉约词作中又时常以儿女离合之情、风雨花草之景寄寓词人壮志难酬的悲恨闲愁，提升了婉约词的审美情趣。对于上举《祝英台近·晚春》一词，清人沈谦《填词杂说》评曰："稼轩词以激扬奋厉为工，至'宝钗分，桃叶渡'一曲，昵狎温柔，魂消意尽。才人伎俩，真不可测。"④ 黄蓼园先生明确地说："借闺怨以抒其志乎。"⑤ 再如，这首代表作《摸鱼儿》以幽咽缠绵的惜春之曲，寄托他悲愤沉郁的情怀：

更能消、几番风雨，匆匆春又归去。惜春长怕花开早，何况落红

---

① (宋) 辛弃疾：《沁园春·老子平生》，见邓广铭笺注《稼轩词编年笺注》，上海古籍出版社1978年版，第196页。
② (宋) 辛弃疾：《满江红·汉水东流》，见邓广铭笺注《稼轩词编年笺注》，上海古籍出版社1978年版，第41页。
③ (宋) 范开：《稼轩词序》，引自施蛰存主编《词籍序跋萃编》，中国社会科学出版社1994年版，第199页。
④ (清) 沈谦：《填词杂说》，见唐圭璋编《词话丛编》，中华书局1986年版，第630页。
⑤ (清) 黄苏：《蓼园词选》，见尹志腾校点《清人选评词集三种》，齐鲁书社1988年版，第68页。

第五章 演化期的探索（南渡之后—宋亡）

无数。春且住！见说道、天涯芳草无归路。怨春不语，算只有殷勤，画檐蛛网，尽日惹飞絮。长门事，准拟佳期又误，蛾眉曾有人妒。千金纵买相如赋，脉脉此情谁诉？君莫舞，君不见，玉环飞燕皆尘土！闲愁最苦。休去倚危栏，斜阳正在，烟柳断肠处。

辛弃疾在词中以暮春景物起兴，通过对惜春、留春、怨春的情景描绘，用以象征南宋小朝廷的国势日益衰微，再难以经受风雨的摧残。接着又以历史上几个后妃美人的宠辱故事：或暗喻奸佞弄权复国难成，或斥责善妒者得意忘形，或告诫媚君争宠者的下场。结句以日薄西山的"斜阳烟柳"意象，暗喻国家的前途令人忧虑。该词表面上好像是一个伤春美人在对着暮春残景、落红飞絮伤心感叹，实质上是一个忠贞报国的豪杰壮士面对半壁河山而暗自神伤。据罗大经《鹤林玉露》载："寿皇见此词，颇不悦。"原来此词从表面上看只是写伤春和美女，于剪红刻翠的形式之中，秾而不媚，柔中带刚，其锋芒所向，确实刺到了当权者的隐痛。缪钺先生对此词的评赏甚为恰当，他说："通篇皆用含蓄之笔，比兴之法，虽伤国事，抒壮怀，而所借以抒发者，如惜春之情，如落红，如芳草，如画檐蛛网，如男女幽怨；如斜阳烟柳，皆凄美之意象。悲愤忧郁之情，映以凄美之光，遂成异彩。既非仅豪壮之呼号，亦非只儿女之怨慕。此稼轩独创之境界，以前词人所未有也。"① 辛稼轩的这类婉约词作很多，再如《念奴娇·书东流村壁》：

野棠花落，又匆匆、过了清明时节。刬地东风欺客梦，一夜云屏寒怯。曲岸持觞，垂杨系马，此地曾经别。楼空人去，旧游飞燕能说。闻道绮陌东头，行人长见，帘底纤纤月。旧恨春江流不断，新恨云山千叠。料得明朝，尊前重见，镜里花难折。也应

---

① 缪钺：《诗词散论·论辛弃疾词》，上海古籍出版社1982年版，第76页。

惊问，近来多少华发。

这首词抒写相思怨别的闺情。其凄婉柔情，不减北宋以来的婉约名家，而梁启超在《艺蘅馆词选》中说此词有"南渡之感"，又可谓是一语中的。淳熙五年（1178 年），辛弃疾由江西安抚使调往京师任大理少卿，途经东流（今安徽东至县）时作词于某村墙壁上。辛弃疾从 22 岁南归以来，一直奔走于地方官任上，直到如今 39 岁，仍然不能委以重任，实现其抗金报国、收复中原的理想抱负，却时常遭到排挤、打击。词中"旧恨春江流不尽，新恨云山千叠"两句，把他南归十多年来内心所郁结的许多感慨和悲怨都融化在词境中。岁月蹉跎，理想抱负如同"镜里花难折"，无法实现，而"近来多少华发"，又形象鲜明地揭示了迟暮英雄的忧国忧世情怀，这正是点睛之笔。稼轩婉约词中借助"美人香草"的表情方式，含蓄委婉地抒写自己的理想抱负及其壮志难酬、知音恨少的悲愤情怀。另如：

春已归来，看美人头上，袅袅春幡。无端风雨，未肯收尽余寒。年时燕子，料今宵、梦到西园。浑未办、黄柑荐酒，更传青韭堆盘。却笑东风从此，便熏梅染柳，更没些闲。闲时又来镜里，转变朱颜。清愁不断，问何人、会解连环。生怕见、花开花落，朝来塞雁先还。

（《汉宫春·立春日》）

可恨东君，把春去春来无迹。便过眼、等闲输了，三分之一。昼永暖翻红杏雨，风晴扶起垂杨力。更天涯、芳草最关情，烘残日。湘浦岸，南塘驿。恨不尽，愁如积。算年年孤负，对他寒食。便恁归来能几许，风流已非畴昔。凭画栏、一线数飞鸿，沈空碧。

（《满江红·暮春》）

辛弃疾的婉约词中还频频出现超凡脱俗、清柔高洁的"佳人"形象。

如"怅日暮云合,佳人何处,纫兰结佩带杜若"(《兰陵王·赋一丘一壑》);"自古佳人多薄命,对古来一片伤心月"(《贺新郎·用前韵送杜叔高》);"佳人日暮,濯发沧浪独浩歌"(《沁园春·弄溪赋》);"只为风流有许愁,更衬佳人步"(《卜算子·为人赋荷花》);"佳人偃蹇谁留"(《雨中花慢·旧雨常来》);"倦客不知身远近,佳人已卜归消息"(《满江红·赣州席上呈太守陈季陵侍郎》);"待说与佳人,种成香草,莫怨灵修"(《木兰花慢·寄题吴克明广文菊隐》);"照影梅溪,怅绝代佳人独立"(《满江红·照影梅溪》)……婉约词作中出现的"佳人"形象,有的是喻指志同道合的友人,而更多的是词人梦寐以求的情志高远的爱情理想。词中也反复出现西施的形象:"春水千里,孤舟浪起,梦携西子"(《唐河传·效花间体》);"漫教得陶朱,五湖西子,一舸弄烟雨"(《摸鱼儿·观潮上叶丞相》);"掷地刘郎玉斗,挂帆西子扁舟,千古风流今在此"(《破阵子·掷地刘郎玉斗》);"若教解语应倾国,一个西施也得"(《杏花天·嘲牡丹》)。从这两位女性形象上可知辛稼轩词中所追求理想的爱情对象,具有高洁脱俗的美好品性,他们既志同道合又能荣辱与共。当他"把吴钩看了,栏干拍遍,无人会,登临意"时,"倩何人唤取红巾翠袖、揾英雄泪"(《水龙吟·楚天千里清秋》),希望的是有红粉知己抚慰自己失志的悲情;在"钧天梦觉,清泪如丝"时,"算除非,痛把酒疗花冶"(《满庭芳·柳外寻春》),用爱情来治疗自己失意的痛苦;"除非腰佩黄金印,座中拥,红粉娇容。此时方称情怀"(《金菊对芙蓉·远水生光》),英雄与美人相伴,方是功成名就的得意之处;而辛稼轩希图在"夺取君王三百州"之后,"挂帆西子扁舟"(《破阵子》),功成身退,与佳人相伴悠然山水间。这里,爱情本身的男女相悦相惜已经淡化,更凸现的是稼轩的政治理想与壮志难酬的悲恨情怀。正如叶嘉莹所指出的,辛弃疾是一个用他的生命来写其诗篇,用他的生活来实践其诗篇的人[①]。辛弃

---

[①] 叶嘉莹:《论辛弃疾词》,载《文史哲》,1987年第4期。

疾的抗金复国理想无法实现，报国壮志难酬，并一再受挫，使他不得不"敛雄心，抗高调，变温婉，成悲凉"①，于慷慨悲歌的同时，亦借风月儿女之情来陶写自己英雄失志的情怀。

辛稼轩婉约词中所言儿女情事，也有抒写其现实生活中的婚姻爱情之作。如《浣溪沙·寿内子》一词：

寿酒同斟喜有余，朱颜却对白髭须。两人百岁恰乘除。婚嫁剩添儿女拜，平安频拆外家书。年年堂上寿星图。

此词就是辛稼轩美满婚姻生活的写照。他与妻子范氏年龄相加有百岁，夫妻恩爱，相濡以沫，儿女双全，家庭和睦。而且，据邓广铭先生考证：辛弃疾共有侍妾六人，并多才多艺。这类写实性的言情词也多数是为侍妾而作，记录了他们的爱情生活。且引如下两首：

人道偏宜歌舞，天教只入丹青。喧天画鼓要他听，把着花枝不应。何处娇魂瘦影，向来软语柔情。有时醉里唤卿卿，却被傍人笑问。
（《西江月·题阿卿影像》）
一自酒情诗兴懒，舞裙歌扇阑珊。好天良夜月团圆。杜陵真好事，留得一钱看。岁晚人欺程不识，怎教阿堵留连。杨花榆荚雪漫天。从今花影下，只看绿苔圆。
（《临江仙·侍者阿钱将行，赋钱字以赠之》）

蓄伎养妾这种风气，自唐宋以来文人词客竞相沿袭，白乐天、苏轼等都有此举，还传为风雅佳话。男女风月之情本是曲子词创作的原动力，辛弃疾此举在南宋社会风气下也是顺乎情理的。另外，在稼轩的婉约词中，

---

① （清）周济：《宋四家词选目录序论》，见唐圭璋编《词话丛编》，中华书局1986年版，第1643页。

还描绘了众多情态各异的村民农妇:"笑背行人归去,门前稚子啼声"的"浣纱妇"(《清平乐》),身着"青裙缟袂""去趁蚕生看外家"的农家少女(《鹧鸪天》),"笑语柔桑陌上来"的"归宁女"(《鹧鸪天》),"醉里吴音相媚好"的"白发翁媪","溪头卧剥莲蓬"的小儿等体现出稼轩多样化的审美情趣。相对于苏轼描绘农村题材内容的婉约词而言,东坡居士笔下的徐州农村,只是他作为地方官吏对农村乡土景物的见闻和感受,而在辛弃疾词中农村乡土生活与人物情态显得丰富多彩,自然朴实,更富有生活气息。这与稼轩有将近二十余年的农村闲居生活有密切关联。

最后,对于辛弃疾用典入词的风格特色,历来誉毁不一。赞赏者称其"别开天地,横绝古今。论、孟、诗小序、左氏春秋、南华、离骚、史、汉、世说、选学、李杜诗,拉杂运用,弥见其笔力之峭"①。诋毁者则称其"时时掉书袋,要是一癖"②。究其实,《稼轩词》中除极少数滥用典故,有卖弄才学之嫌外,绝大多数用典使事精当妥帖。而且,与传统的婉约词相比,稼轩的婉约词中也大量运用典故,"一经运用,便得风流"③,能够唤起读者言语之外的联想,提高了婉约词的艺术表现力。稼轩或言儿女情事、相思怨别,或咏物,或纪行,均能借用典故,融情于典,化典为情,以抒写词人的襟怀,赋予深刻的现实内容。如上举《摸鱼儿》(更能消几番风雨)曾引用汉武陈皇后别居长门宫事及"玉环飞燕皆成土"的情事。再如《贺新郎·别茂嘉十二弟》词:

> 绿树听鹈鴂。更那堪、鹧鸪声住,杜鹃声切。啼到春归无寻处,苦恨芳菲都歇。算未抵、人间离别。马上琵琶关塞黑,更长门翠辇辞

---

① (清)吴衡照:《莲子居词话》,见唐圭璋编《词话丛编》,中华书局1986年版,第2408页。
② (宋)刘克庄:《跋刘叔安感秋八词》,引自施蛰存主编《词籍序跋萃编》,中国社会科学出版社1994年版,第296页。
③ (清)刘熙载:《艺概·词曲概》,见唐圭璋编《词话丛编》,中华书局1986年版,第3693页。

金阙。看燕燕,送归妾。将军百战身名裂。向河梁、回头万里,故人长绝。易水萧萧西风冷,满座衣冠似雪。正壮士、悲歌未彻。啼鸟还知如许恨,料不啼清泪长啼血。谁共我,醉明月。

这首词抒写离合悲欢,寄寓深沉的忧国情怀。与传统婉约词有所不同的是,他在描绘"杜鹃声切""芳菲都歇"等暮春凄凉景色之后,词中转而接连引用历史上昭君出塞、戴妫归陈、李陵送别苏武、易水饯别荆轲等古代美人与英雄辞家去国的典故,于抒写个人离愁的同时,也淋漓尽致地表达了"人间离别"的深沉感慨。又如《贺新郎·赋琵琶》词:

凤尾龙香拨。自开元、霓裳曲罢,几番风月。最苦浔阳江头客,画舸亭亭待发。记出塞、黄云堆雪。马上离愁三万里,望昭阳宫殿孤鸿没。弦解语,恨难说。辽阳驿使音尘绝。琐窗寒、轻拢慢捻,泪珠盈睫。推手含情还却手,一抹《梁州》哀彻。千古事、云飞烟灭。贺老定场无消息,想沉香亭北繁华歇。弹到此,为呜咽。

这首词,不咏琵琶本身,而是引用了许多有关弹奏琵琶的故事,委婉曲折地表达词人的现实感叹。清人周济曰:此词上阕"言谪逐正人,以致离乱",下阕"言晏安江沱,不复北望",精当地指出了其间的深刻寓意。另如《满庭芳》(倾国无媒)借用了《史记》《淮南子》《吕氏春秋》等一系列故实,寄寓着词人艰难境遇的深沉愤慨;《木兰花慢》(可怜今夕月)、《水龙吟》(听兮清佩摇琼些)等是用屈原《楚辞》笔法抒写襟怀。辛稼轩的婉约词作中到底有多少处用典使事,目前尚未确切统计,但其用典之多,频率之高,尤其是他能融情于典,化典为情,寄寓英雄失志的"悲恨闲愁",提升了传统婉约词的文化艺术品位。

## 第四节　婉约词在南宋中后期的艺术风格
——以姜夔、吴文英与张炎为代表

宋室南迁和文人学士的大批南渡，词坛的创作中心由以汴京为中心的北方转移到了江南一带。清人张其锦在《梅边吹笛谱序》中认为南宋词坛存在两大流派："一派为白石，以清空为主，高、史辅之。前有梦窗、竹山、西麓、虚斋、蒲江，后则有玉田、圣与、公谨、商隐诸人，扫除野狐，独标正谛，犹禅之南宗也。一派为稼轩，以豪迈为主，继之以龙洲、放翁、后村，犹禅之北宗也。"① 其间，姜夔的创作活动于淳熙三年（1176年）至开禧三年（1207年）的三十年间，与他同时的艺术风格相近的词人主要有卢祖皋、高观国、史达祖、张辑，且词作也达到很高的艺术成就。吴文英的创作活动于绍定元年（1228年）至景定五年（1264年）的三十余年间，与其词风相近的词人有李彭老、楼采、尹焕、黄孝迈、翁元龙、万俟绍和施枢，但除吴文英而外，其余的词人皆不显名。张炎的创作活动于咸淳九年（1273年）至元代延佑二年（1315年）的四十余年间，同时的杨缵、王沂孙、周密、陈允平，都有各自的艺术特色，成为宋词的终结。上述婉约词创作群体分别以姜夔、吴文英与张炎为代表，他们承继北宋集大成者周邦彦的创作倾向，虽词风各异，却皆"以雅为美"，存在着共同的艺术特色。可以说，婉约词伴随着曲子词的兴起而演进，至南宋时期，婉约词已与晚唐五代、北宋时期的婉约词有了很大的不同，婉约词在南宋文人不断雅化的演变进程中，最终体现在婉约词的艺术创作与审美意蕴上。

---

① （清）张其锦：《梅边吹笛谱序》，引自施蛰存主编《词籍序跋萃编》，中国社会科学出版社1994年版，第574—575页。

## 一、创作主体的情感特征：感时伤怀，托物寄情

曲子词作为一种音乐文学，声律变幻万端，句式参差不齐的形式，最适宜婉转幽微地表达创作主体内心丰富的情感旋律，在婉约词的不同时期创作主体有不同的情感特征表现。在婉约词的初创期，唐末五代词人绝大多数是"男子作闺音"，为妇代言，其中"花间鼻祖"温庭筠对女性的偏嗜和反复描绘，强化了婉约词抒情主人公形象的一致性与定型性，女性主人公成为花间词人普遍关注的中心，而这又与当时词人群体特定的创作意图、对象有关。由于曲子词是写给"绮筵公子、绣幌佳人"们演唱、欣赏的，以达到"娱宾遣兴"的目的，因而词人的创作也就自然地以女性为描写对象，抒写男女情事，表达人们对爱欲恋情的渴望与失望、追求与失落。在婉约词的成长期，由于北宋词坛承平盛世的社会环境和词体自身发展，红粉佳人的形象仍占据着词坛创作的"半边天"。其间，北宋初期词人以晏殊、欧阳修为代表，主要是沿着南唐词人冯延巳的表情方式，使婉约词表层上抒写的男女情爱与相思怨别，而在深层已注入了创作主体对人生短暂、时光易逝的体验，不自觉地流露出词人的气质、修养、品性与襟怀。"工于言情"小令的晏几道词专主情致，深挚而婉娈，沉醉于对昔日歌舞爱情的追忆中，不经意地"将身世之感打并入艳情"，对自我情感的苦闷、忧患有着深切的体验。从总体上讲，由于受到令词在篇幅体制上的局限，创作主体还无法充分地展示情感特征的多元化需求。而作为慢词的先行者，柳永将目光转向民间流传的新声慢曲，拓展词体的篇幅，从而也扩大了词体的情感容量，开启了宋词的"自家面目"。柳永以层层铺叙的手法叙写都市风貌、市民生活，抒发羁旅行役时的离愁别恨，婉约词中大量的景物渲染与情事的细致刻画，唯求畅快淋漓，一泻无余地表露词人的真情实感，尤其是展示出宋代下层文人士大夫的坎坷命运和失意苦闷的情态。自此以后，失意文人士大夫形象逐渐占据宋词的半壁江山，婉约词

作中红粉佳人与失意文人的相知相恋成为主要的情感特征。柳永之后，北宋词坛蓬勃发展起来，虽体制不一，作法各异，然终究是"言情体物，穷极工巧"①。在婉约词的深化期，集大成者周邦彦，词作讲究布局构思，通过曲折回环的结构、缜密典丽的辞章，"寄情长短句"，含蓄蕴藉地抒写词人自我迁谪沦落之感和人生的失意苦闷。

  值得肯定的是，人的情感不仅指狭义的自然生理本能，还包括更广泛意义上的社会历史情感，创作主体的情感特征也不仅限于表现男女的爱欲恋情，而是还包括其他方面的多元化情感需求，例如人生理想、社会价值、历史责任感等。与北宋词坛所处的承平盛世截然不同，南宋词坛则处于偏安一隅的特殊历史环境中：中原沦丧、异族入侵，统治集团却一味苟安求和，非但不积极组织抗金，反而割地赔款，并对有志复国的爱国之士排斥、打击。大批南宋文人不仅过着颠沛流离、背井离乡的生活，而且面临国家民族危亡却报国无门、请缨无路的人生困境，他们已不能仅忧患于自我人生，更忧患于民族社会。婉约词的创作主体的情感特征已经有了很大的转变：由最初的为妇代言抒写男女情爱，又由不经意的"将身世之感打并入艳情"，最终"托物比兴，因时伤事"，营造美人香草式的"骚雅"境界来寄托文人感时伤事的情怀。尤其"姜、张诸人，以高贤之士，放迹江湖，其旨远，其词文，托物比兴，因时伤事，即酒席游戏，无不有黍离周道之感，与诗异曲同其工"②。在某种程度上拓宽了婉约词的传统题材内容，多元化地表现创作主体的心理情感特征，表达了处于乱离社会的人世情感。

  南宋词人姜夔流落江湖，布衣终身，却有着孤高雅洁的秉性。他目睹南宋国势日渐衰弱，时常以比兴寄托的手法抒写感时伤事的情怀，正如清人陈廷焯指出："南渡以后，国势日非，白石目击心伤，多于词中寄慨"，

---

① 王国维：《人间词话》，徐调孚注，人民文学出版社1982年版，第206页。
② （清）王昶：《春融堂集·姚苾汀词雅序》卷四十一。

"特感慨全在虚处，无迹可寻，人自不察耳"①。近人吴梅先生《词学通论》于姜夔则谓："盖词中感喟，只可用比兴体，即比兴中亦须含蓄不露，斯为沉郁。若慷慨发越，终病浅显。"②《扬州慢》是姜夔22岁时的婉约词，词曰：

> 淮左名都，竹西佳处，解鞍少驻初程。过春风十里，尽荠麦青青。自胡马窥江去后，废池乔木，犹厌言兵。渐黄昏、清角吹寒，都在空城。杜郎俊赏，算而今重到须惊。纵豆蔻词工，青楼梦好，难赋深情。二十四桥仍在，波心荡，冷月无声。念桥边红药，年年知为谁生。

这首词表达了作者感怀家国、伤时念乱的心情。即使词序中未明确提到"黍离之悲"，我们也会从昔日名城到今日边城的鲜明对比所引起的今昔感慨中，深切感受到词人的凄怆情怀。从"春风十里"到"荠麦青青"；从彻夜笙歌到"清角吹寒"；从风流俊赏的杜牧到解鞍沉吟的自己；从三五明月夜、二十四桥吹箫的玉人，到今夜"波心荡"的一弯冷月和自开自放的红药，这其中的所见、所闻、所感，怎不教人"难赋深情"又"重到须惊"？也难怪陈廷焯说："自胡马窥江去后，废池乔木，犹厌言兵"，"数语写兵燹后情景逼真，'犹厌言兵'四字，包括无限伤乱语，他人累千百言，亦无此韵味"③。他把自己的淑世情怀融入清冷萧索的景物之中，既低回要眇，又骚雅空灵。除《扬州慢》词外，姜夔的婉约词中也寄寓哀时伤世之感，以《暗香》《疏影》为代表：

---

① （清）陈廷焯：《白雨斋词话》卷二，见唐圭璋编《词话丛编》，中华书局1986年版，第3797页。
② 参见吴梅：《词学通论》，华东师范大学出版社1996年版，第87页。
③ （清）陈廷焯：《白雨斋词话》卷二，见唐圭璋编《词话丛编》，中华书局1986年版，第3797页。

旧时月色，算几番照我，梅边吹笛。唤起玉人，不管清寒与攀摘。何逊而今渐老，都忘却、春风词笔。但怪得、竹外疏花，香冷入瑶席。江国，正寂寂。叹寄与路遥，夜雪初积。翠尊易泣，红萼无言耿相忆。长记曾携手处，千树压、西湖寒碧。又片片、吹尽也，几时见得。

(《暗香》)

苔枝缀玉，有翠禽小小，枝上同宿。客里相逢，篱角黄昏，无言自倚修竹。昭君不惯胡沙远，但暗忆、江南江北。想佩环、月夜归来，化作此花幽独。犹记深宫旧事，那人正睡里，飞近蛾绿。莫似春风，不管盈盈，早与安排金屋。还教一片随波去，又却怨、玉龙哀曲。等恁时、重觅幽香，已入小窗横幅。

(《疏影》)

清人宋翔凤《乐府馀论》谓"《暗香》《疏影》，恨偏安也"。郑文焯在所校《白石道人歌曲》中评释《疏影》云："此盖伤心二帝蒙尘，诸后妃相从北辕，沦落胡地，故以昭君喻托，发言哀断。"近人吴梅先生说："《暗香》《疏影》发二宋之幽愤，伤在位之无人也。"刘永济《微睇室说词》释云：

"江国寂寂"四字包含偏安朝廷苟且局势。"叹寄与"二句用陆凯寄范晔梅枝事，意却指徽、钦二宗被幽之地，故用"夜雪初积"点明北地。

"昭君"二句，提明念君。此时徽宗已没，故有"想佩环"二句。"犹记深宫旧事"换头三句……指昔日宫中耽乐废政之事。"莫似"三句……不难使人感到善谋国者宜先事预防，方可免危殆。……"却怨玉龙哀曲"复有何益。①

---

① 刘永济：《微睇室说词》，上海古籍出版社1987年版，第118、121页。

上述诸人之论，虽有穿凿坐实之嫌，但从全词的情感基调而言，还是有一定道理的。在姜夔精心创作的《暗香》《疏影》自度曲中，借咏梅花抒情志，亦花亦人，梅开时幽怨，梅落时惆怅，虽入笛曲与画幅，却终难留住梅花之魂，词人由此而生无尽悲慨。词作所引用的典故中，寿阳公主与昭君都是深宫后妃，这自然让人想到"伤心二帝蒙尘，诸后妃相从北辕，沦落胡地"，尤其是昭君出塞正是在北方单于强敌压境，胁迫汉朝的情况下，不得已才去和蕃远嫁胡人，姜夔拈来"昭君不惯胡沙远，但暗忆、江南江北"还是有"故国的寄托"①。除此之外，姜夔婉约词托物寄情的还是很多，如《齐天乐·赋蟋蟀》《虞美人·赋牡丹》《侧犯·咏芍药》、咏梅组词《卜算子》八韵，皆寄意深长，蕴藉含蓄。

姜夔的大部分恋情被认为与合肥琵琶伎有关，夏承焘先生《笺校·合肥词事》云："白石诚挚之态度，纯似友情，不类狎妓，在唐宋情词中最为突出。"若从恋情词的凄苦情怀及其所用典故来看，可以说合肥情词不仅仅是恋人间的离情别绪所能够涵盖的。如《霓裳中序第一》词曰：

> 亭皋正望极。乱落江莲归未得。多病却无气力。况纨扇渐疏，罗衣初素。流光过隙。叹杏梁、双燕如客。人何在，一帘淡月，仿佛照颜色。幽寂。乱蛩吟壁。动庾信、清愁似织。沉思年少浪迹。笛里关山，柳下坊陌。坠红无消息。漫暗水、涓涓溜碧。漂零久，而今何意，醉卧酒垆侧。

词人自序曰："余方羁旅，感此古音，不自知其辞之怨抑也。""怨抑"正是这首词的感情基调。起首两句以秋风乍起，红莲纷落起兴，颇有《离骚》"惟草木之零落兮，恐美人之迟暮"句意，交织着词人怀才不遇的迟暮之感和漂泊羁旅之苦。接着三句用孟浩然《岁暮归南山》："不

---

① 叶嘉莹：《唐宋词十七讲》，河北教育出版社 2000 年版，第 394 页。

才明主弃,多病故人疏",以及班婕妤《怨歌行》诗意,抒写人间的世情冷暖。"流光"二句,感叹自身不及南来北往的梁上燕子,"人何在,一帘淡月,仿佛照颜色",化用杜甫《梦李白》:"落月满屋梁,犹疑照颜色",词人羁旅漂泊,几忘身之所在,此时梁上一帘淡月,也似曾照谪客李白,使唤起相同的心境。过片"幽寂",点明词人幽独孤寂的情怀,然而这并非是个人的情愁,所谓"动庾信清愁似织",化用庾信《愁赋》"谁知一寸心,乃有万斛愁"句意,显然有故国之思寄寓其中。"沉思年少"三句又与杜牧《遣怀》"十年一觉扬州梦,赢得青楼薄幸名"情怀相似,抒发凭"酒消英气,花被清愁"的人生悲哀。最后结句"漂零久,而今何意,醉卧酒垆侧",化用《世说新语·任诞》阮籍醉卧酒垆美妇侧而"终无他意"之典,矢志不渝、忧生忧世的悲剧情怀自然寓含其间。夏承焘先生考订姜夔词现存八十多首,其中与合肥情事有关的近二十首①。即便如此,姜夔抒写人之爱恋情欲却"一洗华靡,独标清绮,入其境者,疑有仙灵,闻其声者,人人自远"②,而且,他在真挚不渝的凄楚恋情中,又寄寓遥深的思致,流露出"感士不遇"的时代情绪。又如:

第一是,早早归来,怕红萼、无人为主。算空有并刀,难剪离愁千缕。

(《长亭怨慢》)

春未绿,鬓先丝,人间别久不成悲。谁教岁岁红莲夜,两处沉吟各自知。

(《鹧鸪天·元夕有所梦》)

别后书辞,别时针线。离魂暗逐郎行远。淮南皓月冷千山,冥冥

---

① 夏承焘:《姜白石词编年笺注·论姜白石的词风》,上海古籍出版社1981年版,第2页。
② (清)郭麐:《灵芬馆词话》,见唐圭璋编《词话丛编》,中华书局1986年版,第1503页。

归去无人管。

(《踏莎行·江上感梦而作》)

金陵路、莺歌燕舞。算潮水、知人最苦。满汀芳草不成归，日暮。更移舟，向甚处。

(《杏花天影》)

西窗夜凉雨霁，叹幽欢未足，何事轻弃。问后约、空指蔷薇，算如此溪山，甚时重至。

(《解连环》)

此外另如"故人楼上，凭谁指与，芳草斜阳"（吴文英《夜合花·自鹤江入京，泊葑门外有感》）；"惆怅双鸳不到，幽阶一夜苔生"（吴文英《风入松·听风听雨过清明》）；"相思一夜窗前梦，奈个人、水隔天遮"（王沂孙《高阳台·残雪庭阴》）；"莫诉离肠深浅，恨聚散匆匆，梦随帆远"（周密《三株媚·送圣与还越》）。颠沛流离、漂泊无依的生活不知拆散了天下多少有情人，南宋婉约词人的爱恨情愁已与此时之感时伤事之情怀融合在一起，因而显得愈加深沉婉曲。

继姜夔之后，吴文英是南宋婉约词的又一代表人物。他终身布衣、沉沦幕僚，寄人篱下、漂泊无定，内心郁结了太多的幽思感愤。据夏承焘先生《吴梦窗系年》考证，吴梦窗有过两次恋情。词人18岁至28岁的青年时期，曾生活在繁华的杭州，与一位女子相识相恋，度过了一段浪漫旖旎的岁月，但他们分别后恋人却不幸死去，这是他的第一次恋情经历。后来，梦窗在苏州，曾娶过一名爱妾，但也最终离他而去。认为"集中怀人诸作，其时夏秋，其地苏州者，殆皆忆苏州遣妾；其时春，其地杭者则悼杭州亡妾"[①]。作为善感的词人，当其面对这两次爱情悲剧时，心中所郁结之情很容易被触动、引发。吴文英的恋情词在情感内蕴上可以说是恋

---

① 夏承焘：《唐宋词人年谱·吴梦窗系年》。

情、身世、感时伤怀的"三合一"。正如清人况周颐所言:"(梦窗词)即其芬菲铿丽之作,中间隽句艳字,莫不有沉挚之思,灏瀚之气,挟之以流转,令人玩索而不能尽,则其中之所存者厚。"① 试举《莺啼序·春晚感怀》词曰:

> 残寒正欺病酒,掩沉香绣户。燕来晚、飞入西城,似说春事迟暮。画船载、清明过却,晴烟冉冉吴宫树。念羁情游荡,随风化为轻絮。十载西湖,傍柳系马,趁娇尘软雾。溯红渐、招入仙溪,锦儿偷寄幽素。倚银屏、春宽梦窄,断红湿、歌纨金缕。暝堤空,轻把斜阳,总还鸥鹭。幽兰旋老,杜若还生,水乡尚寄旅。别后访、六桥无信,事往花委,瘗玉埋香,几番风雨。长波妒盼,遥山羞黛,渔灯分影春江宿,记当时、短楫桃根渡。青楼仿佛,临分败壁题诗,泪墨惨淡尘土。危亭望极,草色天涯,叹鬓侵半苎。暗点检、离痕欢唾,尚染鲛绡,嚲凤迷归,破鸾慵舞。殷勤待写,书中长恨,蓝霞辽海沉过雁,漫相思、弹入哀筝柱。伤心千里江南,怨曲重招,断魂在否。

这首长调慢词共分四叠,将伤春、怀旧、伤别、悼亡融为一体,时空随着词人流动的心绪而不停地转换,大开大合、曲折回旋地抒发了悲欢离合之情。全词以思绪的流动为线索,第一叠写游湖。从自己病酒,见燕子来说春暮,于是词人不管病酒,来游湖,而湖上已是画船过却,只剩吴宫绿树,人去湖空。第二叠写怀旧。追忆十年中的欢会,尤以景语表情,"娇尘软雾"表现幽会的欣喜,"歌纨金缕"表达悲喜交织,"斜阳鸥鹭"表现忘情欢会。第三叠写别后。过片三句抒写别后羁旅,接四句写故地重游,"六桥"指西湖,此时词人又沉入旧事的回忆:两人轻舟短楫春江宿,"渔灯分影"表现渔乡共宿的画意诗情,"短楫桃渡"表达古今相映

---

① (清)况周颐:《蕙风词话》卷二,王幼安校订,人民文学出版社1982年版,第48页。

的无限风情。又追忆离别之时,破壁题诗,那和泪写下的墨迹已被尘土淹没。第四叠写悼亡。词人登楼伤情,感叹岁月流逝,雁书难寄,举目临眺千里江南,却是一片伤心之地,纵有哀筝怨曲,亡妾之断魂亦难以招还。

  吴文英婉约词抒写恋情全凭创作主体的心绪流动来安排辞章结构,通过时空的转换、今昔情景的变化来表达心中反复缠绵、盘曲郁结的深厚情蕴。清人况周颐指出:"梦窗密处,能令无数丽字,一一生动飞舞,如万花为春"①,这缘于吴文英之深情,"其用情不但在妇人女子生离死别之间,大而国家之危亡,小而友朋之聚散,或吊而伤今,或凭高而眺远,即一花一木之微,一游一宴之细,莫不有一段缠绵之情寓乎其中"②。又如梦窗词中《踏莎行》(润玉笼绡):"隔江人在雨声中,晚风菰叶生秋怨。"《霜叶飞·重九》:"断烟离绪,关心事、斜阳红隐霜树。"《极相思》:"心事孤山春梦在,到思量,犹断诗魂。水清月冷,香消影瘦,人立黄昏。"《八声甘州》(渺空烟四远):"问苍波无语,华发奈青山。水涵空、阑干高处,送乱鸦、日落渔汀。"《三姝媚·过都城旧居有感》:"紫曲门荒,沿败井、风摇青蔓。对语东邻,犹是曾巢,谢堂双燕"等诸句,或抒写怀人伤逝之情,或是感慨岁月流逝、昔盛今衰,而字里行间也融入了对国势岌危的沉痛悲慨。

### 二、尽去俚俗而追求意趣的"骚雅"

  婉约词发展至南宋时期,尽失俗腔而追求意趣的"骚雅",它已经摆脱了"有井水处皆歌柳词"的民间市井层面而走向了一种纯属文人吟唱的典雅辞章,已将词提升到与诗等同的地位。南宋词人以张炎为代表,从传统儒家诗教出发,追求"骚雅",如"古之乐章、乐府、乐歌、乐曲,

---

① (清)况周颐:《蕙风词话》卷二,王幼安校订,人民文学出版社1982年版,第47页。
② 刘永济:《微睇室说词》,上海古籍出版社1987年版,第126页。

皆出于雅正"①,"词欲雅而正,志之所之,一为情所役,则失其雅正之音矣"②。在不失雅正之音的前提下,"簸弄风月,陶写性情",强调描写风月,并不纯为写男女之情,而是陶写词人的性情,且不为情所驱使,最终把词引上了"景中带情,而存骚雅","屏去浮艳,乐而不淫"③的创作道路上。

婉约词虽至北宋周邦彦笔下,无论是从音律还是辞章、结构,都很讲究醇厚典雅,但在周氏词中尚有一些尘俗的因素,在张炎看来,周美成词美中不足的地方就在于有时"为情所役""意趣不高"。姜夔词正是在周邦彦的基础上,"变软媚为骚雅,变秾丽为清空"④。"姜白石词如野云孤飞,去留无迹。……如《疏影》《暗香》《扬州慢》《一萼红》《琵琶仙》《探春》《八归》《淡黄柳》等曲,不惟清空,又且骚雅,读之使人神观飞越。"⑤"清空"与"骚雅"就成了张炎衡定词体的审美标准。姜夔词尤以《暗香》《疏影》为代表,其词境极为"清妙窈眇,空淡深远"⑥,月色、花香、笛声、梅影,玉人之好,梅竹之清,相互辉映,殆非人世。"竹外疏花,香冷入瑶席",不由人不"神观飞越"。昔日携手处,有"千树压寒碧"之盛,而今老矣,不惟深情难赋,而花飞片片,斯人何在?词作以咏梅为载体,言情、感伤,皆能不落言筌。"风月"二字,在白石笔下得到了极为雅致的发挥,清人沈祥龙《论词随笔》曰:"观白石词,何尝有一语涉于嫣媚。"⑦南渡之初,黄大舆编选《梅苑》并作序曰:

---

① 夏承焘:《词源注》,人民文学出版社1963年版,第9页。
② 夏承焘:《词源注》,人民文学出版社1963年版,第29页。
③ 夏承焘:《词源注》,人民文学出版社1963年版,第23页。
④ 唐圭璋、潘君昭:《论姜白石及其词》,见《词学研究论文集》,上海古籍出版社1982年版,第439—440页。
⑤ 夏承焘:《词源注》,人民文学出版社1963年版,第16页。
⑥ 邓乔彬:《论姜夔词的"清空"——姜词艺术析论之一》,载《文学遗产》,1986年第1期。
⑦ (清)沈祥龙:《论词随笔》,见唐圭璋编《词话丛编》,中华书局1986年版,第4056页。

"若夫呈妍月夕，夺霜雪之鲜；吐嗅风晨，聚椒蘭之酷，情涯殆绝，鉴赏斯在。……于是录唐以来词人才士之作以为齐居之玩。"①《四库全书总目提要·梅花字字香》云："《离骚》遍撷香草，独不及梅。六代及唐，渐有赋咏，而偶然寄意，视之亦与诸花等。自北宋林逋诸人递相矜重，'暗香疏影''半枝横斜'之句，作者始别立品题。南宋以来，遂以咏梅为诗家一大公案。江湖诗人，无论爱梅与否，无不借梅以自重。凡别号及斋馆之名，多带梅字，以求附于雅人。黄大舆至辑诗余为《梅苑》十卷，方回作《瀛奎律髓》，凡咏物俱入着题类，而梅花则自立一类，此倡彼和，沓杂不休。"可见，梅花是北宋以来文人雅士情趣的集中体现，至南宋发展到极致。

吴文英"论词四标准"保存在沈义父的《乐府指迷》中，这是唯一留存下来的梦窗论词之语，弥足珍贵。其第一则曰："音律欲其协，不协则成长短之诗。"梦窗也是精通音乐的，他的词集中还保留了十余首自度曲。张炎在《西子妆慢》词序中说："吴梦窗自制此曲，余喜其声调妍雅，久欲述之而未能。"吴氏之通晓音乐可窥一斑。第二则曰："下字欲其雅，不雅则近乎缠令之体"，此处"下字欲其雅"，不仅指研炼字面，也指语言所表现出的艺术特色，它承袭了南渡以来词学界倡导雅词的审美风尚。第三则曰："用字不可太露，露则直突无深长之味。"言用字忌浅露直白，强调词作耐人寻味的深长意蕴。第四则曰："发意不可太高，高则狂怪而失深婉之意。"② 此论主要是针对辛派末流词人既无苏、辛之才气，又无深厚的情思，一味粗豪叫嚣，狂放不羁，过犹不及，遂成为词之流弊，正如清人金应珪《词选后序》中说："此犹巴人振喉以和阳春，龟蜮怒嗌以调疏越，是谓鄙词。"③ 作为一位有才华的寒士下僚，梦窗目睹

---

① （宋）黄大舆：《梅苑序》，见金启华、张惠民等编《唐宋词集序跋汇编》，江苏古籍出版社1990年版，第355页。
② 蔡嵩云：《乐府指迷笺释》，人民文学出版社1963年版，第43页。
③ （清）金应珪：《词选后序》，引自施蛰存主编《词籍序跋萃编》，中国社会科学出版社1994年版，第799页。

南宋偏安苟延的局势，以奇丽幽冷之笔，抒写内心凄迷哀痛之情，使词中抒情主人公的情欲爱恋富有含蓄典雅之境界。诚如叶嘉莹所言："梦窗意境之深远，工力之精致，更有其迥然非常人可及之处"，并非"拆碎七宝楼台，不成片断"，而是片断之间有着"勾连锁结之妙"，且不可"以之为晦涩生硬，而将梦窗极富创造力的敏锐的感受，与丰富的联想，全部抹杀，而妄加訾议"①。

张炎是宋末的婉约大家，而且创作实践与其词学理论是一致的。张炎的创作活动可分为前后两个时期，前期之作多直抒兴亡之感慨，后期飘零落魄，穷愁羁旅，度日艰辛，词作的情感基调低沉哀婉，但在艺术表现上却更加纯熟精深。张炎近师白石，远绍清真，"以婉丽为宗"，提出："作词者能取诸人之所长，去诸人之作短，象而为之，岂不能与美成辈争雄长哉！"②并且对其门人陆辅之传授作词的"指迷要诀"为："周清真之典丽，姜白石之骚雅，史梅溪之句法，吴梦窗之字面，取四家所长，去四家所短。"③可以说，张炎对婉约词的创作进行全面的总结，既丰富了其理论主张，又能付诸创作实践。正如楼思敬称道："南宋词人姜白石外，唯张玉田能以翻笔、侧笔取胜，其章法、句法俱超，清虚骚雅，可谓脱尽蹊径，自成一家。"④《四库全书总目提要》评张炎《山中白云词》（卷八）曰："当宋邦沦覆，（张炎）年已三十有三，犹及见临安全盛之日。故所作往往苍凉凄楚，即景抒情，备写其身世兴衰之感，非徒以剪红刻翠为工。……宋元之际，亦可谓江东独秀矣。"⑤且举以下两首：

---

① 叶嘉莹：《拆碎七宝楼台——谈梦窗词之现代观》，载《南开学报》，1980年第1期。
② 夏承焘：《词源注》，人民文学出版社1963年版，第9页。
③ 蔡嵩云：《乐府指迷笺释》，人民文学出版社1963年版，第41页。
④ （清）张宗橚：《词林纪事》卷十六，古典文学出版社1957年版。
⑤ （清）永瑢：《四库全书总目提要·山中白云词》卷八，引自施蛰存主编《词籍序跋萃编》，中国社会科学出版社1994年版，第398页。

接叶巢莺，平波卷絮，断桥斜日归船。能几番游？看花又是明年，东风且伴蔷薇住。到蔷薇、春已堪怜。更凄然，万绿西泠，一抹荒烟。当年燕子知何处？但苔深韦曲，草暗斜川。见说新愁，如今也到鸥边。无心再续笙歌梦，掩重门、浅醉闲眠。莫开帘，怕见飞花，怕听啼鹃。

(《高阳台·西湖春感》)

列屋烘炉，深门响竹，催残客里时序。投老情怀，薄游滋味，消得几多凄楚。听雁听风雨，更听过数声柔橹。暗将一点归心，试托醉乡分付。借问西楼在否？休忘了盈盈，端正窥户。铁马春冰，柳娥晴雪，次第满城箫鼓。闲见谁家月，浑不记旧游何处？伴我微吟，惟有梅花一树。

(《探春慢》)

词作以冷景映衬哀情，基调甚为凄凉哀怨。在词人眼中，春光冷凄多于明媚，秋日萧索多于爽朗，苔深草暗，荒烟断桥，客栖异乡，只与梅花相伴。在江南一派湖光山色之中，即景抒情，融入身世飘零、家国兴亡之感慨。此类词在张炎《山中白云词》中还有很多。又如："绕江南，那处无愁？赢得如今老大，依然只是漂流"(《风入松》)；"江空岁晚，栖迟犹在，吴头楚尾"(《水龙吟·寄袁竹初》)；"对荒凉茂苑，吟情渺渺，心事悠悠"(《甘州·和袁静春入杭韵》)；"最无据，长年息影空山，愁入庾郎句。玉老田荒，心事已迟暮"(《祝英台近·与周草窗话旧》)。正如清人朱彝尊所云："老去填词，一半是空中传恨，几曾围、燕钗蝉鬓。"① 南宋张炎等词人在宋亡后，家破人亡，漂泊江湖，生活艰辛，前尘旧事恍若梦中，此时借爱情的题材，或以爱情为线索，来展开"今非昔比"的词笔，以"寄寓亡国之恨、失家之痛、飘零之苦，这便是张炎

---

① （清）朱彝尊：《自题词集》(《解佩令》)，《全清词》(顺康卷)，中华书局2002年版，第5280页。

婉约词的通常写法和常见主题"①。因有了这样一颗沉痛的词心，遂使张炎的婉约词具有了别样的风貌。如《渡江云》词曰：

锦香缭绕地，凉灯挂壁，帘影浪花斜。酒船归去后，转首河桥，那处认纹纱？重盟镜约，还记得前度秦嘉。惟只有、叶题堪寄，流不到天涯。惊嗟！十年心事，几曲栏干，想萧娘声价。闲过了、黄昏时候，疏柳啼鸦。浦潮夜涌平沙白。问断鸿、知落谁家？书又远，空江片月芦花。

这首词起首"锦香缭绕地"，温馨又旖旎，而"凉灯挂壁，帘影浪花斜"以清凉、惝恍之景物与昔日的浪漫形成对照。其间又以乐昌与德言的破镜重圆，徐淑与秦嘉的悲剧恋情，与词人凭叶题诗，却流不到天涯的现实境况加以相互映衬，那种刻骨铭心的相思、深情渺远的期盼以及难以排遣的无尽哀怨，赋予整首词凄冷沉郁的情调，词风如同结句"空江片月芦花"一样空灵蕴藉、凄清冷艳。张炎婉约词之别具风貌缘于他将"身世兴衰之感"赋予男女之传统恋情以人生的厚度，"苍凉凄楚"的世事沧桑又给"软媚""浮艳"注入了气骨，往往于"浑成处、软媚处有气魄"，终使南宋婉约词尽去尘俗而意趣高雅。

张炎在婉约词的创作技法上还提出"若能尽用虚字，句语自活，必不质实"②，用典"要体认着题，融化不涩"，"用事不为事所使"③，其《解连环·孤雁》就是最好的例子。词云：

楚江空晚。怅离群万里，恍然惊散。自顾影、欲下寒塘，正沙静草枯，水平天远。写不成书，只寄得、相思一点。料因循误了，残毡

---

① 杨海明：《张炎词研究》，齐鲁书社1989年版，第102页。
② 夏承焘：《词源注》，人民文学出版社1963年版，第15页。
③ 夏承焘：《词源注》，人民文学出版社1963年版，第19页。

拥雪，故人心眼。谁怜旅愁荏苒？漫长门夜悄，锦筝弹怨。想伴侣、犹宿芦花，也曾念春前，去程应转。暮雨相呼，怕蓦地、玉关重见。未羞他、双燕归来，画帘半卷。

词中连用了"恍然""自""正""料""谁""漫""也曾""蓦地"等虚字，且不分传统的上片写景，下片抒情，全词一气贯穿，紧扣一个"孤"字。开头用辽远空阔之境反衬"孤"，结句以"双燕归来，画帘半卷"，再反衬孤寂，把一个人在特定环境和时空内的某种人生感受和体验，深婉曲折地表达了出来。而且，融化苏武"残毡拥雪"的典故和前人咏雁之诗句，自然而不露痕迹，如杜牧《早雁》："长门灯影数声来"，李商隐《昨日》："十三弦柱雁行斜"；钱起《孤雁》："二十五弦弹夜月，不胜清怨却飞来"；崔涂《孤雁》："暮雨相呼失，寒塘欲下迟"；陆游《闻新雁有感》："新雁南来片影孤，冷雨深处宿孤芦"等，使得孤雁的形象灵动逼真。作者以孤雁的背井离群，寄托自己失去家园、失去故国的沉痛哀思，交织着亡国之音和身世之悲，所咏孤雁——自然之物也已被赋予社会历史的情感。

总之，婉约词发展至南宋时期，是一个曲终奏雅的过程。它尽失尘俗、软媚，但求意趣的"骚雅"，往往"于浑成处、软媚处有气魄"。南宋婉约词人以姜夔、吴文英与张炎为代表，没有学步"花间"，且摒弃软媚、浮艳和俚俗，也没有承接以苏、辛为代表的豪放词之高格响调，而以雅笔写柔情，"婀娜中含刚健"，将词体所擅长的"缘情""体物"向诗体"言志"靠拢，由此，托物寄情、感时伤事，既表达了家国之感，又无剑拔弩张之势或靡靡亡国之音，用比兴寄托的方式，托物寓情，曲折深挚，含蓄蕴藉，意味隽永，最终成为文人吟唱的典雅辞章。

### 三、力求完善词体的音乐性

南渡之后，乐谱大量散佚，且南宋初期曾禁乐十多年，弛天下乐禁之后的百余年,虽也有新创词调,但远非北宋时新声竞起的繁盛。"近世作词者,不晓音律,乃故为豪放不羁之语,遂借东坡、稼轩诸贤自诿。"①这种情况引起南宋词学界的关注与论争,与此同时,一些精通音乐的南宋词人纷纷自度曲调,追求声与辞和谐统一,力求完善词体的音乐性,在一定程度上促使南宋婉约词的演化。

词体之初起,依附于燕乐,倚声而填词,多为伶工之词。后蜀欧阳炯《花间集序》中所曰:"名高白雪,声声而自合鸾歌;响遏行云,字字而偏谐凤律。"自"宋初置教坊,得江南乐已汰其坐部不用。自后因旧曲创新声,转加流丽"②。由于统治者的提倡,北宋新声迭出,曲调繁多,据《宋史·乐志》记载:"太宗洞晓音律,前后亲制大小曲及因旧曲创新声者三百九十。凡制大曲十八……曲破二十九……琵琶独弹曲破十五……小曲二百七十……因旧曲造新声五十八。""仁宗洞晓音律,每禁中度曲,以赐教坊。或命教坊使撰进,凡五十四曲,朝廷多用之。"新声的兴盛,带来宋词创作的发展与繁荣。"大抵自民间词入士大夫手中之后,飞卿已分平仄,晏、柳渐辨上去,三变偶谨入声,清真益臻精密。惟其守四声者,犹仅限于警句及结拍。"③北宋大晟府的乐谱因战乱而流失,无从窥知全豹。而周邦彦的词律在乐谱散佚之后,则被后世词人亦步亦趋地奉为圭臬。南宋词人姜夔颇解律吕,他对周邦彦的词律,承中有变,以变奏雅,试举两位词人的《解连环》:

怨怀无托,嗟情人断绝,信音辽邈。信妙手能解连环,似风散雨收,雾轻云薄。燕子楼空,暗尘锁、一床弦索。想移根换叶,尽是旧时,手种红药。汀洲渐生杜若,料舟移岸曲,人在天角。漫记得、当日音书,把闲语闲言,待总烧却。水驿春回,望寄我江南梅萼。拼今

---

① 蔡嵩云:《乐府指迷笺释》,人民文学出版社1963年版,第75页。
② (元)脱脱:《宋史》卷二三七,中华书局1977年版。
③ 夏承焘:《唐宋词论丛》,浙江古籍出版社1997年版。

生、对花对酒，为伊泪落。

（周邦彦《解连环》）

玉鞍重倚，却沉吟未上，又萦离思。为大乔能拨春风，小乔妙移筝，雁啼秋水，柳怯云松，更何必、十分梳洗。道郎携羽扇，那日隔帘，半面曾记。西窗夜凉雨霁，叹幽欢未足，何事轻弃。问后约、空指蔷薇，算如此溪山，甚时重至。水驿灯昏，又见在曲屏近底。念唯有、夜来皓月，照伊自睡。

（姜夔《解连环》）

《解连环》词调106字，周词49个平声字，少于仄声字。且韵脚也是仄声，还有接连三平或三仄的拗句，如"嗟情人断绝"，"望寄我江南梅萼"。由于周词的抒情内容大多感伤哀苦，声歌之词，则贵在和动相宜，过和则流，过动则荡。也就是说，过多使用平声字、平声韵以及两平两仄的律句，都会增添词调之危苦促迫，而堕入软媚流弊。因此，周氏选调或自度曲都以"拗怒为主，和婉为宾"①，多用仄声及拗句，使声情和美。姜词47个平声字，比周词还少两个，且多仄声，多拗句，尤喜仄声收韵，如引词上阕"倚""沉""未""思""大""怯""松""十""梳""羽""日""面""记"，都是仄声，其中大部分是入声，使词调激荡着一股清劲峭拔之气。

姜词还留有十七首自度曲，且一一旁注工尺谱，成为流传至今宝贵的宋代音乐资料。而且，从姜夔的词序看，他的自度曲中时常交代创作缘由。如其《扬州慢》是因为目睹昔日繁华的扬州如今"夜雪初霁，荠麦弥望。入其城则四顾萧条，寒水自碧"，在"暮色渐起，戍角悲吟"中，"予怀怆然，感慨今昔"之情，遂有"因自度此曲"之举。可知，《扬州慢》的调名及此调之自创，有其文情与声情的谐和统一，亦是后人称赏

---

① 周锡山编校：《王国维文学美学论着集》，北岳文艺出版社1987年版，第426页。

的原因之一。又《一萼红》，是客于长沙时，睹卢梧幽篁、官梅如椒如菽，"野兴横生"后，渡湘江而入岳麓山，见"湘云低昂，湘波容与"而"兴尽悲来"后的"醉吟成调"，此调虽曾见于北宋无名氏所作，然白石改仄韵为平韵，有创始义，其"空叹时序侵寻"的主旨与红梅之感发相联系，"一萼红"之调名也用得恰当。《湘月》一词，是他与友人游湘江、感秋意而自度之曲，"月上汀洲冷"，系曲名之所出，序中所云"五湖旧约，长负清景"的无奈，"鲈鱼应好，旧家乐事谁省"的内省，均与词人身世漂泊无依有关，创作主体之抒情写意与自度曲亦是相得益彰。淳熙十四年丁未（1187年）夏，因吴兴"号水晶宫，荷花盛丽"，词人"游千岩，数往来红香中"，而自度《惜红衣》一曲，其名如实，声意相谐。与之相似的，还有因居合肥，"巷陌凄然，与江左异，唯柳色夹道，依依可怜"，为之抒客怀而自度的《淡黄柳》。至于《凄凉犯》，又缘于合肥之柳，"秋风起兮骚骚然"，"出城四顾，则荒烟野草，不胜凄黯，乃着此解"，假琴曲《凄凉调》之名而命名，也是名实相副，声意相谐的。姜夔在《长亭怨慢》的词序中说：

> 予颇喜自制曲，初率意为长短句，然后协以律，故前后阕多不同。桓大司马云："昔年种柳，依依汉南；今看摇落，凄怆江潭；树犹如此，人何以堪！"此语予深爱之。

这首词情词兼美，舒卷自如，音调婉转，实为精谐音律的绝妙好词，其化用庾信《枯树赋》中所述桓温之语，显然寓有深刻的思想内蕴。南宋中后期词坛姜夔的出现，不仅以其自度曲在音乐史上占据重要的一席，且"率意为长短句，然后协以律"的创见，改变了"先制谱，后命词"的定法，实践了"雅乐皆先制乐章，而后成谱"[①]，以雅济俗、化俗为雅

---

[①] （元）脱脱：《宋史·乐志》卷一百三十，中华书局1977年版。

的创作思想。

初起的燕乐雅俗兼备,上自郊庙朝廷,下至村陌里巷。而实际上,在唐以后"燕乐"二字便成为俗乐的代称。这种乐曲的流行成为唐五代、北宋以来歌词创作的音乐背景,且形成了歌词创作中"倚声填词"或"按曲填词"的普遍现象。或如柳永改造了市井新声而大量创制长调慢词,词乐和谐,使宋词具备了自己的面目,但由于仍然是应制之歌,"教坊乐工,每得新腔,必求永为辞"①,同时,伴随着"旖旎尽情"的市井新声,柳永亦"尽收俚俗语言,编入词中,已便伎人传习"②,使得柳词"始行于世,于是声传一时"③,却以"词语尘下"见斥。或如苏轼能以诗人雅志、豪情入词,"以诗为词"的审美倾向使曲子词渐离艳科小道而向陶写性情方面发展,但在创作方法上由于苏轼多数词作仍然采用流行曲调而填写歌词,其所填之歌辞难以与所倚之"声"相谐,而遭"要非本色"之评。即如周邦彦虽能审音知曲,颇多自度曲,以典雅浑厚著称,但其创作方法上仍多是按曲填词,一方面,他利用大晟府新腔曲谱填制新词,如中吕《六丑》、越调《兰陵王》等。另一方面,更多的是采用流行曲调,亦不免"只是当不得一个'贞'字"之讥,王国维《人间词话》指出周邦彦词中"所注宫调,不出教坊十八调之外。则其声非大晟乐府之新声,而为隋唐以来之燕乐,固可知也"④。按曲唱词之风自然与唐宋以来的城市文化生活背景分不开,以至于到南渡之后,唱词娱乐的社会风尚依然盛行,南宋许多词人仍然乐意为歌伎填写歌词,其中固然不乏言志

---

① (宋)叶梦得:《避暑录话》卷下,见上海古籍出版社编《宋元笔记小说大观》,上海古籍出版社2001年版,第2578页。
② (清)宋翔凤:《乐府余论》,见唐圭璋编《词话丛编》,中华书局1986年版,第2499页。
③ (宋)叶梦得:《避暑录话》卷下,见上海古籍出版社编《宋元笔记小说大观》,上海古籍出版社2001年版,第2578页。
④ 王国维:《人间词话附录》,徐调孚注,人民文学出版社1982年版,第253页。

抒情之作，但也由于"先定音节，乃制词从之"① 的应歌特征，而形成某些亦步亦趋地按调死填，为曲造情的情况。

从词乐相谐、互为表里的关系而言，以乐为主，则繁奏淫声之旋律，势必影响其文辞之轻慢浮靡；以词为主，则雅词所谐之乐曲亦不致流荡过甚。而姜夔"率意为长短句，然后协以律"的创作方法，能在一定程度上使他不必顾忌俗乐对其歌词的局限，同时，他深厚的音乐素养又使自度曲能很好地与雅词和谐。夏承焘先生曾总结了姜夔选调制腔的六种方法："一、截取唐代法曲、大曲的一部分而成，如《霓裳中序第一》；二、取歌宫调之律合成宫调相配之曲，如《凄凉犯》；三、从当时乐工演奏的曲子译成谱子，如《醉吟商小品》；四、改变旧谱的声韵来制新腔，如《平韵满江红》《征招》；五、用琴曲作词调，如侧商调的《古怨》；六、用他人所作谱填词，如《玉梅令》。"并且，进一步地指出："可见他这些词是以内容情感为主，和其他人依调死填，因乐造文，因文造情者不同，所以我们读他的词，大都舒卷自如，如所欲言，没有受音乐牵制的痕迹。"② 可见，从词乐相谐、互为表里的审美效果上看，姜夔的婉约词既协音律，又不损伤情辞之雅。南渡之后，乐谱大量散佚，虽对婉约词的艺术创作带来了一定的损失，却也在客观上促使词人们力求完善词体的音乐性，既能在一定程度上解脱传统俗乐的牵制，又能舒卷自如、游刃有余地表达创作主体的情志，营造词乐相谐，互为表里的审美效果，最终使婉约词趋于完善，成为充分体现音乐与文学双重特性的艺术精品。

---

① （宋）王灼：《碧鸡漫志》卷一，见唐圭璋编《词话丛编》，中华书局1986年版，第73页。
② 夏承焘：《姜白石词编年笺校》，上海古籍出版社1981年版，第13—14页。

第六章

# 余论：唐宋婉约词的地位与影响

唐宋婉约词作为词体文学独特的一种文学现象，在其历史演进的过程中，具有一定的文学地位及其深远影响。

**一、唐宋婉约词占据词坛主流地位的必然性**

曲子词作为一种音乐与文学相结合的新乐章，起源于民间，随后士大夫文人染指，完成了从民间词到文人词的过渡，从而也进入婉约词的创作领域中。由于唐宋文人学士们多是在歌筵酒席之间"倚声填词"，且由歌女伶工来演唱，以之"娱宾遣兴""聊佐清欢"，于是婉约词的题材内容多以抒写离愁别绪、伤春悲秋，流连光景为主，出于"莺吭燕舌"之间的"女音"，以婉转悠扬、流畅圆美为尚，这就在一定程度上，形成婉约词（词体最初所特有的）"以柔为美"的主体风格。伴随着词体兴起的婉约词是整个词史中非常重要的内容，婉约词的作者之盛，作品之多，亦是不争的事实。婉约词被词家视为"正宗"，占据词坛的主流地位，首先离不开它所赖以存在的生长环境。

晚唐五代是文人词的成熟阶段，亦是婉约词的初创期。此时中原干戈不息，四海瓜分豆剖，而偏安一隅的西蜀、南唐政权却相对稳定，社会经济持续发展，并且在这两个政权的上层社会中弥漫着浓厚的享乐风气，于是，曲子词在这种适宜于生长的环境中广为流行。其间，从西蜀花间词人的"额黄侵腻发，臂钏透红纱"（牛峤《女冠子》），"旧欢新梦觉来时，黄昏微雨画帘垂"（张泌《浣溪沙》）到南唐词人的"一钩初月临妆镜，蝉鬓凤钗慵不整"（李璟《应天长》），"晚妆初了明肌雪，春殿嫔娥鱼贯列"（李煜《玉楼春》）等，婉约词是在轻歌曼舞，浅斟低唱中，体现着"词为艳科"的传统风格。宋代是文人词创作的鼎盛时代，其间，晏殊的富贵圆润，欧阳修的委婉情痴，柳永的旖旎妩媚，周邦彦的绵密妍练，李清照的凄恻悲切，苏轼的春花散空，辛弃疾的幽思悲凉，姜夔的清空幽远，吴文英的秾丽缥缈等，婉约词也先后经历了成长期、深化期与演化期的日益发展。北宋的统一，结束了五代十国的分裂局面，形成了一个社会安定、经济繁荣与文化高涨的时代环境，尤以都城汴京为中心的商业经济日益兴盛起来，可谓"新声巧笑于柳陌花衢，按管调弦于茶坊酒肆"，呈现出一派繁盛的景象，这为婉约词在北宋的成长与深化提供了丰厚的社会文化环境。至"靖康之乱"后，南宋时期的社会经济重心由北移南，文化重心也随之南移，以都城临安为代表的南宋城市经济得以持续发展，与此同时，江南风流才子的大批涌现，这也为抒写男女恋情、风花雪月、相思离别与山水风物的婉约词提供了深厚的创作条件，伴随着词体成长的婉约词在艺术创作上获得长足发展，婉约词在题材内容、抒情方式、艺术手法及其谐音合律方面呈现出日趋完善的盛况。

在词体文学演进的过程中，婉约词能占据词坛的主流地位，除了一定的社会条件与成长环境之外，还与创作主体即唐宋文人学士的修养、品性与审美情趣有关。

唐宋时，词体文学仍被称为"小道""诗余"。婉约词中所抒写的那些男女恋情、离愁别绪及行役凄怨等，很难登诗文大雅之堂。由于道学家的"明心见性之学，天理人欲之辨"的心性空谈，要求"无人欲即皆天理"，"天理存则人欲亡，人欲胜则天理灭，未有天理人欲夹杂者"等，受程朱理学的道统观念和伦理纲常的约束，尤其是宋代文人学士时常是

"戴上面具作'载道'之文、'言志'之诗,卸下面具写'言情'之词"。这就使得文人学士内心的爱欲情感,真实而自然地倾注于婉约词中。宋室南渡之后,随着政局的变化,统治者重新认识到理学思想在社会生活与伦理道德方面所具有的意义,确立其思想统治地位,这对南宋词坛亦造成一定的影响。基于儒家"骚雅"的审美观念,南宋词学界倡导"雅正"的审美情趣与追求,溯本讨源,推尊词体,将词提升到与诗等同的地位。并且在婉约词中以"比兴寄托"说词(即《诗经》的比兴手法及《离骚》美人香草之喻),如南宋曾丰《知稼轩词集序》云:"余于乐章窥之,文字之中,有所寓焉。泉幕之解,非所欲去,而寓意于'邻鸡不管离情'之句。秘馆之除,非所欲就,而寓意于'残春已负归约'之句。凡感发而书写,大抵清而不激,和而不流;要其情性则适,揆之礼义而安。非能为词也,道德之美,腴于根而益于华,不能不为词也。"① 明确以"比兴寄托"论词,要求词人在"文字之中,有所寓焉"。尤其是南宋中后期以姜夔、吴文英及张炎为代表的婉约词,虽各具艺术特色,但在推崇"雅正"的观念上却是一致的,且在情感内容、艺术形式及其协合乐律方面,进一步将"雅正"与"艳情"加以融合,既没有学步"花间",而是摒弃软媚、浮艳和俚俗,也没有承接苏、辛豪放词作之高格响调,而是以雅笔写柔情,"婀娜中含刚健",托物寄情、感时伤怀,既表达了家国之感,又无剑拔弩张之势或靡靡亡国之音,促使婉约词在南宋中后期得以日趋完善。

综上所述,不难得出这样的结论:在一定的社会历史条件与文化背景下,唐宋婉约词作为一种文学/文化现象,在词坛上始终能占据一定的主流地位。唐宋婉约词历经初创、成长、深拓与演化四个时期的发展演进,得以曲终奏雅,尽去尘俗而求意趣的"骚雅",最终成了文人学士吟唱的艺术精品。

---

① (宋)曾丰:《知稼轩词集序》,引自施蛰存主编《词籍序跋萃编》,中国社会科学出版社1994年版,第195页。

## 二、唐宋婉约词成为不可替代的艺术精品

曲子词始于唐，成于五代，繁盛于宋。其间，伴随着词体的演进，唐宋婉约词与文人学士之间关系日益密切，成为不可替代的艺术精品。

晚唐五代的乱世，礼乐崩溃，一些文人学士的政治理想难以实现，使其转向男女恋情、风花雪月、伤春悲秋等阴柔情感之中，希望内心得以慰藉，因而，婉约词以《花间集》为代表，从萌生开始就较多地具有与女性叙写相互融合的审美特征，婉约词集中地表现了文人学士内心深处婉转幽微的情感生活。北宋开国一统天下，结束了晚唐藩镇割据和五代一百多年来的纷争，建立了统一基业。然而，宋代士人在对于大唐盛世和五代离乱旧事的回顾与反思中也逐渐地冷却了对建立事功的热情，没有了"宁做百夫长，胜过一书生"与"万里不惜死，一朝得成功"唐人那种追求建功立业的豪迈气概，正如钱穆先生所说："中国在宋以后，一般人都走上了生活享受和生活体味的路子，在日常生活上寻求一种富于人生哲理的幸福与安慰。"① 这种对于生活享受与生活体味的追求，实源于传统士人的忧生忧患意识。如作为太平宰相晏殊在日日征歌逐舞的宴乐中，蓦然袭上心头的是"无可奈何花落去，似曾相识雁归来"的失落与怅惘，是"满目山河空念远，落花风雨更伤春"的无尽忧虑。再如韩维（持国）家世显赫，门有梧桐，京师呼为"桐木韩家"，据宋人叶梦得记载："韩持国为守，每入春，常日设十客之具于西湖，且以郡事委僚吏，即造湖上，使吏之湖门，有士大夫过，即邀之入，满九客而止。辄与乐饮终日，不问其何人也。曾存之。常问公，曰：无乃有不得已者乎？公曰：'汝少年，安知此？吾老矣，未知复有几春！若待可与饮者而后从，吾之为乐无几，

---

① 钱穆：《中国文化史导论》，商务印书馆1994年版。

而春亦不吾待也。'"① 韩维在《胡捣练令》词中也写道:"夜来风横雨飞狂,满地闲花衰草。燕子渐归春悄。帘幕垂清晓。天将佳景与闲人,美酒宁嫌华皓。留取旧时欢笑。莫共秋光老。"词人在春往秋来中感伤生命短暂、时不我待的惆怅,无限凄凉。另如堪称士人生存楷模的苏轼也说:"世事一场大梦,人生几度新凉",他于旷达超逸之中仍然表现出人生的几许无奈。这种敏感于美好年华的流逝,却又无可奈何的凄凉感,促使士大夫文人们越发地将自身投置于酒筵歌席、绮罗佳丽等娱乐消遣之中,营造轻松惬意的环境氛围,以释怀和宣泄内心敏感细致的情怀。此时,伴随着唐宋词体文学的演进而出现的大量婉约词,就以抒写别恨离愁,夕阳雨夜,空闺幽怨,暮春花萎,残枝落叫,玉容憔悴,揽镜自伤,无限孤寂与凄凉之情为主要题材内容。可见,文人学士作为婉约词的创作主体则着力于内心幽约细美的情感抒写,这在一定程度上,使得婉约词成为一种自然而真实的艺术表情形式。

一方面,唐宋文人学士多数追求内在情感生活的享受与体味,这也离不开社会经济生活的繁盛为其提供了丰厚的物质基础。如北宋柳永在《望海潮》词中描写杭州的繁盛:"东南形胜,三吴都会,钱塘自古繁华。烟柳画桥,风帘翠幕,参差十万人家。云树绕堤沙。怒涛卷霜雪,天堑无涯。市列珠玑,户盈罗绮竞豪奢。重湖叠巘清嘉。有三秋桂子,十里荷花。羌管弄晴,菱歌泛夜,嬉嬉钓叟莲娃。千骑拥高牙。乘醉听箫鼓,吟赏烟霞。异日图将好景,归去凤池夸。"这还仅是北宋时期的杭州盛景,到了南宋时期,杭州则富庶更甚,据宋人吴自牧《梦粱录》载:"柳永咏钱塘词曰:'参差十万人家',此元丰前语也。自高庙车驾由建康幸杭,驻跸几近二百余年,户口蕃息,近百万余家。杭城之外称,南西东北各数十里,人烟生聚,民物阜蕃,市井坊陌,铺席骈盛,数日经行不尽,各可

---

① (宋)叶梦得:《避暑录话》,见上海古籍出版社编《宋元笔记小说大观》,上海古籍出版社2001年版,第2577页。

比外路一州郡，足见杭城繁盛矣。"① 宋代士大夫文人就在如此优厚的生活环境中，富贵人家有家伎承欢，官府有官伎佐宴，多数士人则流连于青楼楚馆、柳陌花衢。宋人叶梦得云："张先（子野）能为诗及乐府，至老不衰。居钱塘，苏子瞻作倅时，先年已八十余，视听尚精强，家犹蓄声妓，子瞻尝赠以诗云：'诗人老去莺莺在，公子归来燕燕忙。'盖全用张氏故事戏之。"② 又据魏泰《东轩笔录》卷十五记载："宋子京（祁）……多内宠，后庭曳罗绮者甚众。尝宴于锦江，偶微寒，命取半臂，诸婢各送一枚，凡十余枚皆至。子京视之茫然，恐有厚薄之嫌，竟不敢服，忍冷而归。"③ 至于未及第的柳永则流连于青楼妓馆，甚有《木兰花》词分咏歌伎：虫娘，心娘，佳娘，酥娘等，俗中有雅，雅不避俗。又如《雨霖铃》词是留别汴京的歌女，写得深情缠绵："执手相看泪眼，竟无语凝噎"，而"今宵酒醒何处，杨柳岸、晓风残月"无限旖旎，以雅化俗。《八声甘州》词中"渐霜风凄紧，关河冷落，残照当楼"句，苏门认为"于诗句则不减唐人高处"。另如，晏几道词对几位家伎的感情不仅一往情深，而且风流儒雅，晁补之认为："风调闲雅，如'舞低杨柳楼心月，歌尽桃花扇影风'。知此人不住三家村也。"婉约词不仅妍丽丰逸，且自有一种儒雅气度，使得宋代士人的狎妓生活艺术化、典雅化。这已不止于贵族生活才如此，而是宋代一般文人学士的日常生活大抵都能向此。

另一方面，宋代文人学士不仅沉醉于旖旎风情之中，而且很注重精神生活的品位与格调，这与他们的政治生存境遇也有密切的关系。事实上，宋代立国重文轻武的基本国策，在客观上极大地促进了文化事业的繁荣发展，同时培植出了一个阵容庞大的士大夫文人阶层。宋室优待于士大夫文人的政策，主要表现在：一是科举名额逐年增加，且各种恩荫、恩科不胜

---

① 吴自牧：《梦粱录》，中国商业出版社1982年版。
② 叶梦得：《石林诗话》卷下，引自何文焕《历代诗话》，中华书局1981年版，第430页。
③ 魏泰：《东轩笔录》，见上海古籍出版社编《宋元笔记小说大观》，上海古籍出版社2001年版，第2782页。

枚举。大凡读过书，或略有名气，或家族中有人做官的，总能得到一官半职；二是士大夫文人的待遇俸禄优厚，"宋室优待官员的第一见端，即是官俸之逐年增加。当时称'恩逮于百官，唯恐不足；取财于万民，不留其余'"①，可见宋朝优待官吏之情状。可以说，为了巩固政治统治的需要，宋室着意为士大夫文人营造了一个安逸奢侈、享乐成风的社会氛围。同时，宋代亦是封建伦理文化空前强化的时代，统治阶级立朝伊始就要求其成员恪守宗法社会的道德规范，儒家传统的伦理道德已成为每个士大夫文人必须遵守的行为准则，加之朝廷外部异族的环伺，内部统治集团之间激烈党争倾轧等因素。在如此矛盾复杂的生存境遇中，足以促使宋代士大夫文人在现实政治关怀之余，进而转向追求个人精神生活，在琴棋书画、诗词文赋等方面精益求精，崇尚高雅脱俗。南宋时期的一些士大夫文人甚至采取远离政治的办法来全身远祸，如姜夔、吴文英等一生未仕，布衣而终，往来于豪贵之门，平交诸侯，而无曳裾侯门之态，始终保持着独立人格。张炎《词源》曾称姜夔词"如野云孤飞，去留无迹"，实文如其人。相对于诗文较为严肃的文学样式而言，词体文学则不必担负起"治教政令""世道人心"的教化职责，而在词作中抒写曲折深婉、含蓄蕴藉的内心情怀，对宋代文人学士而言，婉约词这种自然而真实的表情形式则愈加不可替代。

### 三、唐宋婉约词深入揭示词体的审美特质

对于词体特质的探析，近人王国维《人间词话》（删稿）中有一段经典的言论：

> 词之为体，要眇宜修，能言诗之所不能言，而不能尽言诗之所能

---

① 钱穆：《国史大纲》，商务印书馆1996年版，第543—544页。

言。诗之境阔，词之言长。

这段评论，以词体"要眇宜修"为主要特质，肯定词体与诗体在取材、语言、技巧及风格等的区别。对此，前人在词论中已有所考察，例如，李东琪云："诗庄词媚，其体元别。"王士祯《花草蒙拾》中云："或问诗词、词曲分界，予曰：'无可奈何花落去，似曾相识燕归来'，定非香奁诗，'良辰美景奈何天，赏心乐事谁家院'，定非草堂词也。"① 刘体仁《七颂堂词绎》中提道："'夜阑更秉烛，相对如梦寐'，叔原则云'今宵胜把银釭照，犹恐相逢是梦中'。此诗与词之分疆也。"② 陈廷焯《白雨斋词话》中指出："诗、词一理，然亦有不尽同者。……若词则舍沉郁之外，更无以为词。盖篇幅狭小，倘一直说去，不留馀地，虽极工巧之致，识者终笑其浅矣。"③ 可以说，有关诗词体辨之各种言论，集中从"词体与诗体不同"的角度来探究词体文学的特质。

所谓"词"，有人称之为"曲子词"或"曲子"，原是按曲调来填写的歌词。由于要配合曲调的关系，其每句字数往往有多有少，其形式上有长有短，与五言或七言诗之字数与形式整齐划一不同，有人也称"词"为"长短句"。伴随着词体自身发展而演进的婉约词，它占据词坛的主流地位，于是，在长短句式，音乐性及其创作主体方面，得以深入揭示词体文学的特质，使其成为真正意义上的抒情文体。

从形式上来看，"词"的句式则富于长短参差之错落。毛先舒谓"词

---

① （清）王士祯：《花草蒙拾》，见唐圭璋编《词话丛编》，中华书局 1986 年版，第 686 页。
② （明）刘体仁：《七颂堂词绎》，见唐圭璋编《词话丛编》，中华书局 1986 年版，第 619 页。
③ （清）陈廷焯《白雨斋词话》卷一，见唐圭璋编《词话丛编》，中华书局 1986 年版，第 3776 页。

句参差，本便旖旎"①，即指出了长短参差的词体句式，易使婉约词在题材内容上时常不离风月闺帷之思，幽窈含蓄之想。基于这样的认知，以致在创作上"作词与作诗不同，纵是用花草之类，亦须略用情意，或要入闺房之意。……如直咏花草，而不着些艳语，又不似词家体例"②。"善言词者，假闺房儿女子之言"③，可见，婉约词曲折迂回的长短句式，很适宜于抒写幽微深窈的内心情感，独具阴柔的姿态美。况且，在音乐性上，"词"是按照曲调来填写的歌辞，它不但论平仄，并且讲求五声，用语下字"要字字敲打得响，歌诵妥溜"④，故词之音乐性较诗复杂而丰富，易于引起情绪的波动，发生联想的感情。陈廷焯即说："感于文不若感于诗，感于诗不若感于词。诗有韵，文无韵。词可按节寻韵，诗不能尽被弦管。"⑤ 蒋兆兰《词说》也谓："词本名乐府，可被管弦。今虽音律失传，而善读者辄能锵洋和均，抑扬高下，极声调之美。"⑥ 便指出了曲子词协声合律以表情的音乐性。在抑扬顿挫、轻重缓急之音韵中，曲子词的感染力往往较诗体浓郁而深厚。婉约词出自"女音"之"莺吭燕舌"间，尤具有"可歌性"。歌伎们婉转悠扬、流畅和谐、甜美圆润的演唱特色，不仅使其得以广泛流播，且影响到词体"清切婉丽"的艺术风格。从创作的角度来说，创作主体于词体文学中低回宛曲、含蓄蕴藉地流露出文人学士之性情、气质与襟怀。沈雄《古今词话》提及"词如深岩曲径、丛筱

---

① 毛先舒语，见王又华《古今词论》引，见唐圭璋编《词话丛编》，中华书局1986年版，第610页。
② （宋）沈义父：《乐府指迷》，见唐圭璋编《词话丛编》，中华书局1986年版，第281页。
③ （清）朱彝尊：《曝书亭集·陈纬云红盐词序》卷四十。
④ （宋）张炎：《词源》，见唐圭璋编《词话丛编》，中华书局1986年版，第259页。
⑤ （清）陈廷焯《白雨斋词话》（自序），见唐圭璋编《词话丛编》，中华书局1986年版，第3750页。
⑥ （清）蒋兆兰：《词说》，见唐圭璋编《词话丛编》，中华书局1986年版，第4629页。

幽花，源几折而始流，桥独木而方渡，非具骚情赋骨者未易染指"①，言下之意也是将词体创作视为与文人学士才情、品性相应的独特艺术。其间，婉约词多是采用借景抒情，情景交融的方式，含蓄委婉地表达文人内心深处之幽微深邈的情感波动，或借用比兴寄托的方式，意味隽永，"托志帷房，眷怀君国"②，"盖心中幽约怨悱，不能直言，必低徊要眇以出之，而后可感动人"③。可见，婉约词抒情深婉的审美意蕴。

还需表明的是，中国封建社会中男子与女子的生活范围和理想追求原本各不相同，女子常常是被禁锢在家庭的狭小生活范围之中，足迹不出闺阁园亭，行踪限于重门深院。这种相对封闭的生活方式使女性的视野狭窄、社会阅历不深，其生活理想与愿望则更多地关注于爱情生活的坚贞，青春年华的流逝。在性别与文化层面上，中国传统男性文人的荣辱命运是由皇帝一人所决定的，而传统女性的哀乐悲喜是由丈夫一人所掌控的，男女两性间之身世处境与命运遂具有一定的相似性。唐宋婉约词中存在着文人学士"男子作闺音"的独特现象，词中所塑造的女性形象置身于或闺房之中的锦屏山枕、玉炉红烛，彩袖罗衣，瑶簪翠钿等，或是园亭中的弱柳衰荷，画堂雕栏，重门秋千等背景环境，所抒写的男女情事，离别相思，伤春悲秋，也多是哀感顽艳，凄清幽婉的女性化情思。他们于婉约词的创作中，在有意或无意之间，将女子对待爱情生活的忠贞柔顺与文人学士的身世家国情怀融合在一起，揭示了词体文学幽窈深隐的审美特质，使婉约词成为真正意义上"别是一家"的艺术精品。

---

① （清）沈雄：《古今词话》，见唐圭璋编《词话丛编》，中华书局1986年版，第837页。
② 庄中白语，见（清）陈廷焯：《白雨斋词话》卷五，见唐圭璋编《词话丛编》，中华书局1986年版，第3877页。
③ （清）沈祥龙：《论词随笔》，见唐圭璋编《词话丛编》，中华书局1986年版，第4048页。

# 主要征引及参考文献

**乐谱类：**

刘尧民：《词与音乐》，云南人民出版社1982年版。

施议对：《词与音乐关系研究》，中国社会科学出版社1985年版。

王昆吾：《隋唐五代燕乐杂言歌辞研究》，中华书局1996年版。

杨荫浏、阴法鲁：《宋姜白石创作歌曲研究》，音乐出版社1957年版。

邱琼荪：《白石道人歌曲通考》，人民音乐出版社1959年版。

邱琼荪：《燕乐探微》，上海古籍出版社1989年版。

廖辅叔：《中国古代音乐简史》，人民音乐出版社1964年版。

杨荫浏：《中国古代音乐史稿》（增订本），人民音乐出版社1981年版。

（明）张綖撰：《诗余图谱》，明毛氏汲古阁刻《词苑英华》本。

龙榆生撰：《唐宋词格律》，上海古籍出版社1978年版。

**年谱类：**

夏承焘：《唐宋词人年谱》（修订本），上海古籍出版社1979年版。

王兆鹏：《两宋词人年谱》，台北文津出版社1994年版。

严杰：《欧阳修年谱》，南京出版社1997年版。

孔凡礼：《苏轼年谱》，中华书局1998年版。

杨殿珣编撰：《中国历代年谱总录》（增订本），北京图书馆出版社1996年版。

谢巍编撰：《中国历代人物年谱考录》，中华书局1992年版。

吴洪泽、尹波主编：《宋人年谱丛刊》，四川大学出版社2003年版。

吴洪泽编：《宋人年谱集目、宋编宋人年谱选刊》，巴蜀书社1995年版。

**史传类：**

（宋）张唐英：《蜀梼杌》，中国书店1986年版。

（清）吴任臣：《十国春秋》，中华书局1983年版。

王仲荦：《隋唐五代史》，上海人民出版社1990年版。

杨伟立：《前蜀后蜀史》，四川省社会科学院出版社1986年版。

郑学檬：《五代十国史研究》，上海人民出版社1991年版。

邹劲风：《南唐国史》，南京大学出版社2000年版。

陶敏、李一飞：《隋唐五代文学史料学》，中华书局2001年版。

傅璇琮等编：《唐五代人物传记资料综合索引》，中华书局1982年版。

张万起编：《新旧唐书人名索引》，中华书局1986年版。

张万起编：《新旧五代史人名索引》，上海古籍出版社1980年版。

（元）脱脱撰：《宋史》，中华书局1977年版。

俞如云编：《宋史人名索引》，上海古籍出版社1992年版。

（宋）徐自明：《宋宰辅编年录校补》，王瑞来校补，中华书局1986年版。

（宋）陈骙等撰：《南宋馆阁录》《南宋馆阁续录》，中华书局1998年版。

吴廷燮编撰：《北宋经抚年表、南宋制抚年表》，中华书局1984

年版。

（宋）朱熹著，李幼武辑：《宋名臣言行录》，《四部丛刊》本。

（清）黄宗羲撰：《宋元学案》，中华书局1986年版。

（宋）李焘撰：《续资治通鉴长编》，中华书局校点本。

（宋）陈均撰：《宋九朝编年备要》，《文渊阁四库全书》本。

（宋）佚名撰：《靖康要录》，《文渊阁四库全书》本。

（宋）李心传撰：《建炎以来系年要录》（影印本），中华书局1988年版。

（宋）徐梦莘撰：《三朝北盟会编》（影印本），上海古籍出版社1987年版。

（宋）佚名撰：《皇宋中兴两朝圣政》，台湾文海出版社1967年影印《宋史资料萃编》本。

（明）陈邦瞻撰：《宋史纪事本末》（点校本），中华书局1977年版。

（清）徐松辑：《宋会要辑稿》（影印本），中华书局1957年版。

（元）马端临撰：《文献通考》（影印本），中华书局1986年版。

昌彼德等编：《宋人传记资料索引》（影印本），中华书局1988年版。

李国玲编：《宋人传记资料索引补编》，四川大学出版社1994年版。

邓子勉编：《宋人行第考录》，中华书局2001年版。

**笔记类：**

（五代）孙光宪撰：《北梦琐言》，林艾园校点，上海古籍出版社1981年版。

（宋）陈振孙撰：《直斋书录解题》，徐小蛮、顾美华点校，上海古籍出版社1987年版。

（宋）欧阳修撰：《归田录》，韩谷校点，见《宋元笔记小说大观》，上海古籍出版社2001年版。

（宋）吴处厚撰：《青箱杂记》，尚成校点，见《宋元笔记小说大观》,上海古籍出版社2001年版。

（宋）张舜民撰：《画墁录》,丁如明校点,见《宋元笔记小说大观》,上海古籍出版社2001年版。

（宋）苏轼撰：《东坡志林》,中华书局1983年版。

（宋）沈括撰：《梦溪笔谈》（影印元刊本）,文物出版社1975年版。

（宋）陈师道撰：《后山谈丛》,李伟国校点,见《宋元笔记小说大观》,上海古籍出版社2001年版。

（宋）释文莹撰：《湘山野录》,郑世刚、杨立扬点校,中华书局1984年版。

（宋）赵令畤撰：《侯鲭录》,孔凡礼点校,中华书局2002年版。

（宋）魏泰撰：《东轩笔录》,李裕民点校,中华书局1983年版。

（宋）邵伯温撰：《邵氏闻见录》,李剑雄、刘德权点校,中华书局1983年版。

（宋）邵博撰：《邵氏闻见后录》,刘德权、李剑雄点校,中华书局1983年版。

（宋）蔡绦撰：《铁围山丛谈》,冯慧民、沈锡麟校点,中华书局1983年版。

（宋）王铚撰：《默记》,孔一校点,见《宋元笔记小说大观》,上海古籍出版社2001年版。

（宋）陆游撰：《老学庵笔记》,高克勤校点,见《宋元笔记小说大观》,上海古籍出版社2001年版。

（宋）李心传撰：《建炎以来朝野杂记》（校点本）,中华书局1985年版。

（宋）叶梦得撰：《石林燕语》,宇文绍奕考异,侯忠义点校,中华书局1984年版。

（宋）孟元老撰：《东京梦华录》,中国商业出版社1982年版。

（宋）吴自牧撰：《梦粱录》,中国商业出版社1982年版。

（宋）叶梦得撰：《避暑录话》，徐时仪校点，见《宋元笔记小说大观》，上海古籍出版社2001年版。

（宋）张端义撰：《贵耳集》，李保民校点，见《宋元笔记小说大观》，上海古籍出版社2001年版。

（宋）孟元老撰：《东京梦华录》，中国商业出版社1982年版。

（宋）吴曾撰：《能改斋漫录》（校点本），上海古籍出版社1979年版。

（宋）洪迈撰：《容斋随笔》，上海古籍出版社1978年版。

（宋）韩淲撰：《涧泉日记》，《丛书集成初编》本。

（宋）陈郁撰：《藏一话腴》，《文渊阁四库全书》本。

（宋）俞文豹撰：《吹剑录》，《文渊阁四库全书》本。

（宋）俞文豹撰：《吹剑续录》（影印《说郛三种》本），上海古籍出版社1988年版。

（宋）罗大经撰：《鹤林玉露》，王瑞来点校，中华书局1983年版。

（宋）叶绍翁撰：《四朝闻见录》，尚成校点，见《宋元笔记小说大观》，上海古籍出版社2001年版。

（宋）周密撰：《齐东野语》，黄益元校点，见《宋元笔记小说大观》，上海古籍出版社2001年版。

（宋）江少虞编：《宋朝事实类苑》（校点本），上海古籍出版社1981年版。

（清）潘永因编：《宋稗类钞》（校点本），书目文献出版社1985年版。

丁福保辑：《宋人轶事汇编》（校点本），中华书局1981年版。

**总集类：**

任半塘、王昆吾编：《隋唐五代燕乐杂言歌辞集》，巴蜀书社1990年版。

王重民编：《敦煌曲子词集》，上海商务印书馆1956年版。

任二北编校：《敦煌曲校录》，上海文艺联合出版社1955年版。

任半塘编：《敦煌歌辞总编》，上海古籍出版社1987年版。

李一氓校：《花间集校》，人民文学出版社1958年版。

李冰若评注：《花间集评注》，人民文学出版社1993年版。

华钟彦注：《花间集校注》，中州古籍出版社1986年版。

陈红彦等校：《花间集》，辽宁教育出版社1998年版。

陈红彦等校：《尊前集》，辽宁教育出版社1998年版。

（宋）陈振孙撰：《直斋书录解题》，上海古籍出版社1987年版。

（宋）黄大舆辑：《梅苑》，《文渊阁四库全书》本。

（宋）曾慥辑：《乐府好词》（校点本），辽宁教育出版社1997年版。

（宋）黄升辑：《花庵词选》（校点本），辽宁教育出版社1997年版。

（宋）周密辑：《绝妙好词》（校点本），辽宁教育出版社2001年版。

邓乔彬等撰：《绝妙好词译注》，上海古籍出版社2000年版。

（宋）黄大舆辑：《梅苑》，《文渊阁四库全书》本。

（清）朱彝尊、汪森辑：《词综》（影印本），中华书局1975年版。

（清）沈辰垣、王弈清等辑：《历代诗余》（影印本），上海书店1985年版。

（清）黄苏辑：《蓼园词选》，尹志腾校点，《清人选评词集三种》本，齐鲁书社1988年版。

（清）周济辑：《宋四家词选》，尹志腾校点，《清人选评词集三种》本，齐鲁书社1988年版。

（清）陈廷焯辑：《词则》（影印本），上海古籍出版1984年版。

梁令娴辑：《艺蘅馆词选》，刘逸生校点，广东人民出版社1981年版。

俞陛云：《唐五代两宋词选释》，上海古籍出版社1985年版。

徐培均评注：《唐宋词小令精华》，中州古籍出版社1994年版。

龙榆生编选：《唐宋名家词选》，上海古籍出版社1980年版。

刘永济编：《唐五代两宋词简释》，上海古籍出版社1981年版。

俞平伯编：《唐宋词选释》，人民文学出版社1979年版。

唐圭璋：《唐宋词简释》，上海古籍出版社1981年版。

胡云翼编：《宋词选》，中华书局上海编辑所1962年版。

陈匪石编：《宋词举》（校点本），江苏古籍出版社2002年版。

张璋、黄畬编纂：《全唐五代词》，上海古籍出版社1986年版。

王兆鹏、曾昭岷编：《全唐五代词》，中华书局1999年版。

唐圭璋编：《全宋词》，中华书局1965年版。

**别集类：**

（唐）温庭筠等撰：《金奁集》，江西人民出版社1984年校点本《尊前集》附。

刘金城注：《韦庄词校注》，中国社会科学出版社1981年版。

李谊注：《韦庄集校注》，四川社会科学出版社1986年版。

陈秋帆：《阳春笺》，上海南京书店1933年版。

曾昭岷校：《温韦冯词新校》，上海古籍出版社1988年版。

唐圭璋笺注：《南唐二主词汇笺》，正中书局1936年版。

王仲闻校订：《南唐二主词校订》，人民文学出版社1957年版。

詹安泰校注：《李璟李煜词》，人民文学出版社1958年版。

高兰、孟祥鲁：《李后主评传》，齐鲁书社1985年版。

田居俭：《李后主新传》，吉林文史出版社1991年版。

刘扬忠注评：《晏殊词新释辑评》，中国书店2003年版。

邱少华注评：《欧阳修词新释辑评》，中国书店2001年版。

（宋）欧阳修撰：《欧阳文忠公文集》，《四部丛刊》本。

黄畬注：《欧阳修词笺注》，中华书局1986年版。

李明娜笺注：《小山词校笺注》，台北文津出版社1981年版。

吴林抒校笺：《小山词》，江西人民出版社1988年版。

姚学贤、龙建国校注：《柳永词详注及集评》，中州古籍出版社1991

年版。

薛瑞生校注：《乐章集校注》，中华书局1997年版。

吴熊和、沈松勤校注：《张先集编年校注》，浙江古籍出版社1996年版。

孔凡礼校注：《苏轼文集》，中华书局1986年版。

顾之川校点：《苏轼文集》，岳麓书社2000年版。

龙榆生笺注：《东坡乐府笺》（增订本），商务印书馆1958年版。

曹树铭编年笺校：《苏东坡词》（增订本），台湾商务印书馆1983年版。

石声淮、唐玲玲笺注：《东坡乐府编年笺注》，华中师大出版社1990年版。

邹同庆、王宗堂校注：《苏轼词编年校注》，中华书局2002年版。

徐培均校注：《淮海居士长短句》，上海古籍出版社1985年版。

钟振振校注：《东山词》，上海古籍出版社1989年版。

刘乃昌、杨庆存校注：《晁氏琴趣外篇》，上海古籍出版社1991年版。

乔力校注：《晁补之词编年笺注》，齐鲁书社1992年版。

吴则虞点校：《清真集》，中华书局1981年版。

蒋哲伦校编：《周邦彦集》，江西人民出版社1983年版。

罗忼烈笺注：《周邦彦清真集笺》，香港三联书店1985年版。

孙虹校注：《清真集校注》，薛瑞生订补，中华书局2002年版。

王仲闻校注：《李清照集注》，人民文学出版社1979年版。

黄墨谷校辑：《重辑李清照集》，齐鲁书社1981年版。

侯健、吕智敏评注：《李清照诗词评注》，山西教育出版社1997年版。

徐北文主编：《李清照全集评注》，济南出版社1990年版。

刘瑜编：《李清照全词》，山东友谊出版社1998年版。

杨合林编注：《李清照集》，岳麓书社1999年版。

王步高、刘林辑校汇评：《李清照全集》，珠海出版社2002年版。

徐汉明编校：《稼轩集》，长江文艺出版社1990年版。

邓广铭笺注：《稼轩词编年笺注》（增订本），上海古籍出版社1993年版。

夏承焘校笺：《姜白石词编年笺注》，上海古籍出版社1981年版。

夏承焘校辑：《白石诗词集》，人民文学出版社1998年版。

夏承焘校、吴无闻注：《姜白石词校注》，广东人民出版社1983年版。

刘乃昌注评：《姜夔词新释辑评》，中国书店2001年版。

杨铁夫笺释：《吴梦窗词笺释》，广东人民出版社1992年版。

詹安泰笺注：《王沂孙词笺注》，广东人民出版社1995年版。

吴则虞点校：《山中白云词》，中华书局1983年版。

葛渭君、王晓红校辑：《山中白云词》，辽宁教育出版社2001年版。

**词话、诗话类：**

唐圭璋编：《词话丛编》，中华书局1986年版。

（宋）杨湜撰：《古今词话》，《词话丛编》本。

（宋）王灼撰：《碧鸡漫志》，《词话丛编》本。

岳珍校：《碧鸡漫志校正》，巴蜀书社2000年版。

（宋）阮阅辑：《诗话总龟》（校点本），人民文学出版社1987年版。

（宋）魏庆之编：《诗人玉屑》，上海古籍出版社1978年版。

（宋）杨缵撰：《作词五要》，《词话丛编》本。

（宋）鲖阳居士辑：《复雅歌词》，《词话丛编》本。

（宋）张炎撰：《词源》，《词话丛编》本。

夏承焘校注：《词源注》，人民文学出版社1963年版。

郑孟津、吴平山笺注：《词源解笺》，浙江古籍出版社1990年版。

（宋）沈义父撰：《乐府指迷》，《词话丛编》本。

蔡嵩云笺释：《乐府指迷笺释》，人民文学出版社 1963 年版。

（宋）胡仔纂集：《苕溪渔隐丛话》，廖德明校点，人民文学出版社 1981 年版。

（元）陆辅之撰：《词旨》，《词话丛编》本。

（明）王世贞撰：《艺苑卮言》，《词话丛编》本。

（明）俞彦撰：《爰园词话》，《词话丛编》本。

（清）贺裳撰：《皱水轩词筌》，《词话丛编》本。

（清）刘体仁撰：《七颂堂词绎》，《词话丛编》本。

（清）沈谦撰：《填词杂说》，《词话丛编》本。

（清）王又华撰：《古今词论》，《词话丛编》本。

（清）邹祇谟撰：《远志斋词衷》，《词话丛编》本。

（清）王世禛撰：《花草蒙拾》，《词话丛编》本。

（清）彭孙遹撰：《金粟词话》，《词话丛编》本。

（清）沈雄编撰：《古今词话》，《词话丛编》本。

（清）王弈清辑：《历代词话》，《词话丛编》本。

（清）田同之辑：《西圃词说》，《词话丛编》本。

（清）许昂霄撰：《词综偶评》，《词话丛编》本。

（清）李调元撰：《雨村词话》，《词话丛编》本。

（清）徐釚辑：《词苑丛谈》，唐圭璋校注，上海古籍出版社 1981 年版。

（清）张宗橚辑：《词林纪事》，古典文学出版社 1957 年版。

杨宝霖校补：《词林纪事》，上海古籍出版社 1998 年版。

（清）陈廷焯撰：《白雨斋词话》，杜维沫校点，人民文学出版社 1959 年版。

（清）周济：《介存斋论词杂著》，人民文学出版社 1959 年版。

（清）况周颐、王幼安校订：《蕙风词话》，人民文学出版社 1982

年版。

屈兴国辑注：《蕙风词话辑注》，江西人民出版社2000年版。

（清）冯金伯编：《词苑萃编》，《词话丛编》本。

（清）张惠言撰：《张惠言论词》，《词话丛编》本。

（清）吴衡照撰：《莲子居词话》，《词话丛编》本。

（清）郭麐撰：《灵芬馆词话》，《词话丛编》本。

（清）宋翔凤撰：《乐府余论》，《词话丛编》本。

（清）刘熙载撰：《词概》，《词话丛编》本。

（清）黄苏撰：《蓼园词评》，《词话丛编》本。

（清）谢章铤撰：《赌棋山庄词话》，《词话丛编》本。

（清）江顺诒辑：《词学集成》，《词话丛编》本。

（清）谭献撰：《复堂词话》，《词话丛编》本。

（清）冯煦撰：《蒿庵论词》，《词话丛编》本。

（清）沈曾植撰：《菌阁琐谈》，《词话丛编》本。

（清）沈祥龙撰：《论词随笔》，《词话丛编》本。

陈洵撰：《海绡翁说词稿》，《词话丛编》本。

梁启超撰：《饮冰室评词》，《词话丛编》本。

梁令娴辑：《艺蘅馆词选》，刘逸生校点，广东人民出版社1981年版。

蒋兆兰撰：《词说》，《词话丛编》本。

蔡嵩云撰：《柯亭词论》，《词话丛编》本。

王国维：《人间词话》，徐调孚注，王幼安校订，人民文学出版社1982年版。

唐圭璋编：《宋词纪事》，上海古籍出版社1982年版。

何文焕辑：《历代诗话》，中华书局1981年版（相关部分）。

吴文治主编：《宋诗话全编》，江苏古籍出版社1998年版（相关部分）。

刘庆云编：《词话十论》，岳麓书社1990年版。

施蛰存、陈如江辑录：《宋元词话》，上海书店 1999 年版。
孙克强编：《唐宋人词话》，河南文艺出版社 1999 年版。
张璋等编：《历代词话》，郑州大象出版社 2002 年版。
金启华等编：《唐宋词集序跋汇编》，江苏教育出版社 1990 年版。
施蛰存主编：《词籍序跋萃编》，中国社会科学出版社 1994 年版。

**研究类：**
郑振铎：《中国文学研究》，上海书店 1981 年版。
林庚：《中国文学简史》，北京大学出版社 1995 年版。
程千帆、吴新雷：《两宋文学史》，上海古籍出版社 1991 年版。
刘毓盘：《词史》，上海群众图书公司 1931 年版。
唐圭璋：《词学论丛》，上海古籍出版社 1986 年版。
吴世昌：《诗词论丛》，北京出版社 2000 年版。
詹安泰：《宋词散论》，广东人民出版社 1980 年版。
吴熊和：《唐宋词通论》，浙江古籍出版社 1985 年版。
吴梅：《词学通论》，华东师范大学出版社 1996 年版。
龙榆生：《龙榆生词学论文集》，上海古籍出版社 1997 年版。
吴熊和：《吴熊和词学论集》，杭州大学出版社 1999 年版。
唐圭璋、潘君昭著：《唐宋词学论集》，齐鲁书社 1985 年版。
缪钺、叶嘉莹撰：《灵溪词说》，上海古籍出版社 1987 年版。
缪钺：《缪钺说词》，上海古籍出版社 1999 年版。
叶嘉莹：《迦陵论词丛稿》，河北教育出版社 2000 年版。
叶嘉莹：《唐宋词十七讲》，岳麓书社 1989 年版。
杨海明：《唐宋词史》，江苏古籍出版社 1987 年版。
杨海明：《唐宋词美学》，江苏教育出版社 1998 年版。
艾治平：《婉约词派的流变》，辽宁大学出版社 1994 年版。
陶尔夫、诸葛忆兵：《北宋词史》，黑龙江教育出版社 2002 年版。

陶尔夫、刘敬圻：《南宋词史》，黑龙江人民出版社1992年版。

谢桃坊：《宋词辨》，上海古籍出版社1999年版。

陈迩冬：《宋词纵谈》，人民文学出版社1987年版。

刘扬忠：《宋词研究之路》，天津教育出版社1989年版。

刘扬忠：《唐宋词流派史》，福建人民出版社1999年版。

王兆鹏：《唐宋词史论》，人民文学出版社2000年版。

金诤：《宋词综论》，巴蜀书社2001年版。

陈植锷：《北宋文化史述论》，中国社会科学出版社1992年版。

柳诒征撰、蔡尚思导读：《中国文化史》，上海古籍出版社2001年版。

余英时：《士与中国文化》，上海人民出版社2003年版。

沈松勤：《北宋文人与党争》，人民出版社1998年版。

沈松勤：《唐宋词社会文化学研究》，浙江大学出版社2000年版。

沈家庄：《宋词文化与文学新视野》，人民文学出版社2001年版。

张海鸥：《宋代文化与文学研究》，中国社会科学出版社2002年版。

方智范：《中国词学批评史》，中国社会科学出版社1994年版。

谢桃坊：《中国词学史》，巴蜀书社1993年版。

许总：《宋明理学与中国文学》，百花洲文艺出版社1999年版。

［日］村上哲见：《唐五代北宋词研究》，杨铁婴译，陕西人民出版社1987年版。

［日］青山宏：《唐宋词研究》，程郁缀译，北京大学出版社1995年版。

詹幼馨：《南唐二主词研究》，武汉出版社1992年版。

王水照：《苏轼研究》，河北教育出版社1999年版。

唐玲玲：《东坡乐府研究》，巴蜀书社1993年版。

曾枣庄：《苏轼评传》，四川人民出版社1981年版。

朱靖华：《苏轼新论》，齐鲁书社1983年版。

杨海明：《张炎词研究》，齐鲁书社1989年版。

王筱芸：《碧山词研究》，南京出版社1991年版。